Ralph Llewellyn

Synthia

Das Herz Falba

1. Auflage

© 2019 SadWolf Verlag UG (haftungsbeschränkt), Bremen

Autor: Ralph Llewellyn
Umschlagdesign: Vera Antonova
Lektorat: Mona Gabriel (www.monagabriel.de)
Satz/Layout: Johannes Wolfers
Druck: cprinting.pl

Print: ISBN 978-3-946446-99-6
E-Book Epub: ISBN 978-3-96478-000-3
E-Book Mobi: ISBN 978-3-96478-001-0

Bibliografische Information der Deutschen Nationalbibliothek:
Die Deutsche Nationalbibliothek verzeichnet diese Publikation in der Deutschen Nationalbibliografie; detaillierte bibliografische Daten sind im Internet über http://dnb.dnb.de abrufbar.

Das Werk, einschließlich seiner Teile, ist urheberrechtlich geschützt. Jede Verwertung ist ohne Zustimmung des Verlages und des Autors unzulässig. Dies gilt insbesondere für die elektronische oder sonstige Vervielfältigung, Übersetzung, Verbreitung und öffentliche Zugänglichmachung.

Besuchen Sie den SadWolf Verlag im Internet

www.sadwolf-verlag.de

Kapitel I
Die Geisterstadt

I

Die Dunkelheit ist ein Schleier, der Geheimnisse zu wahren weiß. Es ist nicht der Mangel an Licht, der verborgen hält, was verborgen bleiben soll, sondern das Bewusstsein derer, die sich darin bewegen. Kaldamon war ein Dieb, und sein Denken entsprach dem der Ausgestoßenen, die Ihr Leben dem Gott des Diebstahls gewidmet hatten. Geschickt wusste er sich zu bewegen. Geschmeidig, lautlos und gefährlich. Doch er hatte einen Fehler gemacht. Vor einigen Tagen hatte er etwas gestohlen, was er besser hätte liegen lassen sollen. Sein Wert musste beträchtlich sein, da sich jemand an seine Fersen geheftet hatte, der nicht minder geschickt war als er selbst. Noch nie hatte Kaldamon dieses quälende Gefühl, verfolgt zu werden, so deutlich gespürt. Auch wenn nicht einmal die Spur eines Schattens zu sehen war, so verrieten ihm das doch seine geschulten Sinne, die ihm bereits so manches Mal das Leben gerettet hatten. Einem Raubtier gleich kauerte Kaldamon hinter einer dunklen Ecke, die in einen engen Hinterhof führte. Irgendwann musste sein Verfolger in Erscheinung treten und dann würde er sich seiner entledigen. Ein Stich ins Herz oder eine geschmeidige Bewegung seiner Klinge durch die Gurgel des Unvorsichtigen. Er war geübt und besaß eine gewisse Meisterschaft in seinem Treiben. Seine Augen hatten sich an die Dunkelheit gewöhnt und nichts blieb seinen Blicken verborgen. Er verstand sein Handwerk und trotzdem grummelte es warnend in seinem Magen. Wie konnte jemand wissen, dass er der Dieb war? Was hatte er übersehen? Hatte er einen Fehler gemacht? Nein, das konnte nicht sein. Oder etwa doch? Vielleicht sollte er seinen Verfolger erst unschädlich machen und befragen? Kaldamon holte tief Luft und ließ sie nur langsam entweichen. Zu viele Fragen, auf die es noch keine Antworten gab. Lautlos kauerte er im Schatten und wartete auf seine Gelegenheit. Als er plötzlich eine Klinge an seiner Kehle spürte, hielt er überrascht seinen Atem an. Wie konnte sich jemand an ihm vorschleichen und hinterrücks überraschen?

»Gib mir die magische Kette, die Du im Haus des Stadtmagiers gestohlen hast« Die Stimme des Fremden klang sanft; tödlich sanft.

»Wer seid ihr«, fragte Kaldamon.

»Die Kette«, erhielt er eine frostige Antwort.

Vorsichtig glitt Kaldamons Hand unter seinen abgetragenen Mantel. Er wusste, dass ihn eine zu schnelle Bewegung sein Leben kosten würde. Jemand, der so geschickt selbst ihn überlisten konnte, war gefährlich. Als er die Kette in den Händen hielt, zögerte er einige Sekunden, spürte aber, wie im selben Augenblick die Klinge tiefer in sein Fleisch schnitt.

»Ja, schon gut. Bitte verschont mein Leben. Hier ist die Kette die ihr wünscht. Sie hat mit bis jetzt nur Unheil gebracht. Bitte sagt mir euren Namen.« Kaldamon hielt die Kette hoch und wartete, dass sie ihn der Fremde, der noch immer ungesehen hinter ihm stand, entreißen würde. Er hoffte zu überleben, zu erfahren, wer dieser geschickte Jäger war, doch er sollte ihn niemals zu Gesicht bekommen, da in diesem Augenblick seine Gurgel durchschnitten wurde. Er fühlte noch, wie das Leben aus ihm ausströmte, bevor er hart auf dem Boden aufschlug.

»Mein Name ist Thrond, doch das wird Dir nichts mehr nutzen, Dieb.«

II

Steve atmete tief durch und spürte, wie die zehrende, Leben verschlingende Kraft allmählich aufhörte, ihn zu vertilgen. Sie hatte ihn ausgesaugt und so geschwächt, dass ihm selbst das Laufen oder Aufstehen unmöglich geworden war. So als hätte man ihm die Adern durchschnitten und ihn dem Tod geweiht. Noch lag er erschöpft in seinem Bett, wie schon seit Wochen. Wie in einem Wachtraum hatte er vieles um sich herum mitbekommen, jedoch hatte er keinerlei Kraft gehabt, darauf zu reagieren. Sicherlich hatten ihn die Ärzte bereits aufgegeben und seine Organe für andere reserviert. Nur knapp war er diesem Schicksal entronnen. Sehr knapp. Ein Lächeln huschte über seine noch eingefallenen, blassen Lippen, als er an seine Tochter dachte. Sie war stark und hatte bewiesen, dass sie sich ihrer Haut erwehren konnte. Ohne sie wäre er auf ewig verdammt gewesen.

»Synthia«, sprach er liebevoll ihren Namen und schloss seine müden Augen. Sie hatte eine besondere Gabe, die er zwar erahnte, aber noch nicht wirklich begreifen konnte. Es lag ein schützender Schleier über ihr und sie war vom Schicksal ausersehen, etwas Großes zu vollbringen. Allein die Tatsache, dass sie die Erfahrung am *Spiegelsee* verkraften hatte, an dem schon die größten Kreaturen wie kleine Kinder zu weinen begonnen und am Ende verzweifelt starben, zeugte von großer innerer Stärke. Konfrontiert mit dem Unterbewusstsein, in dem all die Niederlagen, Ängste, Sehnsüchte und dunkle Gedanken verborgen schlummerten, konnte selbst die stärkste Kreatur zu Fall bringen. Doch jetzt musste er zu Kräften kommen und, so schnell es ging, das Krankenhaus verlassen. Der Dunkle Fürst würde diese Schmach nicht auf sich sitzen lassen.

Gnadenlos würde er neue Wege suchen, ihn ein für alle Mal zu vernichten. Auch würde der Dunkle Fürst alles daran setzen, Synthia zu finden und ihrer habhaft zu werden. Sie wäre ohne Zweifel sein wertvollstes Pfand. Ohne Steve waren Mark und Synthia nicht stark genug, dem Dunklen Fürsten auf Dauer Widerstand zu leisten. Zumindest noch nicht. Zu viele Helfer und Augen hatte dieser Dämon in Menschengestalt, um ihm zu entkommen.

»Agh«, stöhnte Steve voller Schmerzen, als er sich aufsetzen wollte. Jeder Knochen in seinem Leib schien gebrochen, jede Sehne gezerrt, jeder Muskel zerfetzt.

»Verfluchter Mist«, brummte Steve. Seine Lebensenergie schwand nicht länger, doch es würde einige Zeit brauchen, bis seine inneren Narben verheilten. Der Dunkle Fürst war schlau. Der *Sanduhr des Lebens*, eine magische Sanduhr die Steve Sandkorn um Sandkorn die Lebensenergie raubte, war er dank Synthias Hilfe nur knapp entkommen. Doch zwischen ihm und dem Dunklen Fürsten gab es noch immer eine Verbindung, die unbedingt gekappt werden musste. Erst danach würde er wieder zu vollen Kräften kommen. Der Kampf war also noch lange nicht zu Ende, sondern hatte erst seinen Anfang genommen.

Plötzlich hörte Steve Stimmen an der Tür. Schnell legte er sich wieder hin und schloss die Augen. Sein erster Gedanke galt dem Dunklen Fürsten, aber so schnell konnte dieser sicher nicht auf seine Niederlage reagieren. Wahrscheinlich war es wieder jemand vom Krankenhauspersonal, die nach ihm schauen wollten. Vielleicht rechneten sie auch mit seinem baldigen Ableben, doch damit konnte er noch nicht dienen.

»Wie geht es uns und denn heute, Mr Hollowan?« Diese Frage hatte er bestimmt schon hundertmal gestellt bekommen. Sie verdiente keine Antwort, da sie nur eine

Floskel aus dem eintönigen Krankenhausrepertoire war. Aus halb geöffnetem Augen beobachtete er eine Krankenschwester, wie sie die auf dem Tisch befindlichen Medikamente sortierte; seine Tagesration des Überlebens; Medizin für Körper und Seele. Eigentlich gehörte der Dunkle Fürst tatsächlich eher in diese Welt. Hier tobte ein nimmer enden wollender Kampf ums Überleben. Allerdings waren es keine Schlachten, bei denen Menschen mit Schwertern aufeinander einschlugen, sondern die ständigen Überlebenskämpfe, Querelen und Streitereien mit seinen dunklen Schattenseiten.

Die Schwester wollte gerade wieder den Raum verlassen, als einer der Ärzte ins Zimmer kam. In seine Akte vertieft streifte er Steve nur mit einem oberflächlichen Blick.

»Hmmm…liegt jetzt schon eine ganze Weile in diesem komatösen Zustand. Ich denke, wir sollten ihn verlegen. Hier können wir nichts mehr für ihn tun.« Er schien zu sich selbst zu sprechen, denn sein Blick blieb weiterhin starr auf seine Akte gerichtet. Ja, Steve wusste, dass dieser Tag kommen würde, an dem man ihn abschieben und als unheilbar dahinvegetieren lassen würde. Doch er hatte Glück gehabt. Steve wartete, bis der Arzt und die Schwester wieder verschwunden waren, bevor er die Augen öffnete.

»Bastarde. Noch lebe ich. Und das wird auch noch eine Weile so bleiben.«

III

Krachend donnerte die Faust des Dunklen Fürsten auf die massive Tischplatte. Wie konnte es nur sein, dass er diese Niederlage erlitten hatte? Ein Mädchen hatte ihn an der Nase herumgeführt. Ihn, den mächtigsten Fürsten in diesem Land. Natürlich war das Spiel damit nicht beendet. Er würde seine Ziele erreichen, so oder so. Aber er konnte es drehen und wenden, wie er wollte. Er hatte eine Schlappe einstecken müssen. Selbstzweifel kannte er nicht, aber er musste sich dennoch die Frage stellen, welche Fehler er gemacht haben könnte. Seine Untergebenen hatten versagt. Hatte er nur schwache und dumme Kreaturen an seiner Seite? Vielleicht. Aber eines musste er sich selbst eingestehen: Er hatte die Situation unterschätzt. Zu selbstsicher hatte er geglaubt, alle Fäden in der Hand zu halten. Fäden, die sich letztendlich einfach in Luft aufgelöst hatten. Mit wem hatte er es hier zu tun? Steve war geschwächt und im Grunde genommen war er bereits dem Tod geweiht gewesen. Jetzt aber würde er sich langsam wieder erholen. Noch hielt er den Schicksalsfaden zu ihm in der Hand, aber darauf alleine konnte er sich nicht verlassen. Wenn es Steve gelang, diesen zu kappen, dann hätte er wieder einen sehr mächtigen Feind.

»Steve«, zischte er wütend den Namen, der ihm einst so teuer war. »Verräter. Undankbarer Junge. Ich hatte so große Pläne mit dir. Und das ist dein Dank.« Als es an der schweren Tür klopfte, holte er nochmals tief Luft. Er musste sich jetzt konzentrieren und durfte keine weiteren Fehler machen.

»Komm rein, Drukras, Anführer der *mächtigen* Spaltanokrieger.« Spott triefte aus seiner donnernden Stimme, einem vernichtenden Urteil gleich. Das Tor öffnete sich von alleine. Lautlos und geschmeidig wie eine tödliche Klinge, deren leiser Lufthauch verriet, dass sie bald den Hals durchtrennen würde. Tief gebeugt, trat Drukras vor den Dunklen Fürsten und blieb schweigend stehen.

»Willst du mich nicht begrüßen?«, fragte ihn der Dunkle Fürst. Die Frage klang äußerlich ruhig, doch unter ihrer Oberfläche schwang Schärfe.

»Verzeiht, mein Herr. Ich grüße Euch. Mein Leben gehört Euch alleine.«

»Ich weiß. Aber manchmal habe ich das Gefühl, dass dir das nicht immer bewusst ist. Du hast versagt und mit dir der Dämon, den ich dir zur Seite gestellt habe. Was ist los mit euch Spaltanos? Habt ihr kein Hirn? Kann ein kleines Mädchen euch so narren?«

Drukras´ Blick blieb starr zu Boden gerichtet. Er war sein ganzes Leben lang ein Krieger gewesen. Zahllose Narben zeugten von den vielen Schlachten, die er geschlagen hatte. Und jetzt? Ein Fingerzeig des Dunklen Fürsten würde sein Leben auslöschen. Doch um sein Leben fürchtete er nicht, dazu hatte er schon zu oft an der Schwelle des Todes gestanden. Angst hatte er davor, seine Seele zu verlieren, und das wäre für den Dunklen Fürsten ein Leichtes. Er war für seine Grausamkeit bekannt. Unendliche Seelenqualen in den Kammern der Dämonen. Drukras hatte das Aussehen eines untersetzten Bullen. Sein Gesicht war übersät von verheilten Wunden, mit eingedrückter Nase, die mehrfach gebrochen und schlecht zusammengewachsen war. Seine muskulösen Arme und Beine strotzten vor Kraft und doch wirkte er vor dem Dunklen Fürsten wie ein kleiner Schuljunge.

»Ich…«, stammelte er verlegen. »Ich habe versagt. Nehmt mein Leben, wenn Ihr es wünscht. Denn das habe ich verdient.«

»Ja, das hast du gewiss. Aber ich gebe dir noch eine

letzte Chance. Ich weiß, dass du ein guter Krieger bist, aber Fehlschläge bringen uns alle in Gefahr.« Der Dunkle Fürst trug wie immer eine weiße Maske, in die kleine Schlitze für die Augen eingearbeitet waren. Emotionen konnte man daher nie an seinem Gesicht ablesen. Vielmehr waren es seine Worte und das Blitzen seiner Augen, die mehr verrieten.

»Nimm den verdammten Dämon und finde das Mädchen. Bringe es zu mir, lebendig oder tot. Ich habe Spione ausgesandt, um dich zu unterstützen. Solltest du wieder versagen, dann werde ich dir eigenhändig den Kopf vom Leib reißen. So wahr ich hier stehe. Enttäusche mich nicht noch einmal.« Seine Worte waren leise und dennoch bohrten sie sich drohend in Drukras´ Gehirn. Hätte er in diesem Moment den Blick gehoben und in die Augen des Dunklen Fürsten geschaut, so wäre ihm das kurze Aufblitzen darin nicht entgangen.

»Mein Fürst, ich werde meine Aufgabe erfüllen oder sterben.«

»Beinahe richtig. Wenn du versagst, wirst du darum flehen, sterben zu dürfen. Und nun geh.«

Der dunkle Fürst schaute dem Spaltano nach, wie er rückwärts, den Blick zu Boden gerichtet, wieder den Raum verließ. Er wusste, dass der Krieger alles tun würde, um seinen Auftrag zu erfüllen.

Nun konnte sich der Dunkle Fürst anderen drängenden Dingen zuwenden. In einer anderen Welt gab es ein noch größeres Problem, und dieses würde der Spaltano nicht für ihn beheben können.

Dazu benötigte er die Hilfe eines besonderen Wesens. Er brauchte den Jäger.

IV

Nach ihrem Traum, in dem ihr ihr Vater erschienen war, lag Synthia noch eine kurze Zeit wach und schaute gedankenverloren zum pechschwarzen Himmel empor. Der *Turm der Weitsicht* war von der Dunkelheit verschlungen worden und dichte Wolken verdeckten den silbrigen Mond. Auf ihm wurden sie von den Spaltanos gestellt und nur mit der Hilfe Vulgams und dem Zauber von Mark, konnte sie mit der Kraft ihrer Freundschaft überleben. Erschöpft und körperlich geschunden spürte Synthia jeden Knochen im Leib und wagte kaum, sich zu bewegen. So viel hatte sie in den letzten Monaten erlebt. Wahrscheinlich mehr als in ihrem ganzen bisherigen Leben zuvor. Obwohl sie erst vierzehn Jahre alt war, fühlte sie sich alt. Was genau mit ihr geschehen war, konnte sie nicht in Worte fassen und von ihrem Vater erfuhr sie nie etwas Konkretes. Schon einige Male war er ihr im Traum erschienen und hatte angedeutet, dass an ihr etwas Besonderes sei. Doch immer wenn sie nachhakte, was er damit meine, verschwand er einfach. Typisch. So sehr sie ihren Vater liebte, aber er hatte eine unangenehme Seite, die sie manchmal zur Weißglut trieb: sein Schweigen zu den wirklich wichtigen Dingen. Es quälten sie so viele Fragen, dass es schon körperlich wehtat. Und was machte ihr Vater? Er verschwand einfach, ohne auch nur eine von ihnen beantwortet zu haben.

»Ach Paps«, seufzte sie leise und schloss die Augen wieder. Sie war noch müde und brauchte Schlaf. Die Gedanken flossen immer langsamer durch ihren Kopf, bis die bleierne Müdigkeit sie in einen tiefen, wenn auch unruhigen, Schlaf zog.

»Synthia…«, hörte sie einen vertrauten Ruf aus der Ferne. Sie schien auf einer Wiese zu stehen, doch Nebelschleier behinderten

ihre Sicht. Sie wusste, dass sie zwar träumte, dies aber wieder diese Art spezielle Realität war, die sie weder beschreiben noch einordnen konnte. Sie fühlte sich frisch und voller Energie. Die Schmerzen, die sie noch vor dem Einschlafen geplagt hatten, waren wie weggeblasen.

»Synthia...«, hörte Sie abermals ihren Namen. Auch wenn der Ruf noch leise und undeutlich an ihr Ohr drang, wusste sie sofort, dass es ihr Vater war, der sie rief.

»Paps? Bist du es?«, rief sie verhalten in die Nebelwand, aus der sich plötzlich eine Gestalt schälte und langsam auf sie zukam. Es war tatsächlich ihr Vater, der mit sorgenvoller Miene auf sie zuschritt.

»Du bist schon wieder hier? Ist etwas passiert?«, fragte sie ihn neugierig.

»Hallo, mein tapferes Töchterlein. Ja, ich hatte etwas vergessen zu erwähnen.« Es lag etwas in seinem Blick, das sie aufhorchen ließ.

»Mir zu sagen? Wolltest du mir jetzt erklären, was besonders an mir ist?« Synthia konnte es sich nicht verkneifen, diese bohrende Frage loszuwerden, wohl wissend, dass sie darauf wahrscheinlich wieder keine Antwort erhalten würde.

»Nein«, antwortete Steve und schüttelte lachend den Kopf. »Da muss ich dich leider enttäuschen. Es kommt der Tag, an dem du erfahren wirst, was es ist. Habe einfach Geduld. Jetzt aber haben wir ein anderes Problem. Also höre gut zu.«

»Okay, schieß los.«

»Ihr habt gestern ein weiteres Kolcho erhalten. Du weißt inzwischen, dass diese magischen Utensilien ihre Kraft erst durch Deine innere Einsicht völlig entfalten können. In der Hand eines Unwissenden, sind sie unbedeutend ohne jegliche Wirkung. Dieses eine Kolcho das du nun erhalten hast ist alt, älter, als du es begreifen wirst und seine Geschichte ist so lang, wie die Geschichte der Wesen in diesem Land. Ich werde es mir jetzt also ersparen, dir von Amicitia zu erzählen. Ein Aspekt jedoch ist nun von großer Bedeu-

tung. Es gibt ein Ritual, bei dem man mit Hilfe dieses Dolches den vom Dunklen Fürsten gelegten Schicksalsfaden zu durchschneiden vermag. Mark muss diesen Zauber finden und durchführen.«

Synthia hörte ihm aufmerksam zu. »Kann Mark das denn schon? Ich meine, er beginnt ja erst, sich mit diesen Dingen zu beschäftigen. Manchmal schafft er es nicht einmal, seine Schuhe richtig zu binden. Seine Zauber, oder besser gesagt Experimente, gehen meistens in die Hose.« Synthia machte dabei eine Grimasse, die von ihren Qualen zeugte.

»Du hast recht, Mark steht noch am Anfang. Aber unterschätze ihn nicht. Er trägt ungeheure Kraft in sich, die er jedoch erst entwickeln und beherrschen lernen muss. Ich habe eine Verbindung zu ihm aufgebaut und werde eingreifen, wenn es brenzlig wird.«

»Hoffentlich ist deine Verbindung zu ihm gut. Seine Zaubereien sind nicht nur ärgerlich, sondern manchmal richtig gefährlich für uns«, erwiderte sie mit einem Augenzwinkern.

»Stell dich nicht so an, mein Töchterchen. Ich kann natürlich nicht jede Sekunde aufpassen, aber mache dir keine Sorgen. Davon abgesehen hat Mark gestern nicht gezaubert, sondern nur erkannt, was die Inschrift am Sockel auf dem Turm zu bedeuten hatte. Ich habe ein wenig nachgeholfen, daher konnte er nicht aufstehen und kämpfen. Aber ich bitte dich, das jetzt noch niemandem zu sagen. Auch Mark nicht. Die Zeit dafür wird noch kommen. Also, höre jetzt genau zu! Im Osten befindet sich die verfluchte Stadt Milsidre. Sie führt mehrere Namen, aber dies ist der einzige, der mir geläufig ist. Folgt dorthin der alten Straße östlich vom Turm, bleibt aber immer in Deckung. Sucht dort nach den alten Schriftrollen und Büchern der Mönche. Ich werde versuchen, euch zu leiten. Es kann aber vorkommen, dass wir zeitweise die Verbindung verlieren. Noch habe ich nicht all meine Kraft wieder.«

»Na, super.« Synthia rümpfte die Nase und schaute ihren Vater vorwurfsvoll an. Steve wusste, was er Synthia und auch Mark abverlangte, aber er hatte keine Wahl.

»Es tut mir wirklich leid, dass ihr wegen mir in diesem Schlamassel sitzt. Pass bitte auf und konzentriere dich auf das Wesentliche. Eines dieser Bücher muss Hinweise auf den Zauber beinhalten, mit dem man Schicksalsfäden durchtrennen kann. Jedes lebende Wesen hat ein Schicksal, das sich frei gestaltet. Doch der Dunkle Fürst hat die meinen verbogen und an sich gebunden. Diese Fäden müssen gekappt werden. Aber seid achtsam, der Fluch ...«, plötzlich verzerrten Schmerzen das Gesicht ihres Vaters. »Ich muss gehen ... verdammt. Noch eines, es ist ganz wichtig ...dort lebt ein Wesen, das ....«

Plötzlich verschwand ihr Vater wieder im Nebel. Orientierungslos tastete Synthia beinahe panisch nach ihrem Vater in der dichten Watte vor ihr.

»Paps?« Doch es kam keine Antwort. Irgendetwas hatte sich verändert. Ihre Nackenhaare stellten sich auf und ein angstvolles Gefühl befiel sie, wie ein gieriges Ungeheuer. Als sich die Nebel wieder lichteten, wurde ihre schlimmste Ahnung erfüllt. Die Wiese, auf der sie vorher gestanden hatte, war verschwunden.

»Oh, nein«, stöhnte sie leise. Wieder einmal stand sie in im Zimmer des Dunklen Fürsten. Wie hatte er das angestellt? Er stand mit dem Rücken zu ihr vor seinem kalten Feuer, das in dem mit schweren Ornamenten verzierten Kamin züngelte. »Ohhhh, Mist. Ich bin wieder in der Hölle. Verdammt«, fluchte Synthia.

»Na, na, wer wird denn fluchen?«, tadelte der Dunkle Fürst sie lachend. »Freust du dich etwa nicht, mich wieder zu sehen?«

Ein kalter Schauer rann ihr den Rücken herunter. In den Worten des Dunklen Fürsten klang Kälte und Ärger, wenn nicht gar brutale Wut. Die Dinge schienen sich nicht so entwickelt zu haben, wie er es sich wünschte. Vielleicht schwang auch ein wenig Angst in seiner Stimme mit, aber Synthia wusste, dass ihr das jetzt nicht helfen würde. Der Dunkle Fürst drehte sich um die eigene Achse und sein drohender Blick stach unter der Maske hervor, als wollte er Synthia durchbohren. »Das kleine Intermezzo auf dem Turm konntet ihr für euch entscheiden.

*Auch die Sanduhr des Lebens hast du zerstört. Nicht schlecht.«
Anerkennend klatschte er in die Hände. »Aber bilde dir ja nicht
so viel ein. Dein Vater ist zwar einem schnellen Tod entronnen,
aber er ist noch immer an meinem Haken. Dein ... Paps ...
wird nicht mehr lange sein. Entweder du machst, was ich dir
sage, oder ich werde deinem lieben ...Vater... töten. Ein für
alle Mal. Merke dir das. Ich lasse Dir jetzt ein wenig Zeit, aber
das nächste Mal, wenn ich dich zu mir hole, solltest du dich
für mich entschieden haben. Denn dann ich werde nicht mehr
drohen, sondern das tun, was ich dir für den Fall deiner Weigerung prophezeit habe. Hast du mich verstanden?« Synthia
antwortete nicht, aber sie hatte auch nicht das Gefühl, dass er
wirklich eine Antwort erwartete.*

Am nächsten Morgen wachte Synthia ausgeruht und mit einem seltsam zufriedenen Lächeln im Gesicht auf. Auch wenn der Dunkle Fürst sie erneut aufgesucht hatte, so hatte sie dennoch wieder mehr und mehr Kontakt zu ihrem Vater gefunden und musste nicht ziellos umherirren. Der Dunkle Fürst war diesmal sehr verstimmt gewesen und hatte keine Zeit für sie gehabt. Vielleicht war das ein gutes Zeichen. Synthia lag noch kurze Zeit mit geschlossenen Augen in ihre dicke Decke eingehüllt und dachte über ihren Traum nach, während Mark, Torfmuff und Vulgam bereits aufgestanden waren und geschäftig umherliefen.

»Mpfff, wach auf, Schlafmütze«, wollte Torfmuff sie wecken, doch Synthia winkte schnell ab.

»Bin schon wach, aber ich dachte, ich bleibe noch liegen, bis ihr das Frühstück serviert.«

Mark lachte und schubste Torfmuff. »Die Dame lässt es sich gut gehen.«

»Mpfff...ist ja nichts Neues«, nickte Torfmuff ernst und ging weiter geschäftig seiner Arbeit nach. Langsam stand Synthia auf, streckte sich benommen und rollte dann ebenfalls ihr Nachtlager ein, um es zu verstauen.

»Wohin gehen wir heute?«, fragte Mark, nachdem sie sich für den Tag gestärkt hatten. »Zwei der drei Aufgaben haben wir erledigt, und wie es scheint sogar recht gut. Du hast den Spiegelsee besucht und in dein Inneres schauen können, dann hast Du auch das Schwert der Freundschaft auf dem Turm der Weitsicht erhalten und jetzt kommt die dritte und vielleicht sogar schwerste Aufgabe. Nur diesmal haben wir keinen weiteren Tipp und auch niemanden, den wir fragen könnten.« Mark kramte in seiner Tasche und zog ein Pergament heraus, das sie von der Moorhexe damals erhalten hatten. »Das ist also unsere dritte Aufgabe«, sagte er und las den Text laut vor.

Und hast dann verloren was immer du glaubst,
Die Liebe, dein Leben und auch deinen Weg,
der Freundschaft und Freude auf immer beraubt,
dann werd dir bewusst, wer über dir steht.

»Klingt nicht wirklich sehr hilfreich.« Resigniert schaute er in die Runde.

»Na ja, so ganz ohne Tipp stehen wir nicht da. Ich hatte einen Traum, von dem ich euch noch nichts erzählt habe«, erwiderte Synthia.

»Mpfffff, aha.«

»Was heißt hier *aha*. Ich hätte euch gleich nach dem Frühstück davon erzählt.«

»Mpffff, verstehe. Mich erst arbeiten lassen, mpfff.«

Synthia musste herzlich lachen, da sie wusste, wie viel der arme Torfmuff arbeitete. Sie wusste, welches Glück sie hatte, gerade ihn in der ihr neuen Welt kennengelernt zu haben. Oder war es vielleicht Vorsehung? Es spielte eigentlich keine Rolle. Wichtig war nur, dass sie hier treue

Freunde hatte, die bereit waren, mit ihr durch dick und dünn zu gehen.

»Also gut«, begann sie und wurde wieder ernst. Danach erzählte Synthia von ihrem Traum. Als sie den Dunklen Fürsten erwähnte, wurde es still, so als hätte die Natur um sie her Ohren. Unwillkürlich zogen sie ihre Schultern hoch und sprachen leiser. »Er ist ein böser Mann und er wird uns nicht in Ruhe lassen. Mein Vater hat mir auch von einem Zauberspruch erzählt, den wir in der verfluchten Stadt suchen sollen.«

»Mpffff, verfluchte Stadt also.« Nachdenklich blickte Torfmuff in Richtung Osten, als könne er die Stadt in der Ferne erblicken. »Klingt nicht gut, mpfff.«

»Stimmt! Klingt wirklich nicht gerade verlockend«, bestätigte Synthia. »Aber wir haben keine Wahl, denke ich.«

»Mpfff, klingt nicht gut. Nein, nicht gut. Spaltanos überwachen Straße bestimmt«, gab Torfmuff zu bedenken und blickte fragend zu Vulgam. Aber Vulgam zuckte nur mit den Schultern.

»Ich weiß es nicht. Ich fürchte, dass sie inzwischen sowieso die meisten Wege überwachen. Als wir gestern zum Turm gelaufen sind, hatte ich mehrmals das Gefühl, dass wir nicht alleine waren. Irgendein Wesen muss uns gefolgt sein oder beobachtet haben. Der Dunkle Fürst hat viele Wesen, die ihm berichten. Fledermäuse, Wölfe, Krähen und noch viele andere Tiere und Kreaturen. Aber das Gefühl, das ich hatte, war irgendwie anders.« Fröstelnd zog sich Mark seine Decke über die Schultern.

»Mpffff, also gehen eben nach Osten und suchen Stadt. Obwohl nicht gut.«

»Ja Torfmuff, wir wissen genau, was du mit *nicht gut* meinst«, erwiderte Mark schmunzelnd. »Einen Vorteil hat so eine *verfluchte* Stadt vielleicht.« Er zwinkerte ihnen vielsagend zu, aber Torfmuff und Synthia schauten ihn nur fragend an. »Ah, ich sehe. Ihr habt keinerlei Fantasie. Nur gut, dass ihr einen Zauberer mit Gehirn bei euch habt.«

»Mpffff, wo?«, antwortete Torfmuff und schaute sich suchend um.

»Ha, ha.« Mark verschränkte verstimmt die Arme. »Die Lösung ist: Die Spaltanos werden auch nicht gerne dorthin gehen, also haben wir wenigstens vor denen unsere Ruhe. Versteht ihr?«

»Danke Mark, das ist ein beruhigender Aspekt. Wirklich beruhigend«, antwortete Synthia.

Vulgam rutsche ungemütlich hin und her und stocherte verlegen mit einem kleinen Ast im Boden herum. Er war bereits den ganzen Morgen sehr still und alle merkte ihm an, dass er mit schweren Gedanken kämpfte.

»Bin ich noch euer Gefangener?«, wollte er dann wissen und Synthia schaute ihn erstaunt an.

»Nein. Du bist jetzt unser Freund. Du hast dich für uns eingesetzt und dich zudem gegen dein eigenes Volk gestellt, nur um uns zu retten.«

»Also könnte ich jederzeit gehen?«, hakte er nach und Synthia nickte.

»Klar«, antwortete sie, ohne zu verstehen, worauf Vulgam hinauswollte. »Nun, dann bitte ich euch, alleine weitergehen zu dürfen. Ich möchte zurück in den Norden zu meiner Familie. Ich brauche jetzt einfach Klarheit über mein eigenes Leben. Ich muss herausfinden für wen oder was ich stehe.« Mark, Torfmuff und Synthia tauschten fragende Blicke aus. Irgendwie verstanden sie alle seinen Wunsch, andererseits konnten sie auf der gefährlichen Reise die vor ihnen lag, jeden Gefährten gebrauchen.

»Bist du dir ganz sicher?«, unterbrach Synthia zögernd die Stille.

»Ja, seid mir bitte nicht böse, aber es muss sein.«

Als alle bepackt und zum Abmarsch bereit waren, verabschiedeten sie sich traurig von Vulgam. Selbst Torfmuff, der ihm nie getraut hatte, umarmte ihn kurz, wandte sich dann aber schnell wieder ab. Synthia, Torfmuff und Mark zogen in Richtung Osten, wohingegen Vulgam seinen Weg in den Norden aufnahm.

»Pass auf dich auf«, flüsterte Synthia, als Vulgam nicht mehr zu sehen war.

Die dunkel drohenden Wolken, die am Abend zuvor ins Land gezogen waren, waren am Morgen wieder aufs Meer verschwunden. Die Morgensonne warf ihre goldenen Strahlen über das Land und versprach für den heutigen Tag blendendes Wetter. Der gewaltige Turm war noch lange nach ihrem Aufbruch aus der Ferne zu sehen. Er war eine beeindruckende Erscheinung und in den wenigen Minuten, in denen sich der Schleier der Zeit gelüftet hatte, hatten sie seine einstige Pracht erahnen können. Der *Turm der Weitsicht* hatte eine eigene, ganz besondere Ausstrahlung und sicherlich eine lange geheimnisumwobene Vergangenheit mit unendlich vielen Geschichten, die sich dort abgespielt hatten. Doch sollten sie diese nie erfahren – sie würden ein Geheimnis der Vergangenheit bleiben.

Die Sonne wärmte den Tag zunehmend auf, und sie unterhielten sich konzentriert über die bevorstehende Aufgabe. Immer wieder hielten sie kurz an, um nach Zeichen von Spaltanos Ausschau zu halten. Aber sie schienen wie vom Erdboden verschluckt. Abseits eines breitgetretenen Pfads, der schon bessere Tage gesehen hatte, blieben sie sorgsam in der Deckung von Gestrüpp und Bäumen.

»Eines kann ich nicht verstehen«, bemerkte Mark. »Als ich dort oben auf dem Turm war und mich konzentriert habe, fiel mir plötzlich dieser geniale Zauberspruch ein. Irgendwie wusste ich, was ich sagen musste, aber ich kann euch nicht erklären warum. Vielleicht bin ich bereits ein mächtiger Magier ohne es zu wissen. Was meint ihr?«

Synthia kannte die Wahrheit, behielt sie aber für sich. Innerlich musste sie lachen, unterdrückte jedoch diesen Drang, da sie Mark nicht beleidigen wollte. In bestimmten Dingen war er sehr dünnhäutig.

»Hmmm, oder es liegt an meinen wachsenden Fähigkeiten, jetzt sagt schon etwas. Was meint ihr?« Verärgert wartete er auf eine Bestätigung oder irgendeine Reaktion, aber sowohl Torfmuff als auch Synthia schwiegen beharrlich, als hätten sie ihn nicht gehört. »Ich sehe schon. Nur Banausen um mich herum. Schämt euch. Aber egal. Ihr werdet es schon noch erkennen.«

»Mark, wir sind froh, dass du zaubern kannst. Aber noch musst du erst einmal in eine richtige Zauberschule, um wirklich gut zu werden«, erwiderte Synthia. »Konzentrier dich jetzt besser auf den Spruch, den wir für meinen Vater suchen müssen. Ich weiß ja nicht, was uns in dieser verfluchten Stadt erwartet, aber wir werden nicht so leicht über solche Sprüche stolpern.«

»Hast du irgendeine Ahnung, warum dieser Spruch helfen soll? Oder was deinem Vater genau fehlt?«, fragte Mark.

»Ich weiß nur, dass mein Vater noch irgendwie mit dem Dunklen Fürsten verwoben ist. Es soll ein Schicksalsfaden durchtrennt werden. Mehr weiß ich leider nicht. Es wird also nicht ganz einfach. Aber damit haben wir ja auch nicht wirklich gerechnet.« In der Tat hatte keiner von ihnen einen Sparziergang erwartet.

Der Weg zur verfluchten Stadt gestaltete sich als unproblematisch. Der Weg war immer gut zu erkennen und es stellten sich ihnen keine größeren Hindernisse in den Weg. Auch keine Spaltanos oder andere vom Dunklen Fürsten ausgesandten Häscher stellten ihnen nach oder hinderten sie am Weiterkommen. Es schien beinahe zu leicht zu sein, zu ihrem nächsten Ziel zu gelangen.

»Hast du schon mal etwas von einer verfluchten Stadt gehört?«, fragte Mark.

»Mpfff, nie davon gehört.«

»Ist doch komisch, oder? Sie muss vor langer Zeit vom Erdboden verschwunden sein. Eine Stadt, über die es keine Geschichten gibt oder über deren Existenz man schweigt, ist ein böses Omen. Wenn ein Fluch über der Stadt liegt, dann ist sie bestimmt gefährlich. Genau deswegen will uns bestimmt auch niemand davon abhalten, dorthin zu gelangen.«

Mark hatte recht. Es war ein Grund mehr, sehr vorsichtig zu sein. Bereits am frühen Nachmittag tauchten aus der Ferne die Überreste einer Stadt auf. Wie verfaulte Zahnstummel reckten sich die Ruinen verfallener Häuser dem Himmel entgegen. Als sie näher kamen und die Stadt deutlich vor sich erblickten, überkam alle ein tiefes Gefühl der Angst. Sie standen noch etwa hundert Meter von einer rußgeschwärzten Stadtmauer entfernt, aus der dicke Quader herausgesprengt worden waren. Überall verteilt lagen diese Zeugen gewaltsamer Zerstörung.

»Mpfff…nicht gut«, flüsterte Torfmuff, so als befürchtete er, von der Stadt selbst gehört zu werden. Ein dumpfes Gefühl schien sie davor zu warnen, diese Ansammlung von Ruinen zu betreten, aber sie hatten keine Wahl. Ihre Herzen rieten ihnen, so schnell als möglich wegzurennen. Ihnen wurde bewusst, dass der Name der Stadt ernst zu nehmen war. Es lag eindeutig ein Fluch über diesen Gemäuern und sie mussten sich nun mitten hinein wagen.

»Also gut. Wir haben noch gut drei Stunden, bevor es dunkel wird. Gehen wir am besten gleich in die Stadt. Hoffentlich finden wir den Spruch schnell. Ich bin froh, wenn wir hier wieder wegkommen«, flüsterte Synthia, ohne ihren Blick von der Stadt abzuwenden. Dieser Ort musste einst sehr groß gewesen sein. Wohin ihre Blicke auch reichten, überall befanden sich Überreste einer weitläufigen Siedlung. Die wenigen hohen Häuser, die nicht in eingestürzt waren, waren handwerklich aufwendig gestaltet. Häuser mit bis zu vier Stockwerken deuteten darauf hin, dass es einst eine sehr reiche Stadt gewesen sein musste. Wie konnte eine solche Stadt nur untergegangen sein? Normalerweise ging Torfmuff immer voran, diesmal jedoch ließ er Mark großzügig den Vortritt. Vorsichtig bahnten sie sich ihren Weg durch die gespenstischen Trümmer.

»Was meint ihr, ob hier noch jemand lebt?«, fragte Mark, ohne eine Antwort zu erhalten. Es mussten hier einst tausende von Menschen gewohnt haben und es war rätselhaft, warum sie alle die Stadt verlassen hatten. Eine Naturkatastrophe konnte es nicht gewesen sein. Auch ihre geografische Lage schien perfekt in unmittelbarer Nähe zum Meer. Wenige der Gebäude schienen intakt, die meisten waren zerfallen, manche sogar völlig abgebrannt. Da die Steinquader aus der Außenmauer außerhalb der Stadt lagen, konnte sie auch keinem Angriff von außen zum Opfer gefallen sein. Das Übel musste aus der Stadtmitte gekommen sein und nicht umgekehrt. Je tiefer sie in die Stadt eindrangen, umso mehr schwarze, rußverschmierte Wände und Mauerreste deuteten auf einen Kampf hin, dessen Zentrum noch vor ihnen lag. Wohin sie jetzt schauten, überall Bilder der Gewalt und Zerstörung. Hausfassaden waren herausgebrochen, Brücken zertrümmert und manche Gebäude, deren einstige Aufgabe nicht mehr zu erraten war, schienen regelrecht explodiert zu sein. Einige wenige Mauerreste wiesen sogar Merkmale einer gewaltigen Hitze auf, wie sie durch ein einfaches Feuer nicht entstehen konnte. Steine sahen aus, als wären sie durch unvorstellbare Temperaturen geschmolzen. Es war kaum anzunehmen, dass noch jemand in dieser Stadt leben oder sich auch nur in ihr aufhalten könnte. Entgegen dieser Annahme verspürten sie dennoch alle drei dieses Kribbeln im Nacken, als würden sie auf ihrem Weg durch die alten Ruinen beobachtet. Absolute Stille umfing sie in den staubigen Gassen und es wurde ihnen schmerzhaft bewusst, dass nicht einmal Vogelgezwitscher zu hören war. Je näher sie dem Zentrum der Ruinen kamen, umso mühsamer wurden ihre Schritte. Eine bleierne Schwere schien ihre Beine zu lähmen. Plötzlich blieb Mark vor einem einigermaßen intakten Haus stehen. Mit offenem Mund starrte er das Gebäude an.

»Mark, ist alles okay?«, fragte Synthia. Doch es dauerte einige Sekunden, bis er sich wieder regte.

»Ich weiß nicht. Es ist…«, stammelte er irritiert. »… irgendetwas Seltsames hier. Es zieht mich regelrecht rein.«

Alle drei starrten das Haus nun wortlos an und es dauerte einige Minuten, bis sich Mark in Bewegung setzte. »Bleibt hier. Ich will da nicht rein, aber ich muss. Fragt mich jetzt bitte nicht, warum.« Wie hypnotisiert setzte er einen Fuß vor den anderen. Torfmuff wollte ihm folgen, aber Synthia hielt ihn zurück.

»Warte, vielleicht muss es so sein. Wir folgen ihm, wenn er längere Zeit nicht zurückkommt.«

Bevor Mark durch die Öffnung, wo sich einst die Tür befunden hatte, verschwand, blieb er kurz stehen und wandte sich zu ihnen um. »Wenn ich in fünfzehn Minuten nicht wieder rauskomme, dann kommt und holt mich. Verstanden?« Danach war er verschwunden.

Vorsichtig drang Mark tiefer in das Gebäude ein, immer darauf bedacht, nichts zu berühren. Jeden Schritt setzte er sehr vorsichtig. Wie sehr wünschte sich jetzt zurück nach Walrund, in sein altes Leben. An einem See fischen oder bei seiner Mutter sein. Alles sollte wieder so sein, wie es einmal war. Aber all das schien verloren. Und jetzt stakste er in den Schlund eines Hauses, das ihn förmlich in sich hineinsaugte. Er betrat Raum für Raum und suchte nach Informationen, nach Indizien, die Auskunft darüber gaben, was hier einst geschehen war. Nach irgendetwas, was ihn so sehr anzog. Viele der Möbelstücke waren morsch oder moderten in der Feuchtigkeit vor sich hin. Obwohl eine sehr lange Zeit verstrichen sein musste, und die Überreste nur schwerlich Rückschlüsse zuließen, sah es nicht so aus, als ob die Bewohner das Haus überstürzt verlassen hätten. Fast sah es so aus, als ob sie nur kurz weg waren und bald wiederkommen wollten. Hinter der Küche befand sich eine völlig verstaubte Kellertreppe, die schon lange keine Füße mehr gesehen hatte.

»Oh Mann, ich habe gar keine Lust da runter zu gehen«, stöhnte Mark. Der Sog war größer geworden und er ahnte, dass dort unten im Dunkeln die Antwort lag. Konzentriert sprach er einen kurzen Zauberspruch, woraufhin eine kleine, hell leuchtende Kugel in seiner Hand entstand. Diesen Zauber hatte er in den letzten Tagen immer wieder geübt, und so klappte er inzwischen schnell und reibungslos. Vorsichtig stieg er hinab. Stufe um Stufe. Unten angekommen, fand er eine geöffnete Kellertür, die er ängstlich durchschritt. Ohne Vorwarnung fiel sie hinter seinem Rücken laut ins Schloss. Er erschrak und verlor für einen kurzen Moment die Kontrolle über die leuchtende Kugel und sie erlosch. Absolute Dunkelheit umgab ihn. Eine körperliche, erdrückende Dunkelheit, die genügend Raum für die schlimmsten Fantasien ließ. Warum nur war er alleine hier heruntergegangen? In den Keller eines lang verlassenen Hauses, in einer verfluchten Stadt. Erstarrt blieb er stehen und wartete. Plötzlich erhellte sich der Keller mit einem unnatürlichen, bläulichen Licht aus dem sich schemenhaft durchsichtige Figuren schälten, die durch den Keller schwebten. Sie unterhielten sich und waren in aufgeregter Aktivität verstrickt, wobei sie Mark nicht zu bemerken schienen.

»Los, Kinder, versteckt euch in dieser Kammer, wir holen euch später wieder raus.« Eine untersetzte, dickliche Frau, schob zwei verängstigte Kinder in einen Raum hinter der Wand im Keller. Dann zog sie einen Hebel und die Wand schloss sich wieder. Mark sah, wie sie die Kellertreppe hinaufeilte und durch die geschlossene Tür verschwand. Wie ein Film spielte sich etwas Unfassbares vor seinen Augen ab. Viele Menschen eilten durch die Gassen, alle mit dem gleichen Ziel. Angst und Wut spiegelten sich in ihren Gesichtern, während sie heftig miteinander diskutierten. Auf einem sehr großen Platz fanden sie sich mit vielen anderen Bewohnern ein. Überall war lebhaftes Getuschel zu hören, bis nach einer Weile eine Gestalt, deren Körper und Gesicht in eine lange, rote Robe gehüllt waren, vor die Menschenmenge trat. Augenblicklich verstummten alle, und ihre Blicke richteten sich gebannt auf den Rotgewandeten. Vieles spiegelte sich für Mark in den Augen der Menschen. Hass, Abscheu und ganz besonders eines … Angst. Eine tief sitzende Kapuze verdeckte das Gesicht des Wesens vollkommen bis auf ein scharf geschnittenes Kinn, das wie ein Messer hervorstach.

»Wir haben euch gewarnt«, ertönte plötzlich eine grausame, helle Männerstimme. Krächzend durchschnitt sie alle anderen Geräusche wie eine heiße Klinge ein Stück Butter: »Wir haben euch in unserer grenzenlosen Güte eine Chance gegeben. Eine Chance zu überleben, aber ihr wolltet unser Angebot nicht annehmen«, schmetterte die verhüllte Gestalt in die Menge. Ein großer, kräftiger Mann mit einem Lederschurz und auffallend langem, schwarzen Bart trat mutig vor, während die anderen eingeschüchtert schwiegen.

»Ihr wollt unsere Kinder haben, aber das können wir nicht zulassen. Ihr könnt alles von uns haben, aber nicht unsere ...« Weiter kam er nicht. Die Gestalt in Rot hob eine Hand und ein Feuerstrahl schoss auf den bärtigen Stadtbewohner herab. Es zischte nur leise, doch die Wirkung war ein klares Exempel. Von dem bärtigen Hünen blieb nichts übrig als ein kleines Häufchen Asche an der Stelle, an der er noch vor wenigen Augenblicken gestanden hatte. Panisch wich die Menge vor der dampfenden Asche zurück und drängte sich noch näher zusammen.

»Möchte noch jemand etwas sagen? Ich weiß, dass ihr bei der alten Spinne vor der Stadt gewesen seid, aber sie wird euch nicht helfen. Ha ... dafür ist es jetzt zu spät. Ihr hattet die Wahl, ihr Narren.«

Keiner trat mehr vor und viele der Frauen in der Menge verbargen sich hinter ihren Männern, die nicht minder von Angst erfüllt waren. Wieder hob die dunkle Gestalt den Arm und schmetterte unverständliche Worte in Richtung Himmel. Plötzlich zogen dunkle Wolken aus allen Richtungen direkt über ihre Köpfe und verdichteten sich zu einer dunklen, wabernden Masse. Dann rissen die Wolken im Zentrum plötzlich auf und ein gleißend heller Strahl schoss auf die Menge nieder, wie ein Speer aus Licht, geformt aus purer Energie. Mit einem ohrenbetäubenden Knall tauchte er die Bewohner in blendende Helligkeit, und als der Strahl verblasste, waren nur noch unzählige Aschehäufchen zu sehen, die bald vom nächsten Windzug weggefegt wurden. Sie hatten nicht einmal genug Zeit gehabt zu schreien, so schnell war alles vorüber. Der in

Rot gekleidete Mann drehte sich teilnahmslos um und entfernte sich. Daraufhin schlugen überall in der Stadt helle Lichtblitze ein und zertrümmerten, was mühevoll über Hunderte von Jahren erbaut worden war. Bauwerke knickten unter der herabzuckenden Gewalt ein, als wären sie aus dünner Pappe. Feuerstrahl um Feuerstrahl hämmerte wie eine wütende Faust auf die Stadt ein, bis nichts mehr so war wie zuvor.

Den Atem anhaltend verfolgte Mark das schaurige Szenario, bis es schlagartig wieder dunkel im Keller war. Gierig schnappte er nach Luft, noch völlig benommen von dem, was er zu sehen bekommen hatte. Fassungslos und betäubt von der unfassbaren Grausamkeit. Erst einige Minuten später hatte er sich wieder in der Gewalt. Er konzentrierte sich und wieder entstand in seiner geöffneten Hand eine leuchtende Kugel. Was sollte er jetzt tun? Eigentlich wollte er schnell aus dem dunklen Keller fliehen, aber gleichzeitig wollte er auch wissen, was sich hinter der Wand befand, die mit dem Hebel verschlossen war. Zögernd trat er auf die Wand zu und legte seine Hand darauf.

»Oh bitte, lass es nicht wahr sein«, murmelte er ein kurzes Stoßgebet und stemmte sich gegen den Mechanismus, bis er sich krächzend bewegen ließ. Eine kleine Steinplatte in der Wand öffnete sich knirschend und rastete seitlich ein.

»Oh, nein«, hauchte er. In dem kleinen Raum, der hinter der Wand verborgen war, lagen zwei kleine Skelette. Sie mussten in dem Versteck verdurstet oder erstickt sein. Allein gelassen, einem dunklen einsamen Tod übergeben. In vielen Geschichten hatte er bereits gehört, wie jemand lebendig eingemauert wurde. Aber in Geschichten erscheinen die Dinge meist fern und unwirklich. Jetzt war es anders. Ihre Eltern hätten diese beiden Kinder beschützen sollen, doch nun lag das, was von ihnen übrig war, hier vor ihm; als Skelett und tot. Mark hatte seine Antwort erhalten. Schnell wandte er sich ab und verließ den Keller und das Haus, ohne sich nochmals umzusehen. Er wollte nur noch raus aus diesem Gebäude und weg aus dieser Stadt. Mit bleichem Gesicht, weißer Kreide gleich, stolperte er schwankend auf seine Freunde zu, die sofort erkannten, dass etwas Schreckliches geschehen war.

»Mpfff, was los?«, wollte Torfmuff aufgeregt wissen, als Mark endlich stehen blieb und mühsam Luft holte. Die Bilder noch immer vor Augen, gab er mit einer Handbewegung zu verstehen, dass sie sich noch kurz gedulden mussten. Mit staubigen Händen bedeckte er seine Augen, als wollte er sie vor dem Tageslicht schützen. Schließlich hob er gequält den Blick und begann stockend von seinem Erlebnis zu erzählen. Er berichtete von der vermummten Gestalt, welche die Stadt erpresst hatte, von den Kindern, die die Eltern versteckt hatten und schloss mit der Kammer, in der die Gerippe lagen.

»So ein Scheusal«, schimpfte Synthia. Aus ihrer Miene sprach blankes Entsetzen. Wie konnte jemand so etwas verlangen?

»Irgendetwas hat mich, seit wir hier angekommen sind, dorthin gezogen. So als hätte ich die Bilder sehen müssen. Ob es eine Warnung war?«, fragte Mark, der sich ein wenig beruhigt hatte. Synthia ahnte bereits, dass hier ihr Vater seine Hand im Spiel hatte. Das war es wahrscheinlich gewesen, wovor er sie noch im Traum warnen wollte. Eine Kreatur ohne jegliche Gefühle. Gefährlich und ungeheuer böse. Ob sie noch lebte und vielleicht sogar auf sie wartete? Seit sie die verfluchte Stadt betreten hatten, verfolgte sie alle dieses Gefühl, beobachtet zu werden,

»Mpfff, weitergehen. Suchen Marktplatz.« Entschlossen ging Torfmuff diesmal voran. Sicherlich hatte auch er nur noch ein einziges Bedürfnis, so wie sie alle: hier schnell wieder herauszukommen.

Sie waren bereits sehr nah am Zentrum der Stadt und erreichten ihr Ziel nach wenigen Straßenzügen. Auf dem weiten Platz angekommen, schauten sie sich verblüfft um. Selbst Mark war trotz der Bilder, die er bereits im Keller gesehen hatte, erstaunt über die Größe. Die Fassaden der noch einigermaßen erhaltenen Gebäude rings um den ausladenden Platz wiesen zahlreiche Verzierungen auf und zeugten noch heute von der einstigen Schönheit und dem Reichtum dieses Ortes. Filigrane Ornamente waren in die Mauern eingelassen und Steinfiguren blickten starr und stumm auf die Besucher. Ein Brunnen im Zentrum des Platzes zeigte die Kunstfertigkeit der früher hier ansässigen Handwerker. Er war übersät mit gemeißelten Figuren und Rosetten. Warum musste diese Stadt untergehen? Was hatten diese Menschen verbrochen, um eine solche Strafe verdient zu haben? Ein kalter Schauder lief Mark über den Rücken, als er die Empore erblickte, auf der dieses Scheusal gestanden und die Bewohner mit einem einzigen Fingerzeig getötet hatte. Voller Angst und abgrundtiefem Abscheu näherte er sich der Empore.

»Ist es hier passiert?«, fragte Synthia neugierig.

»Ja, hier. Wir müssen uns beeilen, denn irgendetwas stimmt nicht. Ich habe ein richtig übles Bauchziehen.«

Doch es war bereits zu spät. In diesem Moment tauchte aus dem Nichts auf der Empore vor ihnen die vermummte Gestalt auf. Schreckensbleich sahen sie, wie sie sich von einem schemenhaften, durchsichtigen Etwas zu einem festen Körper kristallisierte und gehässig auf sie herabblickte. Erschrocken und gelähmt, mit weit aufgerissenen Mündern, standen sie da wie hypnotisierte Hasen, unfähig davonzulaufen. Obwohl sie die Augen der Gestalt nicht erkennen konnten spürten sie, wie sie von Kopf bis Fuß gemustert wurden.

»Ahhh, Besucher«, begrüßte das Wesen sie nach einer Weile und machte eine steife Verbeugung, die es mit einer geschwungenen Handbewegung untermalte. Hohn und Spott lag in dieser Bewegung, die zeigte, was die Kreatur von ihnen hielt. »Seid Willkommen in meiner kleinen Stadt. Ich nehme an, ihr seid hier, um mir zu huldigen. Wie ich sehe, habt ihr mir euren Tribut mitgebracht.« Die Gestalt wandte sich Synthia zu und es war unmissverständlich, was er mit Tribut im Sinn hatte. Langsam nur begann sich die Starre der drei Gefährten wieder zu lösen. Mark überlegte, was er nun sagen sollte, denn an Flucht war nicht zu denken. Wie hatten sie nur so unvorsichtig sein und trotz der Warnung seiner Vision unvorbereitet hierherkommen können?

»Mein Name ist Mark, das ist Torfmuff und das ist Synthia. Wir sind mehr oder weniger durch Zufall in diese Stadt gekommen. Da wir nicht wussten, dass hier noch jemand lebt, haben wir auch kein Geschenk dabei«, erwiderte er trotzig. Die schrecklichen Bilder noch vor Augen, ahnte er die Gefahr, in der sie sich befanden.

»Oh, verzeiht meine Unhöflichkeit. Ich vergaß in meiner Freude über euren Besuch, mich vorzustellen.« Mit einer weiteren Verbeugung und einer eleganten fließenden Bewegung seines Körpers kam das Wesen einige Schritte auf sie zu: »Mein Name ist Sarek.« Langsam richtete er sich auf und eisige Kälte schien auf sie herabzuströmen. »Sarek … der … Gütige«, kicherte er grausam und eine lange, fahle Nase lugte kurz unter der Kapuze hervor. »Aber du irrst, kleiner Junge. Ihr habt sehr wohl euer Tribut an mich dabei. Gebt mir dieses Mädchen und ihr könnt weiterziehen. Ich habe kein Interesse daran, euch ein Leid zuzufügen, aber wenn ihr mir keine Wahl lasst, dann werde ich euch von eurem erbärmlichen Leben befreien.« Das war eine unmissverständliche Drohung und Mark wusste, wozu diese Gestalt fähig war.

»Mpfff, du wirst ...«, donnerte Torfmuff wütend, bis Mark ihn am Arm packte und bat, ruhig zu sein.

»Sagt mir eines, Sarek. Ihr habt doch diese Stadt zerstört. Mich würde interessieren, warum Ihr unbedingt die Kinder haben wolltet und nun unsere Begleiterin?« Mark fühlte, wie ihn eine Welle aus Macht streifte, in der Verwunderung, Verärgerung und Ungeduld mitschwangen.

»Ahhhh ... Wie unaufmerksam man doch mit den Jahren wird«, presste der Fremde überrascht durch die Lippen, als wollte er Mark damit wegpusten. »Du bist kein Gewöhnlicher, du hast eine Begabung tief in dir. Hmmm ... du hast also die Vergangenheit gesehen.« Es entstand eine quälende Pause, in der alle dastanden und darauf warteten, was nun kommen würde. Mark spürte förmlich, wie das Wesen ihn von Kopf bis Fuß musterte. »Du stehst noch am Anfang. Nun denn. Warum ich Kinder benötigte? Ich könnte es mir einfach machen und sagen ... weil ich es so WILL. Aber ich möchte von Fachmann zu Fachmann sprechen«, gluckste er verachtend. »Kinder haben unverbrauchte Lebenskraft. Ein Stoff der dich erst zum denkenden Wesen macht. Daher liebe ich Kinder. Ich lebe seit über tausend Jahren in diesem Land und diente einst dem Dunklen Fürsten. Es war eine lehrreiche Zeit, ihm dienen zu dürfen. Er sorgte für uns wie ein Vater, indem er uns immer mit neuem Leben beschenkte und uns gab, was wir benötigten. Lebenskraft, jung und frisch.« Genüsslich schnalzte er mit der Zunge. »Ja, er war großzügig, aber irgendwann brauchte er uns nicht mehr. Liebte es anscheinend nicht, dass wir die schwachen, unnötigen Menschen töteten und deren Energie aussaugten. Dummer, alter, seniler Mann.« Mit einem knorrigen Finger zeigte er auf Mark und zischte leise vor sich hin. »DU bist zwar jung, aber irgendetwas an deiner Lebensenergie gefällt mir nicht. Sie ist alt und stark. Für mich unbrauchbar. Und die Lebenskraft von diesem Pelztier ist verdorben und ekelig. Irgendwie schmutzig. Das Mädchen jedoch wird mich stärken.« Er machte eine kunstvolle Pause. »Es ist nun an der Zeit, dass sich unsere Wege wieder trennen. Entscheidet. Sterben oder gehen. Und zwar JETZT!«

Mark ahnte, was passieren würde, wenn er sich weigerte. Es wäre unweigerlich ihr Tod. Nichts und niemand würde sie retten oder beschützen können. Sie waren dieser Kreatur auf Gedeih und Verderb ausgeliefert.

»Wir haben keine Wahl«, flüsterte er zu Torfmuff. »Wir müssen Zeit gewinnen. Einen Kampf überleben wir nicht.«

»NUN?«, forderte die Gestalt ungeduldig.

»Sie soll dein sein, wir haben wichtigere Aufgaben, als uns um das Wohl dieses Mädchens zu kümmern«, antwortete Mark mit trockener Kehle. Es kostete ihn alle Kraft, das zu sagen. Torfmuff drehte sich abrupt zu Mark und musterte ihn mit ungläubigen Augen. Mark wollte ihm jedoch kein Zeichen geben, dass er nicht vorhatte, Synthia im Stich zu lassen. Zumindest nicht für lange Zeit. Stattdessen hielt er seinen Blick weiter starr auf den Fremden gerichtet, der nur zögernd seinen Arm wieder sinken ließ.

»Eine weise Entscheidung. Nun gut, geht nun und verlasst meine Stadt. Das Mädchen bleibt bei mir.« Synthia schien nicht zu reagieren. Anscheinend hatte Sarek bereits Gewalt über sie, denn ihr Blick war starr ins Leere gerichtet. Mark packte Torfmuff fest am Arm, der sich nur widerwillig wegziehen ließ. Erst als sie um die Ecke eines Gebäudes gebogen waren, blieb Mark kurz stehen.

»Wir hätten nichts gegen ihn ausrichten können. Ich habe die Bilder gesehen, wie er eine ganze Stadt mit einer Geste zerstört hat. Auch wenn er heute vielleicht nicht mehr so mächtig ist, so ist er sicherlich mächtiger als wir. Wir werden versuchen, ihm zu folgen, um herauszufinden, wo er sie hinbringt. Und dann werden wir sie befreien, koste es, was es wolle.«

V

Die Nacht war bereits hereingebrochen, als sich ungewöhnlich spät ein Gast ankündigte. Der Dunkle Fürst blickte seinen Diener fragend an, der unbeholfen die Achseln zuckte. Das Aussehen seines Dieners glich einer kleinen, fetten Kröte, die zudem über ein Mindestmaß an Angst oder Respekt verfügte. Seine fiebrig glänzenden, großen Augen, standen hervor und ließen erahnen, dass ihnen nichts entging.

»Du weißt nicht, wer um Einlass bittet?«, fragte ihn der Dunkle Fürst ungläubig.

»Verzeiht mein Herr, in der Tat kenne ich den Herrn nicht, der zu Euch vorgelassen werden möchte. Doch wen wundert dies schon? Seltsame Gestalten ziehen noch seltsamere an.«

Dafür erntete er lediglich einen tadelnden Blick. Zu gut kannte ihn sein Herr, als dass er ihm eines solchen Kommentars wegen böse gewesen wäre. »Den Wachen hat er seinen Namen nicht verraten. Ich soll Euch lediglich sagen, dass er ein Jäger sei.«

»Ein Jäger?«, hakte der Dunkle Fürst überrascht nach. Konnte es sein, dass es bereits der war, den er erst in zwei Tagen erwartet hatte? DER Jäger? »Nun gut, lass ihn rein.« Er wusste um die Schnelligkeit und Gewandtheit dieses einen Jägers, den jeder fürchten musste, auf dessen Fersen er sich einmal geheftet hatte. Selbst der Dunkle Fürst hatte Respekt vor diesem Wesen, das er beauftragen würde, eine ganz spezielle Aufgabe zu erfüllen. Gespannt wartete er, bis es wieder klopfte und der Fremde eintrat. Hochgewachsen, hager, mit kantigem Gesicht. Sein Gang war federnd und zeugte von Kraft und Selbstsicherheit. Er hatte schwarze Augen und ebenso schwarzes, schulterlanges Haar, das er im Nacken zu einem Zopf gebunden hatte.

»Willkommen Thrond, der Jäger. Willkommen in meinem bescheidenen Heim«, begrüßte ihn der Dunkle Fürst, ohne ihn auch nur eine Sekunde aus den zusammengekniffenen Augen zu lassen. Diesem Wesen den Rücken zuzukehren, konnte tödlich sein. Obwohl man ihm sicherlich alle Waffen abgenommen hatte, so trug er doch sicher noch einige versteckte Utensilien bei sich, die ebenso tödlich wie das Gift einer Sturmnatter wären.

»Bescheiden? Nun, so würde ich es nicht beschreiben, Fürst. Es ist fürwahr ein prunkvolles Heim.« Sein Blick schweifte durch den opulenten Raum, dessen Glaskuppel majestätisch über ihnen thronte. »Aber es scheint, dass Eure Diener ihre Aufgaben nicht erfüllen können. Und Ihr habt derer viele in Euren Diensten.« Es lag Spott in seiner Stimme, der dem Dunklen Fürsten nicht gefiel. Überheblichkeit gepaart mit dem Glauben an Unverwundbarkeit. Ein Irrglaube, der dem Jäger irgendwann vielleicht zum Verhängnis werden konnte.

»Vielleicht«, antwortete der Dunkle Fürst lediglich und wies dem Fremden einen Platz zu. »Ich möchte gleich zur Sache kommen«, begann er forsch. »Ich habe eine Aufgabe für Euch. Eine spezielle Aufgabe.«

»Alle meine Auftraggeber haben spezielle Aufgaben für mich.« Thrond lächelte süffisant und lehnte sich genüsslich in den massiven Stuhl zurück.

»Das denke ich mir in der Tat. Also gut. Dann wollen wir es einen für Euch ganz gewöhnlichen Auftrag nennen. Das senkt doch sicherlich den Preis.« Der Dunkle Fürst konnte es nicht lassen, ihn wenigstens ein wenig zu sticheln.

»Der Preis ist immer der Gleiche. Soll ich Euch einen Krug Wasser bringen, so kostet Euch das eintausend Goldstücke. Soll ich hingegen den Kopf eines Königs auf

Euren Tisch hier legen, so kostet das ebenfalls eintausend Goldstücke. Also nennt mir einfach, was Ihr erledigt haben möchtet.«

Die Augen des Dunklen Fürsten verfinsterten sich, was ein untrügliches Zeichen seiner Verstimmung war. Am liebsten hätte er diesem aufgeblasenen Kerl die Zunge herausgerissen. Aber er brauchte ihn. Zumindest noch.

»Ich verstehe. Somit ist der Preis genannt. Ich akzeptiere ihn und beschreibe nun Eure Aufgabe. Es handelt sich um einen Mann, der sich nicht in dieser Welt befindet. Eigentlich ist es eine ganz einfache Aufgabe, da er bereits sehr geschwächt ist.«

»Geschwächt? Warum spart ihr Euch dann nicht das Kopfgeld und sendet einen Eurer Sklaven?«

Die Frage war unverschämt, aber berechtigt und beide kannten die Antwort. Der Auftrag war nicht wirklich einfach auszuführen.

»Seht es, wie Ihr wollt«, antwortete der Dunkle Fürst ausweichend. Ein für den Jäger nicht erkennbares, leichtes Zucken in der Hand des Dunklen Fürsten verriet, was er in dieser Sekunde gerne gemacht hätte. Eine einzige Feuerlanze würde genügen, um dieses Schandmaul in Asche zu verwandeln. Stattdessen lächelte der Dunkle Fürst nur unter seiner weißen Maske. Irgendwann war Zahltag und dann würden sie sich nochmals sprechen.

»Ich werde Euch nun genau erklären, um wen es sich handelt und wo er zu finden ist. Auch kann ich Euch ein Tor öffnen, durch das Ihr in seine Welt gelangt. Und dann wünsche ich nur eines: dass Ihr mir SEINEN Kopf auf diese Tischplatte legt.«

Ohne jegliche Regung blickte ihm der Jäger in die Augen. »So sei es, Fürst. So sei es.«

VI

Verzweifelt rollte Synthia die Augen, unfähig sich zu bewegen. Selbst ihr kleiner Finger weigerte sich, ihrem Befehl zu folgen und sich wenigstens ein klein wenig zu krümmen. Dieses Wesen hatte sie vollkommen in Besitz genommen. Wie konnte das sein? Eine Träne kullerte über ihre Wange. Ihre Freunde hatten sie diesem seelenlosen Wesen überlassen. Ohne Kampf, einfach so. Still schrie sie den Namen Ihres Vaters, doch ihr geistiger Hilferuf verhallte ohne Antwort. Synthia spürte Wut und Enttäuschung, Hilflosigkeit und Angst. Ihr Kampf hatte plötzlich eine Wendung genommen, die sie nicht für möglich gehalten hatte. Sich diesem Ungeheuer jedoch zu ergeben, kam nicht in Frage, auch wenn diese geistigen Fesseln unüberwindlich schienen. Sie wollte schreien und wegrennen, aber sie war gelähmt und gefesselt von unsichtbaren Fäden. Fassungslos musste sie mit ansehen, wie sich Mark und Torfmuff von ihr entfernten und hinter einer Häuserfront verschwanden. Ihre Seele schrie um Hilfe, doch ihre Lippen versagten ihr den Dienst. Der Fremde wandte sich ihr zu und musterte sie. In seiner ganzen Haltung lag siegessicherer, arroganter Triumph, der sie wie Nadelstiche quälte. Erst nach einigen Minuten kam er zu ihr heruntergeschwebt und blieb nur wenige Zentimeter vor ihr stehen. Mit knochiger, rauer Hand strich er über ihr Haar und sie roch seinen fauligen Atem. Ekel rann ihr kalt über den Rücken. Lieber tot, als diesem Scheusal ausgeliefert zu sein. Was dachte sich Mark nur dabei, sie so einfach zurück zu lassen!

»Komm mit Kind, wir gehen an einen Ort, wo es dir gefallen wird. Und dann … .« Sie konnte fühlen, wie der Fremde unter seiner Kapuze grinste und es genoss, endlich wieder ein Opfer zu haben. Danach drehte er sich um und ihr Körper folgte ihm willenlos. Schritt für Schritt. Mit lautloser Stimme schrie sie ihre Beine an, dem Fremden nicht zu Diensten zu sein. Sie flehte und wimmerte, aber es half nichts. Ein Fuß setzte sich vor den anderen, ihrem scheinbar unabwendbaren Ende entgegen. Der Weg schlängelte sich durch die Gassen und endete vor einem prächtigen Bau, dessen Fassade gut erhalten und kunstvoll verziert war. Doch Synthia hatte keinen Blick mehr für die Umgebung, da ihr Tränen die Sicht vernebelten. Doch es waren keine Tränen der Angst oder des Schmerzes, es waren Tränen des Zorns. Ein langer Gang mit Wänden voller Bilder erstreckte sich vor ihnen, an dessen Ende sich eine schmale Tür befand. Brav folgte sie ihrem Peiniger in einen dahinter liegenden, großen Saal. Auf schwere Stelen gestützt, umringte eine erhöhte Galerie den inneren Bereich. Alte, zum Teil zerschlissene, tiefrote Vorhänge hingen an den Wänden und tauchten den Raum in einen gedämpften, rötlichen Schimmer. Stumm zeigte der Fremde auf einen kleinen Altar, der sich an der Stirnseite gegenüber dem Eingang befand. Schwarz polierter Marmor mit Symbolen des Todes verziert. Es bedurfte wenig Fantasie, um zu erraten, welche Aufgabe auf ihm verrichtet wurde. Synthia schritt wie von Geisterfäden gezogen zum Altar und legte sich ohne eigene Willenskraft auf die kalte Platte.

Oh Mann, ich bin ein Zombie, schoss ihr durch den Kopf. Ihrer Hilflosigkeit bewusst, versuchte sie sich vergeblich aus der Umklammerung zu befreien. Langsam schob das Wesen seine Kapuze zurück und entblößte ein Gesicht des Grauens. Mit eingefallenen Wangen und harten, grausamen Gesichtszügen, die durch tiefe Furchen gezeichnet waren, stand es vor ihr. Zwei gelblich stumpfe Augen blickten gierig auf sie herab. Seine Haut war matt und transparent, durchzogen von herausstehenden Adern und Sehnen.

»Du wirst bald in mir sein, mein kleines Mädchen.« Seine Lippen formten sich zu einem schmalen, grinsenden Strang und in seinem Blick gab es weder Gefühle noch Anzeichen von Gnade. »Ich werde dir dein Leben aussaugen, nicht schnell .... gaaaanz langsam.« Genüsslich formte er die Lippen zu einem grässlichen Rüssel und machte ein saugendes Geräusch: »Ich werde dich behandeln, wie es dir gebührt.«

VII

Thrond liebte es, schwierige Aufgaben der besonderen Art zu lösen. Aufgaben, die so speziell waren, dass kaum ein anderes Wesen sich ihnen widmen wollte. Und die wenigen, die es taten, hatten nicht die Professionalität, Kälte und Zielstrebigkeit, die er so perfektioniert hatte. Sicherlich musste er seinem Schicksal zugute halten, dass er einem Volk angehörte, das hier ungeahnte Talente aufwies. Doch leider gab es nicht mehr viele von seiner Sorte; sein Stamm drohte auszusterben. Seit vielen Jahren lebte er in der Einsamkeit. Kontakte zu den wenigen Schwestern und Brüdern aus seiner Sippe, die noch lebten, waren irgendwann einmal abgebrochen. Für die Art seiner Tätigkeit war stille Abgeschiedenheit erforderlich. Nähe zu anderen konnte gefährlich und ungemein lebensverkürzend sein. Eine Gefahr, der er sich nicht aussetzen wollte. Trotz seiner Einsamkeit, die er durchaus gelegentlich spürte, erfüllten ihn die Vielfalt seiner Arbeit und die abenteuerlichen Orte, an die sie ihn führte. Einfache Aufgaben, ungeachtet jeglicher Zahlung, schlug er aus. Geld und Gold hatte er über die Jahre mehr als genug gehortet. Außergewöhnliche Herausforderungen waren der einzige Antrieb, den er noch kannte. Und so hatte ihn ein euphorisches Gefühl durchflutet, als er Nachricht vom Dunklen Fürsten erhielt. Noch nie hatte er für ihn gearbeitet, einen Mann, der tödlicher als tausend Giftnattern sein konnte. Doch genau das war der Reiz, der ihn an seine Pforte getrieben hatte. Der Reiz der Gefahr, mit ihr zu spielen und am Ende triumphierend den Sieg davonzutragen. Als Thrond den delikaten Auftrag erhielt, ahnte er jedoch noch nicht, dass er ihn in eine andere Welt führen würde. In eine Welt, die ihm völlig fremd war und in der er sich erst einmal zurechtfinden musste. Voraussetzungen wie diese lockten ihn jedoch sehr, also gab es keinen Grund diesen Auftrag nicht zu übernehmen und das zu tun, wofür er lebte: jagen und töten. Aus den Schatten den schnellen und unsichtbaren Tod bringen. Es war ein erhebendes Gefühl, in die Augen des Opfers zu schauen, wenn es erst verständnislos das Verrinnen des Lebens fühlte, um mit dem letzten Atemzug zu verstehen, wer dahinterstand. Gefühle spielten keine Rolle. Eine seiner Lieblingsaussagen lautete: großes Herz, großer Schmerz. Und genau das hatte Thrond nicht; ein Herz.

Nachdem ihm der dunkle Fürst ein blau schimmerndes Tor geöffnet hatte, und er durch dieses ihm unbekannte Energiefeld trat, überkam ihn ein Schwindelgefühl, wie er es so intensiv noch nie empfunden hatte. Es dauerte einige Zeit, bis er sich langsam wieder sicher fühlte. In der Ferne hörte er Stimmen, die in wachsam werden ließen. Zum Glück war er in der Nacht in diese Welt eingetreten, die ihn wie ein schützender Mantel umgab. Schnell suchte er Schutz hinter einer brüchigen Mauer. Er befand sich in einer Ruine, die einst bessere Tage gesehen hatte. Doch jetzt hatte sie ihre Aufgaben erfüllt und niemand ahnte, was die Zeichen auf dem Steinboden bedeuteten. Wieder hörte er Stimmen, gefolgt von Lachen. Sein geschultes Ohr erfasste sofort, dass es sich um Menschen, drei Männer und eine Frau handeln musste. Geschickt schlich er ihre Richtung. Einem Schatten gleich, unsichtbar und unhörbar. Als er nah genug war, legte er sich auf den Boden und schlich sich näher heran, bis er die Fremden genau sehen konnte. Es waren seltsam gekleidete Wesen, die sich an eine große Blechkiste lehnten und etwas aus Glasbechern tranken. Er beobachtete sie einige Zeit und ihm wurde klar, wie sehr sich diese Welt von seiner eigenen unterschied. Eine gute Tarnung war unerlässlich, um sich unbemerkt seinem Ziel zu nähern. Er durfte nicht durch seine Andersartigkeit auffallen, sonst würde er seine Aufgabe nicht lösen können. Anpassung konnte auf vielerlei Art erfolgen und eine bot sich ihm an dieser Stelle. Die Gruppe merkte nicht, dass sich etwas zusammenbraute, das ihnen zum Verhängnis werden konnte. Als Thrond lässig auf sie zuschlenderte, verstummte die Gruppe zuerst einige Sekunden, bis sich einer der drei Männer mit süffisantem Grinsen äußerte.

»Hey, wir haben Besuch.« Langsam stemmte er sich von dem Auto ab, an das er halb liegend angelehnt gestanden hatte. Breitbeinig schwenkte er seine Bierflasche wie ein Pendel vor sich hin und her. »Er ist so schwarz wie die Nacht. Ist wohl aus der Unterwelt gekrabbelt.«

Seine zwei Freunde beobachteten ihn, als warteten sie auf eine kleine Einlage. Nur die Frau schaute besorgt zwischen ihren Freunden und Thrond hin und her.

»Lasst ihn in Ruhe, ich habe kein gutes Gefühl«, wisperte sie laut genug, dass es alle hören konnten. Thrond jedoch blieb unbeeindruckt und steuerte auf den vermeintlichen Anführer zu, als würde er einem Freund entgegengehen. Schritt für Schritt kam er näher, während der Fremde mit der Bierflasche langsam unruhig wurde. Als Thrond nur noch wenige Meter entfernt war, konnte der Mann das seltsame Wesen besser sehen und erschrak. Hastig nahm er den Flaschenhals fest in die Hand und hielt die Flasche wie eine Waffe vor sich, während das kalte Bier über seinen Arm schwappte.

»Scheiße«, fluchte er laut.

Thronds Miene glich einer steifen Maske, die verbarg, was er dachte oder vorhatte. Plötzlich griffen seine Hände blitzschnell in seine eng anliegende Lederweste und zogen zwei kurze Messer heraus. Zeitgleich schnellte sein Bein hoch und traf den Anführer mitten ins Gesicht. Wie eine Strohpuppe flog er durch die Luft und fiel hart auf den

Asphalt. Noch eine Drehung und die beiden Messer flogen wie kleine Blitze auf die beiden überraschten Männer zu. Nur ein kurzes Aufblitzen in ihren erschreckten Augen zeigte, dass sie plötzlich verstanden, dass es keinen Ausweg mehr gab. Gefräßig bohrten sich die Klingen in ihre Hälse. Ein leises Gurgeln und Röcheln verriet, dass die Dolche ihre Ziele perfekt getroffen hatten. Blut spritzte auf das Blech hinter ihnen, das zuvor unbefleckt im Licht geglänzt hatte. Die Frau verfolgte wie versteinert und mit weit aufgerissenen Augen das Unfassbare und beobachtete hilflos, wie die beiden Männer langsam zu Boden sackten. Hilflos musste sie zusehen, wie sich Thrond über den Anführer stellte, eine dünne Schlaufe um dessen Hals legte und gnadenlos zuzog. Sie glitt wie eine scharfe Klinge durch sein Fleisch. Vergeblich versuchte sich der Anführer zu befreien. Mit aller Kraft stemmte er sich hoch, aber es half ihm nichts. Er spürte wie sein Leben in wenigen Sekunden verrann, wie Wasser durch weit gespreizte Finger. Erst als er leblos in der Schlaufe hing, ließ Thrond von ihm ab. Ruhig zog er die beiden Messer aus den Kehlen der beiden anderen, wischte diese ebenso wie die Schlinge an der Kleidung seiner Opfer ab und steckte sie wieder ein. Erst jetzt trat er auf die Frau zu und blieb vor ihr stehen. Jetzt würde er eines der Talente nutzen, die ihm in die Wiege gelegt worden waren. Beinahe sanft griff er in ihren Nacken und zog sie zu sich. Unfähig sich zu wehren, ließ sie zu, was ihr den Tod bringen würde. Ihre Blicke trafen sich kurz, ohne dass das Opfer auch nur die geringste Ahnung haben konnte, was nun geschehen würde. Behutsam presste Thrond seinen Mund auf den ihren und schloss die Augen. Er musste sich nun konzentrieren und durfte keinen Fehler machen. Dann begann er zu saugen, während die Augen der Frau aus ihren Höhlen traten. Konzentriert auf die körperliche Verwandlung saugte er ihre Lebensenergie ein, als würde er eine Flasche Limonade leeren. Mit jeder Sekunde nahm er mehr und mehr ihre Gestalt an, während sie selbst wie eine Rosine austrocknete. Als nur noch ein schlaffes, faltiges Bündel in seinen Händen lag, ließ er sie achtlos fallen. Dann fiel auch er unter Schmerzen zu Boden. Die Transformation hatte ihren Preis und den musste er jetzt durchleben. Knochen brachen in seinem Körper und fügten sich neu zusammen. Seine Organe dehnten sich aus oder schrumpften. Alles in seinem Körper zerrte mit fürchterlichen Schmerzen bis an die Grenze des Ertragbaren. Als der Vorgang beendet war, blieb er einige Minuten reglos liegen, um sich an seinen neuen Wirt zu gewöhnt. Dann stemmte er sich mühsam auf, beseitigte die jämmerlichen Überreste der Frau und ihrer Begleiter und machte sich auf den Weg. Jetzt hatte er das, was er brauchte: eine perfekte Tarnung.

»Steve, ich komme«, murmelte er und verschwand wieder im Dunkel der Nacht.

VIII

Mark und Torfmuff hatten sich hinter einer Hausecke verborgen und beobachteten, wie das Wesen mit Synthia im Schlepptau davonging.

»Mpffff.... er weiß, dass wir folgen?«, flüsterte Torfmuff, den Blick auf den Fremden gerichtet.

»Ich weiß es nicht. Vielleicht ist es ihm auch egal, vielleicht fühlt er sich so sicher, dass er keinen Gedanken daran verschwendet. Aber es spielt eigentlich auch gar keine Rolle, ob er es weiß oder nicht.«

Während sie ihnen nachschlichen, beobachteten sie, wie Synthia ihrem Peiniger apathisch folgte, den Blick nach vorne gerichtet, wie eine leblose Puppe, die an unsichtbaren Fäden hing. Welche Macht musste dieses Wesen besitzen und hatten sie überhaupt eine Chance dagegen? Aber sie durften nicht aufgeben und so folgten sie den beiden, in der Hoffnung vielleicht doch nicht bemerkt zu werden, bis sie an einem gut erhaltenen Haus ankamen, in dessen dunklen Schlund die beiden verschwanden. Prächtige Ornamente zierten die Fassaden, deren Vorderfront von mächtigen, mit Figuren geschmückten Stelen gehalten wurde. Ein zweiflügeliges hölzernes Tor, mit Gold und Silber verziert, stand weit offen. Einladend und tödlich.

»Mpfff.... Ich rein«, flüsterte Torfmuff, doch Mark griff nach Torfmuffs Arm und hielt ihn zurück.

»Das ist eine Falle. Ich spüre es genau. Er hat keinerlei Angst vor uns und er weiß, dass er uns haushoch überlegen ist. Frage mich jetzt nicht, warum, aber ich weiß ganz genau, dass wir es nicht überleben, wenn wir unvorbereitet da reingehen.«

Torfmuff schaute Mark vorwurfsvoll an. »Mpfff, und Synthia?«

Mark schloss kurz die Augen, weil er wusste, dass Torfmuff ihm böse war. Sicherlich glaubte er, er wollte Synthia diesem Scheusal kampflos überlassen.

»Torfmuff, du kennst mich doch genau. Wir sind Freunde und du müsstest doch wissen, dass ich niemals aufgeben und Synthia verraten würde.« Torfmuff schaute beschämt zu Boden.

»Hör zu. Als ich in dem Keller war, habe ich doch diese Bilder gesehen. Und da war ganz kurz die Rede von einer alten Spinne vor der Stadt. Lass uns doch erst nachsehen, ob die alte Spinne noch lebt. Das Wesen, das sich Synthia geholt hat, lebt ja auch noch.«

Bei dem Gedanken an lange behaarte Beine und einem fetten, schwarzen Leib musste sich Torfmuff heftig schütteln. Sein zottiges Fell stellte sich auf und ein Schauer des Ekels und der Angst huschte über seinen Rücken. »Mpfff... Spinne. Pfui«, grunzte er angewidert. »Mpfff, Spinne hilft? Uns nicht tötet? Warum?«

»Ich wäre froh, wenn ich darauf eine Antwort hätte. Ich weiß ja nicht einmal, warum ich diese Bilder im Keller des Hauses sehen konnte. Das alles ist mir ein Rätsel. Aber wir haben keine andere Wahl.« Alles war so bizarr gewesen, sodass Mark es kaum in Worte fassen konnte. Je mehr er über sein Erlebnis in dem Haus nachdachte, umso mehr wurde ihm klar, dass hier jemand nachgeholfen hatte. Vielleicht war es Synthias Vater, vielleicht aber auch jemand anderes. Es war keine gute Energie dort gewesen und doch wollte ihnen jemand helfen.

»Wenn wir die Spinne nicht vor Tagesende finden, dann versuchen wir es auf eigene Faust, okay?«

Nur widerwillig stimmte Torfmuff ein und folgte Mark, der sich eilig von dem Gebäude entfernte. In einer engen Gasse fanden sie hinter einigen Mauerresten Schutz, wo Mark in die Hocke ging und die Augen schloss. Nach einigen Minuten breitete er die Arme aus und flüsterte fremd klingende Worte. Torfmuff hielt derweil Wache und schaute sich nach allen Richtungen um. Es dauerte nicht lange und Mark stand mit einem siegessicheren Lächeln auf.

»Sie lebt! Und…ich weiß, wo sie sich befindet.« Triumphierend klopfte er sich auf die Schulter. Doch im selben Moment hielt er verwundert inne. »Nur eines ist seltsam: Ich frage mich nur, warum ich plötzlich so viele Dinge kann. Es kommt mir vor, als wüsste ich schon alles und ich würde mich einfach nur langsam wieder erinnern. Hmmm, vielleicht bin ich bereits ein großer Zauberer und weiß es nur noch nicht.«

»Mpfff, bestimmt«, antwortete Torfmuff und verdrehte die Augen.

»Du wirst schon sehen, ungläubiger Pelzmann, du wirst schon sehen. Jedenfalls, befindet sich im Norden der Stadt eine Höhle und die müssen wir finden.«

»Mpfff, Spinne gefährlich? Oder GROSS?.«

Mark verzog sein Gesicht zu einer furchterregenden Grimasse. »Oarhhhh, jaaaaaa…die Spinne ist riiiiiesig groß und ist die gefährlichste Spinne überhaupt«, dann lachte er vergnügt, als er Torfmuffs verschrecktes Gesicht sah. »Mach dir nicht ins Fell. Sie sah ganz winzig aus. Sie ist bestimmt nur eine kleine, aber kluge Spinne. Also, lass uns nach ihr suchen gehen.«

»Mpfff, kleine, kluge Spinne. Mpfff, weiß nicht«, gab Torfmuff zu bedenken und folgte seinem Gefährten in gehörigem Abstand.

Als sie den Rand der Geisterstadt erreichten, zeigte Mark auf eine kleine Brücke. »Da müssen wir rüber und uns rechts in den Wald schlagen. Wenn ich mich nicht irre, sind wir auch bald am Ziel.«

Einige Minuten später standen sie bereits vor einer

großen, mit Lianen verhangenen Höhle, die nicht preisgab, was sich in ihr verbarg.

»Mffff, Spinne wirklich klein?«, fragte Torfmuff nochmals vorsichtshalber.

»Du meinst wegen dem großen Eingang? Na ja, sie sah zumindest klein aus«, antwortete Mark kleinlaut. »So genau kann ich es jetzt auch nicht sagen. Ich denke jedoch, dass sie nicht größer als ein Daumen sein sollte. Maximal so groß wie eine Hand.«

»Mpfff, Daumen, Hand.« Zweifelnd blickte Tofmuff kurz mit zusammengekniffenen Augen zu Mark.

»Vielleicht ist sie auch ein klein wenig größer, aber bestimmt nicht viel. Ich kenne mich da aus. Vertraue mir. Ich habe einen Plan.«

Mark schlich am Torfmuff vorbei und spähte vorsichtig in das Dunkel der Höhle.

»Hallo, Spinne, lebst du hier? Wir brauchen deine Hilfe«, rief Mark. Erschrocken zuckte Torfmuff zusammen und wich einen Schritt zurück. »Mpfff, das Plan?« Seine Augen huschten flink umher. »Hmpffff… zum Glück uns sieht niemand. Stehen hier, rufen in Höhle nach Spinne. Spinnen nie helfen. Mpfff, Spinnen fressen dumme Jungen.«

Aber Mark ließ sich nicht beirren und lachte ihn aus. »Alter Angsthase. Hat tatsächlich Angst vor einer kleinen Spinne.« Dann drehte sich Mark wieder zur Höhle. »Hallo, ist da jemand?«, rief er laut, doch aus der Höhle kam keine Antwort.

Plötzlich hörten sie hinter sich ein unangenehmes Kichern. Blitzschnell drehten sie sich um und blieben wie erstarrt stehen. Vor ihnen stand eine riesige, gut drei Meter hohe Spinne, deren Greifwerkzeuge sich emsig bewegten. Ihr behaarter Körper hatte eine weißgraue, leicht gelbliche Färbung, wobei Ihr Vorderkörper braungrau hervorstach. Torfmuff schüttelte sich und wäre am liebsten geflüchtet, doch so schnell wie eine Spinne konnte er nicht rennen. Auf ihrem Hinterkörper konnten sie einen großen Längsfleck entdecken, der zum Körperende hin zwei Zacken trug. Symbole, die nichts Gutes ahnen ließen. Die krakenartigen, weit ausladenden Beine boten ein kontrastreiches schwarz-weiß geflecktes Muster. Sicherlich hätte Mark sie für schön und interessant gehalten, wäre sie wirklich nur daumengroß gewesen. So aber starrte er sie nur mit offenem Mund und weit aufgerissenen Augen an.

»Hallo, Spinne«, äffte sie Mark mit hoher Stimme nach. »Ha … schaut nur, zwei Spinnenjäger.«

Weder Mark noch Torfmuff trauten sich, etwas zu sagen oder sich zu bewegen. Sie wussten nicht, ob die Spinne giftig war, aber alleine die riesigen Greifwerkzeuge konnten sie mühelos zermalmen.

»Nuuun? Was wollt ihr von mir? Habt ihr keine Angst?«, fragte sie.

»Oh, ich …ähm…ich wusste nicht, dass du so groß bist«, bemerkte Mark stockend. »Und ja, ich habe Angst.«

Sie saßen in der Falle. Hinter ihnen die dunkle Höhle, vor ihnen die riesige Spinne und in der verfluchten Stadt ein fieses Monster. Viel schlimmer konnte es wirklich nicht kommen.

Mark nahm seinen ganzen Mut zusammen und trat einen kleinen Schritt auf die Spinne zu. »Ähm, entschuldige große Spinne. Wir wollten dich um Hilfe bitten und wir sind bestimmt keine Spinnenjäger. Wir würden niiiie einer Spinne ein Leid zufügen« Die großen Augen der Spinne schienen die beiden eingehend zu mustern.

»So, so? Nie?«, fragte sie und blickte zu Torfmuff, der zitternd neben Mark stand. »Meine Hilfe braucht ihr? Seltsam, seltsam. Schon lange war niemand mehr hier. Aber ich kann euch beruhigen, noch steht ihr nicht auf meinem Speiseplan. Man hat euch angekündigt und das respektiere ich«, antwortete sie dann gereizt. »Man nennt mich übrigens Grisam. Grisam, die Weise. Grisam, die alte Spinne. Alte, weise Spinne. Na ja, spielt eigentlich keine Rolle. Was wisst ihr über Spinnen?«, fragte sie mit einem Unterton, der wachsam werden ließ. Mark schaute Hilfe suchend zu Torfmuff, blieb dann aber stumm.

»Mpfff, klein. Manchmal giftig ...«, antwortete Torfmuff nachdenklich. Eigentlich stellte er sich eine Spinne so vor, wie Mark sie beschrieben hatte. Aber leider war das hier nicht der Fall. »Mpfff, meistens klein«, korrigierte er dann schnell.

»So, so, *manchmal giftig*. So, so. Seltsam, seltsam. Nun, dann sucht euch einen Platz in der Höhle zu Sitzen. Werde euch ein wenig von Spinnen erzählen. Und dann sehen wir weiter.« Mark und Torfmuff schauten sich an. Es war beiden unwohl bei dem Gedanken, in die Höhle zu gehen. Sie drehten sich dann aber doch widerstrebend um und betraten vorsichtig die dunkle Grotte. Bereits nach wenigen Metern suchten sie sich einen Platz zum Sitzen, die Wand als Schutz im Rücken. Die Spinne folgte ihnen in die Höhle, webte einige extrem dünne, silbrige Fäden und zog sich an ihnen hoch, um an der Höhlendecke zu verharren.

»Klein und giftig, so, so. Stimmt oft. Nicht immer, aber oft. Auch ich bin sehr giftig«, gab sie dann zu Bedenken. »Aber nicht klein.« Sie betrachtete die beiden einige Zeit und begann dann wieder zu reden. »Ich bin alt, oder besser gesagt, ziemlich alt. Nicht oft kommen Wanderer hierher. Und nicht oft sind sie so interessant wie ihr. Bittet mich um Hilfe. Gerade mich«, zischte sie leise, was Mark und Torfmuff frösteln ließ. »Manche Durchreisende dienten mir als Nahrung und wieder andere standen mir freundschaftlich nah. Ich gehe mal davon aus, dass ihr lieber der zweiten Gruppe angehören wollt. Richtig?«

»Mpfff, richtig«, bestätigte Torfmuff schnell, und beide nickten eifrig, als ginge es um ihr Leben, was es vielleicht auch tat.

»Gut so. Ihr habt einige magische Artefakte bei euch«, bemerkte die Spinne und ließ sich an einem Silberfaden einen halben Meter nach unten gleiten. »Aber dazu später. Auch spüre ich eine Kraft in dir, kleiner Junge.« Ihre Augen fixierten Mark, der nervös zu Torfmuff schaute. »Ja, ja, so ist es. Sehr seltsam, vieles ist seltsam in den neuen Tagen. Sehr seltsam, in der Tat. Aber ich wollte euch ja etwas über Spinnen erzählen. Richtig? Ja, ich glaube das wollte ich. Also, hört gut zu. Sehr gut. Wusstet ihr, dass wir Spinnen auch Weberinnen der Illusionen genannt werden? Die Einen sagen, wir würden den Lebensfaden spinnen. Oh ja, den Lebensfaden. Andere wiederum meinen, wir wären das Verbindungsglied von Vergangenem und dem Zukünftigen. Ja, ja, das alles kann sein. So wie wir Spinnen ein komplexes Netz spinnen, um in der Mitte auf unsere Beute zu harren, so solltet auch ihr immer in der Mitte eures Lebens stehen. Solltet von uns lernen. Uns achten und respektieren. Nicht töten und Angst haben. Respekt eben. Versteht ihr? Respekt.«

Wieder nickten beide eifrig. Sie hatten Respekt vor der Spinne und zwar gehörigen Respekt.

»Die Welt wird immer rings um jeden Einzelnen gesponnen und so hat jeder Einfluss auf sein eigenes Schicksal. Nichts ist gegeben und alles im stetigen Fluss«, erzählte sie weiter. »Wir können über den feinsten Faden balancieren. Oh ja, über den allerfeinsten Faden. Es ist eine Kunst, sich sicher in den Netzen des Lebens bewegen zu können. Das tun wir, ohne die Balance zu verlieren. Versteht ihr, was ich meine? Ihr Menschen könntet viel von uns lernen, aber ihr habt Angst vor uns. Ihr ekelt euch. Und wie ihr euch ekelt. Warum? Ich weiß es nicht«, gab sie sich selbst die Antwort. »Dabei sorgen Spinnen dafür, dass das Ungeziefer euch nicht zu sehr belästigt. Viele Spinnen haben Angst vor EUCH und wollen sicherlich alles, nur nicht euch in die Quere kommen. Und was macht ihr? Ihr jagt und tötet sie.« Danach schwieg die Spinne und blickte sie vorwurfsvoll an. Zumindest hatten Torfmuff und Mark das Gefühl, diese Anklage auch in ihren großen Augen widergespiegelt zu erkennen. Sie ekelten sich wirklich vor Spinnen und sie hatten Angst vor ihnen, obwohl sie ihnen eigentlich nichts taten. Im Gegenteil waren sie doch Vertilger von vielem, was Menschen nicht wollten.

»Du hast leider recht. Aber meine Mutter hat immer gut von Spinnen gesprochen«, erwiderte Mark leise.

»So, so. Ja, ich weiß. Deine Mutter ist Tamara, nicht wahr? Tamara, die Heilerin. Tamara, die Gute. Du bist überrascht, dass ich sie kenne?«, fragte Grisam, die Spinne, als sie Marks erstauntes Gesicht sah. »Ich bin eine alte Spinne. Ich weiß viel. Tamara ist eine weise Frau und sie hat dir das Leben gegeben. Aber das ist nicht die Kraft, die in dir steckt. Hmmm, seltsam. Nein, ihre Kraft ist es nicht. Schließe deinen Mund wieder und hört beide gut zu.« Grisam näherte sich ihnen und ihre Stimme wurde verschwörerisch leise. »Wir haben nur wenig Zeit, also müssen wir schnell handeln. Eure Begleiterin wurde entführt, das habe ich mitbekommen. Auch ahnt ihr inzwischen, welches Schicksal diese einst große und prächtige Stadt ereilt hat. Die Bewohner hätten sich wehren müssen, planen und organisieren. Kämpfen, ja, ja…kämpfen. Nicht reden, nicht jammern, kämpfen. Ich hätte ihnen geholfen, wären sie zu mir gekommen. Aber sie dachten, der Spuk würde von alleine vergehen. Einfach so. Dumme Menschen. Nichts geht von alleine. Niemals. Das Schlechte und Böse haftet, bis man sich davon befreit«, erklärte sie. »Bei euch jedoch spüre ich einen starken Willen. Kraft und Mut. Wollt dem Schicksal trotzen und verhängnisvolle Schicksalsfäden lösen.«

Bei dem Begriff *Schicksalsfäden* setzte sich Mark auf. Seine Augen leuchteten und am liebsten hätte er sofort nachgefragt, um mehr über die Schicksalsfäden zu erfahren, aber er ließ es vorerst dabei bewenden. Die Spinne schien ihnen helfen zu wollen, doch es war eine komplizierte Geschichte und Vorsicht war angeraten.

»Aber was sollen wir tun?«, fragte Mark.

»Wisst ihr eigentlich, mit wem ihr es zu tun habt? Nein? Das dachte ich mir. Kennt nicht den Feind. Wollt ihn auch gar nicht wirklich kennen. Aber einen Gegner kann man nur schlagen, wenn man seine Schwächen kennt. Richtig? Seine Stärken sollte man auch kennen. Beides. Stärken und Schwächen. Ach, ihr Menschenkinder, wie töricht und unwissend ihr doch seid.« Dann schwieg Grisam einige Minuten und ließ sich an dem Faden zu Boden gleiten. »Wir werden gemeinsam in das Haus des Windschattens zurückkehren. Wir nennen diese Kreaturen so, weil sie wie der Wind kommen und gehen und wie ein Schatten kaum zu bezwingen sind. Einst dienten sie dem Dunklen Fürsten, doch sie waren ungehorsam. Wollten immer nur das, was sie selbst wollten, ihren eigenen Vorteil. Aber den Dunklen Fürsten stellt niemand in die zweite Reihe. Versteht ihr, was ich meine? Niemand hintergeht ihn.«

Mark schluckte schwer. Er verstand genau, was Grisam ihnen sagen wollte. Doch im Moment hatte er keine Zeit weiter darüber nachzudenken.

»Er entließ sie aus seinen Diensten. Trennte sich einfach von ihnen. Ich vermute, dass selbst er über die Grausamkeit der Windschatten erstaunt war. Sei es aber, wie es sei. Wichtig ist, dass wir den Windschatten überraschen müssen, bevor er eure Begleiterin opfert. Sich ihre Lebensenergie nimmt. Aussaugt, bis sie tot ist. Einfach packt und…«

»Ja, ja, schon gut. Wir haben es verstanden«, unterbrach sie Mark, der einfach genug davon hatte.

»Verstanden? Sicher? Nun gut. Kinder verstehen nicht immer alles richtig, aber nun gut. Also, beeilt euch, wir treffen uns vor seinem Haus« Die Spinne bewegte sich mit ihren acht Beinen so geschwind, dass sie ihr nicht folgen konnten. Schnell war sie aus ihrem Blickfeld verschwunden.

»Kann die rennen. Komm, Torfmuff, wir müssen uns beeilen.« Mark sprang auf und rannte der Spinne hinterher, konnte sie jedoch vor dem Eingang nicht mehr entdecken.

»Mpfff… wow, wirklich schnell … die KLEINE Spinne«, stichelte Torfmuff. Eilig rannten sie zurück durch die verschütteten und verkohlten Gassen der ausgestorbenen Stadt. Die Sonne versank allmählich und es wurde schnell dunkler. Immer wieder mussten sie über Geröll steigen oder sich ihren Weg durch den Schutt suchen, was im dämmrigen Lichtschein zunehmend schwierig wurde. Als sie endlich ankamen, war bereits die Nacht hereingebrochen. Tiefste Schwärze umgab sie.

»Mpfff…. Wo KLEINE Spinne?«, fragte Tormuff und schaute sich um.

»Hier mein KLEINES Pelztierchen, genau über dir.«

Torfmuff und Mark erschraken und zuckten unwillkürlich zusammen. Grisam hing genau über ihnen und war gegen den dunklen Himmel kaum zu erkennen.

»Mpfff….. upps«, entfuhr es Torfmuff gequält.

»Ja genau … upps. Upps, upps, upps. Ich werde mich nun an der Hauswand nach oben begeben. Gebt mir ein wenig Zeit, und wenn ich oben angelangt bin, dann wartet ihr und zählt bis 100. Dann versucht ihr, über den Haupteingang einzudringen. Wir müssen ihn überraschen, sonst haben wir keine Chance. Verstanden? Überraschen. Sonst kein Glück. Und Glück brauchen wir.«

Mark überlegte und blickte angestrengt zu dem

Gebäude hinüber, das in der Dunkelheit kaum zu sehen war.

»Ja, schon, aber wie sollen wir im Haus vorgehen? Wir wissen doch gar nicht, wo du dich dann befindest.«

Mit einem ihrer Spinnenbeine tippte Grisam auf Marks Brust, was Mark leicht taumeln ließ.

»Stimmt, ihr wisst nicht, wo ICH bin, aber ich werde wissen, wo ihr seid. Immer weiß ich, wo ihr euch befindet. Meistens zumindest. Und sollte ich euch nicht gleich sehen, dann werde ich es spätestens dann wissen, wenn ihr entdeckt werdet.« Mark und Torfmuff schauten sich empört an.

»Was willst du damit sagen? Heißt das, dass wir nicht gemeinsam angreifen?«, fragte Mark.

»Wir werden sehen. Die Zukunft zeigt sich nicht jetzt, sondern später. Das hat die Zukunft so an sich. Aber wir haben ihr ein wenig Struktur gegeben. Versteht ihr, was ich meine? Wir handeln, also gestalten wir. Geben Struktur. Ihr greift an, werdet entdeckt und ich werde die Situation ausnutzen. Wie? Das lasst meine Sorge sein. Dann schnappt ihr eure Begleiterin und flieht. Wir treffen uns danach wieder in meiner Höhle. Könnt ihr euch das merken?« Sicherlich gab es mehrere Möglichkeiten, ein Haus zu erstürmen, um einen Irren zu überwältigen. Doch hier handelte es sich um einen sehr mächtigen Irren. Sie würden also als Bauernopfer dienen, als Ablenkungsmanöver.

»Und wenn es schiefgeht?«, wollte Mark wissen.

»Wenn es schiefgeht? Ach, wie schön du das formulierst. Wenn es schiefgeht, dass geht es schief, kleiner Junge. Dann haben wir alle ein Problem. Sind alle nicht glücklich. Aber – wollt ihr eure Begleiterin befreien?« Grisam brachte es auf den Punkt. Sie hatten keine Wahl. Widerwillig nickten Mark und Torfmuff.

»Seht ihr? Also, bis gleich.« Dann kletterte Grisam

die Wand des Gebäudes hoch und verschwand. Einfach so. Das Startzeichen war gegeben und Mark begann, auf hundert zu zählen.

»Mpfff, ist nicht gut. Ist einfach nicht gut.« Torfmuff fühlte sich nicht wohl in der Haut eines Köders, zumal Würmer am Haken einer Angel meist gefressen werden. Aber in dieser verfluchten Stadt hatte sich alles so schnell entwickelt, dass sie von einer Situation in die nächste geworfen wurden, ohne wirklich Einfluss nehmen zu können. Als Mark bei hundert angekommen war, schlichen sie über die Straße und verschwanden in dem Gebäude, dessen großes Tor einladend geöffnet stand. Vorsicht war im Grunde nicht sonderlich geboten, da sie ja entdeckt werden sollten. In der Vorhalle schauten sie sich schweigend um. Sie bestand beinahe ausnahmslos aus kostbarem Marmor. An den Wänden hingen helle Skulpturen aus Alabaster, die Wesen darstellen, welche in diesem Land lebten oder gelebt hatten. Einige der Figuren wie Menschen, Zwerge, Drachen, Elfen mit langen, spitzen Ohren, Spaltanos, Baumwächter und einige mehr konnten sie zuordnen. Von vielen wussten sie aus Legenden und Erzählungen oder eben aus eigenen Begegnungen. Andere hatten sie noch nie zuvor gesehen und konnten sich daher kaum vorstellen, was für Wesen das sein sollten und ob sie jemals existiert hatten. Dazu gehörten eine wurmartige Kreatur, deren zwei Köpfe menschliche Züge hatten, oder ein dicker fleischiger Kloß aus dessen Mitte sieben Leiber, mit jeweils einem kahlen Kopf und vier tentakelartigen Armen wuchsen. Das eine oder andere Wesen lebte vielleicht noch, jedoch verspürten sie nicht das geringste Bedürfnis auf ein baldiges Treffen mit einer dieser Kreaturen. An den Wänden des Ganges befanden sich zwischen abgebrannten Fackeln Bilder von Personen, Landschaften und weiteren Wesen. Jedoch waren die meisten Gemälde von Zeit und Schmutz zerstört und somit nicht mehr erkennbar. Behutsam setzten sie einen Fuß vor den anderen, erschraken aber dennoch über den Widerhall der eigenen Schritte. Als sie endlich am Ende der Halle ankamen, wo sich ein weiteres Tor befand, hörten sie ein leises Wimmern aus dem dahinter liegenden Raum. Behutsam versuchte Mark, das Tor zu öffnen, das zum Glück nicht verschlossen war. Doch ein lautes Knatschen verriet sie sofort. Eines war sicher, unbemerkt konnten sie kaum geblieben sein. Eine große Halle erstreckte sich vor ihnen, in deren Mitte sich eine große, schwarze Steinplatte befand. Darauf lag ein regloser Körper. Darüber war ein schwarzes Tuch ausgebreitet, sodass sie nicht sehen konnten, wer oder was sich darunter befand. Es konnte sich um Synthia handeln oder um eine Falle. So oder so, es blieb ihnen nichts anderes übrig, als es herauszufinden. Sie konnten nur hoffen, dass Grisam ihr Versprechen halten und sie retten würde. Das Versprechen einer übergroßen, fremden Spinne. Sie kamen sich wie Narren vor, die naiv ihrem Henker entgegeneilten. Aber eine Alternative hatten sie nicht.

»Sollen wir?«, fragte Mark.

»Mpfff, haben wir Wahl?«, entgegnete Torfmuff lediglich.

»Nein. Also los.« Leise näherten sie sich dem Opfertisch. Als sie nur noch wenige Meter entfernt waren, bewegte sich etwas unter dem schwarzen Tuch, das noch immer alles darunter verbarg. Sie waren nur noch wenige Schritte entfernt, da packte Mark plötzlich Torfmuff fest am Arm und zog ihn zurück.

»Halt, irgendetwas stimmt hier nicht. Mir stehen alle Haare im Nacken zu Berge, und ich habe im Bauch so ein Gefühl von … von…« Vergeblich suchte er nach den passenden Worten. War es Angst? Ja, vielleicht. Aber es war mehr als nur das, es war ein deutlich warnendes Gefühl. In diesem Augenblick hob sich das Laken und eine grässliche Gestalt sprang von der Platte. Die scheußliche Kreatur war mindestens zwei Meter groß und kräftig gebaut. Mit langen dürren Armen mit je drei messerscharfen Klauen stellte sich das Monster kampfbereit vor ihnen auf, ohne auch nur einen Laut von sich zu geben. Bestimmt war es ein Diener des Wesens, das Synthia entführt hatte. Nur für sie unter ein Laken gehüllt, um sie zu fangen oder zu töten. Sie waren blind in die Falle getreten und wurden längst erwartet von dem, den sie eigentlich überraschen wollten. Noch wartete die Kreatur auf irgendetwas. Vielleicht auf ein Signal oder dass sich einer der beiden bewegte. Aus dem weit aufgerissenen Maul bleckten ihnen scharfe Zähne entgegen, die bereit waren, sich in ihr Fleisch zu bohren. An Flucht war nicht zu denken, dazu gab es keine Möglichkeit mehr. Wie kleine, dumme Karnickel standen sie da, bereit ihr Leben zu geben. Aus den dunklen, kleinen Augen der Kreatur strahlte die Bosheit schlechthin. Ein Tier, das darauf abgerichtet war zu töten, wie es sein Meister wünschte. Dann setzte es sich in Bewegung. Zwei, drei Schritte würden genügen und die Klauen könnten sie in Stücke reißen. Sie rochen bereits den faulen Atem und den Gestank des Todes. Wie erstarrt standen sie da, unfähig eine Waffe zu ziehen und sich zu wehren.

Sie hatten bereits mit ihrem Leben abgeschlossen, als sich plötzlich von der Decke eine klebrige Masse über die Kreatur ergoss. Immer wieder schossen Fäden herab, doch das Wesen wehrte sich mit kräftigen, reißenden Bewegungen gegen die klebrigen Fesseln. Immer wieder schnitten die Klauen Faden für Faden durch. Es dauerte lange, bis seine Bewegungen langsamer und zäher wurden und das Wesen schließlich bewegungsunfähig zu Boden fiel. Angewidert versuchte Mark, sich abzuwenden, aber seine Beine versagten ihm noch immer den Dienst. Einen kurzen Moment hatte er geglaubt, es wäre eine Schockstarre, in die er gefallen war, jetzt jedoch wurde ihm bewusst, dass hier etwas anderes am Werk war.

»Mist«, fluchte er. »Kannst du dich bewegen?«

Torfmuffs unbeholfene Bemühungen, einen Schritt zu machen, waren Antwort genug. Vergeblich versuchte auch er, sich aus seiner Starre zu lösen.

»Das ist eine Katastrophe. Pass auf«, schrie Mark warnend. Aber seine Warnung kam zu spät. Im selben Augenblick schoss ein Feuerstrahl in Richtung Decke und traf die Spinne mit voller Wucht. Ein übler Geruch von verschmortem Fleisch und Haaren erfüllte den Raum und vermischte sich mit dem Gestank des Monsters vor ihnen. Getroffen fiel Grisam wie ein nasser Sack zu Boden und blieb mit angewinkelten Beinen reglos neben dem Altar liegen.

Ein verräterisches Kichern hallte aus der Dunkelheit, triumphierend und grausam. Dann erschien der Windschatten neben einer nahen Stele, eingehüllt in einen tarnenden Umhang. Er musste alles genau geplant und beobachtet haben.

»Endlich habe ich die alte Grisam erlegt«, gluckste er euphorisch. Sie waren alle nur Spielfiguren in seinem perfiden Plan gewesen. »So lange habe ich auf diesen Augenblick gewartet. So lange. Und dank euch habe ich die Spinne endlich da, wo ich sie haben möchte.«

Er würdigte Mark und Torfmuff keines Blickes und schritt siegesgewiss auf die Spinne zu.

»Ahhh, ich hatte es schon aufgegeben, dich zu erlegen. Du hinterhältiges Krabbeltier. Diener deines Meisters, der mich verschmäht und ausgestoßen hat. Du hast dich nie einem Kampf gestellt, du feiges Ungeziefer. Ich hoffe, dass noch genug Leben in deinem fetten Wanst ist, damit du die Schmerzen durchleidest, wenn ich dir jedes Bein abbrechen und in deinen ekligen Körper spieße. Laben werde ich mich an diesem Anblick.«

Hass lag in seinen Worten. Angestaut in so vielen Jahrzehnten. Alles entlud sich in einem Schwall von Beleidigungen und Erniedrigungen. Mit einem Fingerschnippen tauchte er die von Fäden gefesselte Kreatur in blaues Licht, das schnell die Fesseln zerfraß und sie wieder befreite. Mark und Torfmuff waren verloren und niemand würde ihnen noch zu Hilfe kommen. Mark versuchte vergeblich, die Kraft seiner Magie wachzurufen.

»Hol das Mädchen, du Missgeburt!«, befahl der Windschatten. Nur langsam kam die Kreatur auf die Beine. Grisams Angriff musste ihr großen Schaden zugefügt haben, da sie winselnd und gekrümmt davonhumpelte. Als sie wieder auftauchte, trug sie ein schlaffes Bündel im Arm, legte es auf die Steinplatte und verschwand wieder. Der Windschatten stellte eine Schale am Kopfende der Platte auf den Boden und zog Synthias Körper mühelos in Richtung Kopfende, bis ihr Kopf über den Rand der Platte hinausragte und nach hinten kippte. Danach breitete er die Arme aus und erzeugte damit ein gespenstisches Bild des nahenden Todes. Mit leiser, raunender Stimme, murmelte er Worte in einer fremden Sprache. Einer alten, vergessenen Sprache voller Macht. Energie durchströmte den Saal und entlud sich knisternd. Die Luft um sie her verdichtete sich und begann, ihnen den Atem zu nehmen. Es blieb ihnen nur noch wenig Zeit und dann würde das passieren, was nicht geschehen durfte. Immer wieder versuchte Mark vergebens, sich gegen die geistige Umklammerung zu wehren. Tränen rannen an seinen Wangen herab, aus Wut und Enttäuschung über die Hilflosigkeit, die er schmählich empfand.

»*Hilfe*«, schrie er lautlos, beseelt von dem Wunsch, dass

es nicht ungehört bliebe. »*Hilfe, hilfe, hilfe*«, wiederholte er immer wieder, bis er plötzlich aus der Ferne seinen Namen hörte.

»*Mark*«, rief eine Stimme. »*Mark, pass jetzt genau auf.*« Es war keine Bitte, sondern ein Befehl, der keine Widerrede duldete. »*Ich werde versuchen, dich aus dem Bann zu befreien. Nimm den Stein Enthay und halte ihn dir an die Stirn. Verstanden? Dann nimm den Dolch Amicitia und ersteche damit den Windschatten. Wo der Dolch in sein modriges Fleisch gestoßen wird, spielt keine Rolle. Ziele am besten auf die Brust.*«

Mark nickte nur und wartete. Doch noch immer gehorchten ihm weder Arme noch Beine.

»*Der Bann ist mächtig. Ich kann ihn nicht lösen*«, hörte er wieder die Stimme des Fremden. Plötzlich zuckten Blitze von der Decke zu Boden. Dann ergriff der Windschatten ein Messer und führte die Klinge an Synthias Hals. Sekunden noch und alles wäre vorbei. Die Starre löste sich nicht und Mark konnte nichts tun als zuzusehen.

»Aber ich kann ihn lösen«, erschallte plötzlich eine andere Stimme aus der Ferne, und Mark spürte, wie wieder Leben in seine Glieder floss. Wer auch immer ihm half, es spielte keine Rolle mehr. Er wusste, dass er nur diese eine Chance bekommen würde. Schnell griff er nach dem Stein in seiner Tasche und presste ihn an seine Stirn. Dann zog er mit der Rechten den Dolch und rannte auf den Feind zu, der nur wenige Meter entfernt mit dem Rücken zu ihm stand. Angstschweiß tropfte in seinen Nacken, da er befürchtete, zu früh entdeckt zu werden. Als er endlich hinter der dunklen Gestalt stand, drehte sich diese plötzlich um und schaute ihm direkt in die Augen. Ein arrogantes Lächeln verzog die Miene des Windschattens.

»Du willst mich angreifen?« Seine hohlen Augen verhöhnten Mark. Er entblößte seine Brust, als wollte er ihn dazu einladen, sein Messer hineinzurammen. »Versuche es, du Wurm. Ihr wart nichts, ihr seid nichts und so werde ich euch auch behandeln. Ihr seid Luft und euer Schicksal ist unwichtig, und das werde ich dir zeigen.«

Mark spürte, dass sein Geist wieder zu erlahmen drohte, doch diesmal entbrannte ein Kampf in seinem Inneren, der von zwei ebenbürtigen Mächten ausgefochten wurde. Der Stein an seiner Stirn begann zu pulsieren und grün zu leuchten.

»Knie nieder du ... duuu .« Ein Hauch von Überraschung überzog das knorrige Gesicht der dunklen Gestalt und schien es noch blasser werden zu lassen. Er hatte nicht mit Widerstand gerechnet. Mit aller Kraft konzentrierte sich Mark auf seine Aufgabe.

»*Mark, stoße zu! In die Brust verdammt. In die Brust!*«, befahl wieder die fremde Stimme.

»*Ja, ramme ihm endlich den Dolch in die Brust, verdammt*«, forderte ihn eine andere Stimme auf.

Entfesselt stieß Mark endlich den Dolch in die noch immer entblößte Brust. Der Dolch ging in Flammen auf und brannte sich in den ausgemergelten Körper des Windschattens. Ungläubig taumelte die Kreatur zurück und schüttelte ungläubig den Kopf.

»Neiiiiin, das kann ... nicht sein«, hallten seine letzten Worte durch den Raum. Sein Körper entflammte von innen und die züngelnden Flammen fraßen alles auf, bis nur noch ein Häufchen Asche auf dem Boden blieb, in dessen Mitte der Dolch fiel. Ein Häufchen, das der nächste schwache Windhauch davontragen würde. Genau wie die vielen kleinen Häufchen all seiner unschuldigen Opfer in dieser Stadt.

IX

Unruhig standen die Spaltanos in Gruppen dicht gedrängt um mehrere Lagerfeuer, um sich in der kalten Nacht zu wärmen. Die sternenklare Nacht hatte den Frost gebracht, ein erstes Vorzeichen des nahenden Winters. Immer wieder drangen wütende Wortfetzen des Dämons zu ihnen herüber, der vom Dunklen Fürsten den Auftrag erhalten hatte, Synthia und ihre Freunde zu finden. Ein kleines Mädchen zu jagen und zur Strecke zu bringen, sollte eigentlich leicht zu bewältigen sein. Und doch hetzten sie einem Schatten hinterher, der sich ihnen immer wieder entzog. Wie konnte das sein? War es das Schicksal oder eine höhere Macht? Eines war sicher, sie bekamen von irgendwoher Hilfe. Aber diesmal würde der Dämon seine Aufgabe lösen und diese kleinen Dreckskinder zur Strecke bringen. Jeder seiner ihm unterstellten Kämpfer hatte Angst vor seiner unberechenbaren Grausamkeit. Selbst der Kommandant der Spaltanos, der schon viele Scharmützel überlebt hatte und unzählige Narben trug, wich seinen feurigen Blicken aus. Des Dämons ganzes Äußeres zeugte von einer derben Gewalt, die explosiv sein konnte. Sein stampfender Gang sprach von unbändiger Kraft und seine mächtige Statur jagte jedem im Lager nicht nur Ehrfurcht, sondern panische Angst ein. Ein falsches Wort konnte bereits den Tod bedeuten. Seit der Dämon jedoch vom Dunklen Fürsten zurückgekommen war, gesellte sich noch eine andere Eigenschaft zu seinen Charakterzügen; vorsichtige Furchtsamkeit und Unsicherheit. Immer wieder blieb er von den anderen abgewandt stehen, als würde er in die Dunkelheit horchen. Dann setzte er seinen Weg fort, immer hin und her. Ohne Rast. Auch Drukras, dem Kommandanten der Spaltanos, war aufgefallen, dass sich das Verhalten des Dämons geändert hatte und er blieb sicherheitshalber auf Distanz.

»Auf was warten wir?«, fragte einer der Spaltanos den Kommandanten, der mit einem langen Holzstab im Lagerfeuer stocherte. »Hat diese Höllengeburt etwa Angst?«

»Halt dein dummes Maul«, fuhr ihn Drukras an. Auch er konnte streng und grausam sein, wenn etwas nicht nach seinem Willen geschah. Aber er war meist fair und blieb dadurch berechenbar.

»Wenn dich der Dämon hört, dann wird er dir den Kopf abreißen.« Drukras hasste den Dämon, aber mit ihm anlegen würde er sich nicht. Diese Ausgeburten der Hölle hatten keinerlei Gefühl. Schmerzunempfindlich und grausam waren sie und todbringende Gegner. Drukras stand auf und blickte zu dem Dämon hinüber, der ungeduldig auf und ab stampfte. Kleine Flammen züngelten um ihn herum, als träte Gas aus seinem Körper aus, und hüllten den Dämon in einen schwefelhaltigen Gestank. Drukras ahnte, worauf er wartete. Auf einen Hinweis, wo sich das kleine Mädchen befand. Der Dunkle Fürst hatte die Riesenfledermäuse des Ostens und die Nebelkrähen der Küste ausgesandt, um sie aufzuspüren. Was die Fledermäuse bei Nacht vollbrachten, erledigten die Krähen bei Tag. Egal, um welche Tageszeit die kleine Gruppe unterwegs war, sie hatten keine Chance zu entkommen.

Aus der Ferne hörte er plötzlich einen Schrei aus den Lüften, der ihn aufhorchen ließ. Es waren die Krähen, die sich näherten. Hatten sie einen Hinweis? Nur wenige Minuten später landete einer der schwarzen Boten bei dem Dämon, aber Drukras konnte nicht hören, was der Vogel zu erzählen hatte. Es schien jedoch nicht die gewünschte Information zu sein, da der Dämon die Krähe ungehalten davonscheuchte. Der Dunkle Fürst würde ein weiteres Versagen nicht akzeptieren. Das war gewiss.

X

»Wow.« Mark sah sich erstaunt um und konnte kaum glauben, dass sie dieses Scheusal besiegt hatten. Wie aus einem Albtraum erwacht atmete er schweißgebadet durch. Zwei unterschiedliche Stimmen hatten mit ihm Kontakt aufgenommen und beide hatten versucht, ihnen zu helfen. Nur leider wusste er nicht, wer es gewesen war.

»Das war knapp.«

»Mpfff, stimmt! Knapp, sehr knapp. Mpfff, erst Synthia, dann Spinne.«

Mark nickte und betrachtete Grisam mitleidig. Sie hatte sich wacker für sie eingesetzt und ihnen das Monster vom Leib gehalten. Doch dafür hatte sie einen hohen Preis bezahlt.

»Ihr habt mich ganz schön lange hier im Stich gelassen.« Synthia stemmte sich sichtlich geschwächt auf. Schnell rannten Torfmuff und Mark zu ihr und nahmen sie erleichtert in die Arme. »Mark, du bist ein Schuft. Wie konntest du ein so kleines, wehrloses Mädchen wie mich so einem Monstrum überlassen?«, beschwerte sie sich.

»Es tut mir wirklich leid, aber was hätten wir tun sollen? Einen Kampf hätten wir niemals überstanden.«

»So? Ich dachte, du bist ein so mächtiger Zauberer?«, fragte Synthia.

»Na ja, so mächtig nun auch wieder nicht«, gab Mark kleinlaut zu. Aber Synthia wusste, dass der Kampf ungleich gewesen wäre. Sie hätten alle ihr Leben verloren. Als sich Mark vergewissert hatte, dass es Synthia gut ging, wandte er sich wieder der Spinne zu. Überrascht sah er, dass sie ebenfalls wieder auf den Beinen stand.

»Pech und Schwefel, das war eine mächtige Feuerlanze, die mich da erwischt hat. Fürwahr eine böse Feuerlanze.

Mitten in mich hinein. Hat lange auf mich gewartet. Vergeblich gewartet.« An zwei ihrer Beine prangten starke Verbrennungen, aber ansonsten schien sie unversehrt zu sein.

»Ich bin froh, dass du noch lebst.« Mark freute sich, denn letztendlich hatten sie es ihr zu verdanken, dass Synthia noch lebte. »Wenn du möchtest, versuche ich dir zu helfen«, bot er ihr bereitwillig an, doch Grisam wich sofort einen Schritt zurück.

»Nein, nein, großer Magier. Für heute habe ich von Zaubereien genug. Die Feuerlanze hat mich vier Meter in die Tiefe stürzen lassen. Von oben bis ganz unten. Ein tiefer Fall.«

Synthia, die inzwischen aufgestanden war, blickte die Spinne mit weit aufgerissenen Augen an.

»Iiiihhh, eine Monsterspinne«, rief sie mit greller Stimme.

»Beruhige dich, Synthia. Sie hat uns geholfen. Ohne Grisam wären wir alle verloren gewesen«, beruhigte sie Mark. »Jetzt sind wir zwar dieses Scheusal los, aber leider tappen wir noch immer im Dunkeln.«

»So?« Aufmerksam geworden, betrachtete Grisam sie neugierig. »Was sucht ihr denn in dieser Stadt?«

Schnell schüttelte Mark den Kopf. »Wir suchen nichts.« Grisam hatte ihnen zwar geholfen, aber es gab einige Ungereimtheiten, die nicht zusammenpassten. Zuerst seine Vision, dann kam die Spinne ins Spiel und zu guter Letzt, hatten ihm zwei unterschiedliche Wesen zu helfen versucht, die zu ihm sprachen und von denen er nicht wusste wer sie waren.

»Nichts?«, fragte Grisam. »Jedes Wesen sucht irgendetwas und ihr Menschenkinder seid sowieso immer auf der Suche. Erst sucht ihr krabbelnd nach neuen interessanten Dingen, die sich in eurer Nähe befinden. Dann sucht ihr nach dem Glück und neuen Herausforderungen und verlasst eure Eltern. Danach sucht ihr einen Partner, um das Leben besser zu meistern. Ihr sucht nach Erfüllung der eigenen Träume und Wünsche, nach Geld oder dem großen Abenteuer. Ihr sucht und sucht, kommt dem Ziel aber nicht näher. Vielleicht kann ich euch helfen.«

Vielleicht konnte sie das, aber es fiel Mark schwer, der Spinne zu trauen. Synthia und Torfmuff verhielten sich auffallend still und beobachteten die beiden lediglich. Ohne Grisam würde sich das Finden von Zaubersprüchen schwierig gestalten, überlegte Mark schließlich. Früher oder später würde sie es sowieso erfahren, wenn sie Gebäude um Gebäude durchstöberten.

»Also gut. Wir suchen einen ganz bestimmten Zauberspruch. Mit ihm soll es möglich sein, sogenannte Schicksalsfäden zu durchtrennen. Kannst Du damit etwas anfangen?«

»Schicksalsfäden? Klingt, als müsste ich davon etwas verstehen. Mit Fäden kenne ich mich aus, aber Schicksalsfäden sind es nicht, die ich spinne. Schicksalsfäden nicht«, antwortete Grisam. »Es gibt am Marktplatz ein altes Gebäude. Es ist wirklich sehr alt. Dort befand sich einst eine Schule, in der gelegentlich ein Zauberer wohnte. Vielleicht habt ihr dort Glück.«

Ein eigenartiges Blitzen huschte über die dunklen Spinnenaugen, das Mark nicht zu deuten wusste. Vielleicht hatte er es sich nur eingebildet, aber sie mussten vorsichtig sein.

Als sie endlich aufbrachen, waren sie froh, dieses Gebäude des Schreckens zu verlassen. Dunkel lagen die Gassen vor ihnen und Regen fiel vom Himmel, als sollte der schwer lastende Fluch davongespült werden, der schon so lange über dieser Stadt hing. Auf dem Marktplatz angekommen, hielt die Spinne auf ein altes, teilweise verfallenes Gebäude zu.

»Das ist das Haus.« Die Tür war herausgebrochen und das Dach völlig zerstört.

»Hoffentlich finden wir da einen Hinweis. Das Haus ist wirklich ziemlich marode«, gab Mark enttäuscht zu bedenken. Er hatte sich einige Meter zurückfallen lassen, um in einige der Ruinen am Wegesrand zu schauen.

»Ich fürchte, dass ihr nur noch im Keller nach etwas Nützlichem Ausschau halten könnt«, bestätigte die Spinne Marks Vermutung. »Der Dachstuhl ist verkohlt und geborsten, da könnt ihr nicht hochgehen. Ich werde das Haus nicht betreten, aber ich werde helfen, wenn etwas passieren sollte. Oh ja, helfen werde ich.«

Plötzlich hatte Mark wieder dieses warnende Gefühl, das ihn in den letzten Tagen schon öfter ergriffen hatte.

»Mpfff, etwas nicht in Ordnung?«, flüsterte Torfmuff, der Marks Gesichtsausdruck zu interpretieren wusste.

»Ich weiß es nicht Torfmuff, aber irgendetwas stimmt hier nicht. Leider kann ich dir beim besten Willen nicht sagen, was es ist«, antwortete Mark und trat zum Eingang. »Also gut, ich gehe rein. Kommt jemand mit?«, fragte er. Synthia schaute in die Luft und fing an zu pfeifen, und Torfmuff zupfte betont geistesabwesend an seinen behaarten Beinen.

»Hey, was soll das heißen? Soll ich etwa alleine da rein? Sicherlich gibt es da unten wieder Geister und Spi... ähm und andere Dinge. Ihr könnt mich doch nicht im Stich lassen«, protestierte Mark.

Synthia und Torfmuff mussten lachen und kamen zu ihm.

»Ja, ja, schon gut. Ich wusste ja nicht, dass so ein großer Magier Hilfe benötigt. Klar, kommen wir mit«, antwortete Synthia.

Vorsichtig schlichen sie in die Ruine, wobei Mark den Tross anführte. Der Gang nach oben war eingefallen und machte ein Durchkommen tatsächlich unmöglich. Fragil und instabil stützten beschädigte Wände die löchrige

Decke. Die hinabführende Kellertreppe hingegen sah erstaunlich gut aus. Dennoch nahmen sie vorsichtig Stufe um Stufe, nachdem Mark eine kleine leuchtende Kugel in seiner Hand entstehen ließ. Unten angekommen, mussten sie sich an das gedämpfte Licht gewöhnen. Erstaunt schauten sie sich in dem geräumigen Keller um. Eigentlich hatten sie erwartet, auch hier Trümmerreste und verkohlte Utensilien vorzufinden. Stattdessen befanden sich an den Wänden unbeschädigte Regale, die mit Büchern und Pergamenten gefüllt waren.

»Wow«, raunte Synthia. »Da muss dein Herz ja höher schlagen, Mark.« Synthia hatte recht. Mit so vielen magischen Werken hatte er nicht gerechnet. Ein Zauberer konnte hier ein ganzes Leben verbringen und immer wieder Neues finden.

»Oh jaaa…«, bestätigte Mark. »Aber wonach wollen wir jetzt suchen? Es sind so viele Bücher. Die können wir doch nicht alle durchlesen.« Der Keller maß etwa sechs auf sechs Meter. Alle Wände waren vom Boden bis zur Decke mit Regalen voller Bücher zugestellt und die nackte Kellerwand lugte nur an einigen wenigen Stellen hervor. Ohne ein Buch zu berühren, lief Mark an den Regalen entlang und schaute sich die Buchrücken an. Auf einigen waren Symbole eingelassen, doch die meisten waren blank und unterschieden sich lediglich in Farbe und Alter voneinander.

»Die sehen fast alle gleich aus. Wie konnte da jemand nur die Übersicht behalten?«, wunderte sich Mark. An einem der Regale blieb er schließlich stehen und zog ein altes abgegriffenes Buch heraus. Es war mit einer dicken Staubschicht bedeckt, die er vorsichtig abblies.

»Diese Bücher sind schon sehr lange nicht mehr berührt worden«, bemerkte er. Dann schlug er den Band auf und blätterte verwundert durch die einzelnen Seiten.

»Die Seiten sind ja alle leer. Das ergibt keinen Sinn.« Mark stellte das Buch zurück und zog das Nächste heraus. Auch Synthia ergriff ein Buch und schlug es auf. Doch alle Bücher zeigten nur leere Seiten.

»Alles leere Bücher. Das kann nur eines bedeuten.«

»Mpfff, Tinte ausgegangen?«, fragte Torfmuff.

»Ha, ha, nein. Jetzt mal im Ernst. Es bedeutet, dass auf all diesen Bänden ein Zauber liegt, der sie davor schützt, gelesen zu werden«, mutmaßte Mark.

»Und was machen wir jetzt? Kennst du einen Zauber, um die Schrift sichtbar zu machen?«, fragte Synthia, aber Mark hob nur abwehrend die Hände und schüttelte den Kopf. Nach einer Weile gaben sie es auf, versammelten sich wieder vor dem Haus und beschlossen, ihre Suche am nächsten Morgen fortzusetzen. Grisam hatte es sich in einem gesponnenen Netz vor dem Eingang gemütlich gemacht und erwartete die drei.

»Ich sehe euren betrübten Gesichtern an, dass ihr das Gesuchte noch nicht gefunden habt. Nein, gefunden habt ihr es nicht. Richtig?«, stellte Grisam fest »Es ist schon spät, zu spät. Was wir heute erreicht haben, ist schon beachtlich. Wir haben überlebt. Ruht euch aus. Ich denke, dass ihr hier sicher seid. Ich werde über Nacht in meine Höhle gehen.«

»Mpfff, Höhle sicherer?«, fragte Torfmuff.

»Vielleicht. Vielleicht auch nicht. Möchtest du mit mir kommen?«, fragte ihn Grisam herausfordernd.

Aber Torfmuff machte schnell einen Schritt zurück. »Mpfff, nein…nein!«

»Oh, schade. Dann muss ich mir etwas anderes zu essen besorgen.«

»Mpfff?«

»War nur ein Spaß. Schlaft gut.« Schnell verschwand Grisam hinter den Häusern und ließ sie alleine zurück.

Für Gespräche hatte keiner mehr Lust, zu sehr war jeder damit beschäftigt, das Erlebte zu verarbeiten. Nach einer kleinen Mahlzeit legten sie sich erschöpft schlafen.

XI

Synthia schwebte leicht wie eine Feder in absoluter Dunkelheit dahin. Eine wohltuende Geborgenheit umfing sie. Es war wieder einer dieser besonderen Träume und sie hoffte, ihren Vater zu treffen. Inzwischen konnte sie die andersartige Energie ihres Vaters im Gegensatz zu der des Dunklen Fürsten spüren. Und diesmal hatte sie ein gutes Gefühl. In der Ferne erkannte sie eine kleine brennende Kerze, die warmes Licht verströmte und sie zu rufen schien. Wie eine Motte, die vom Licht angezogen wurde, steuerte sie darauf zu. Als sie näher kam, erkannte sie, dass die Kerze auf einem glatten Steinboden stand, und dass zwei Gestalten mit dem Rücken zu ihr davor saßen. Erst als sie nur noch wenige Meter von ihnen entfernt war, drehten sich beide zu ihr um und sie blickte erstaunt in das Antlitz ihres Vaters und das von Mark. Sanft landete sie auf ihren Füßen, so als wäre dies das Selbstverständlichste der Welt.

»Was machst DU denn hier, Mark?«, fragte sie überrascht, »Das ist doch mein Traum?« Mark und ihr Vater lächelten sie vielsagend an, und sie musste herzhaft lachen.

»Es wurde Zeit, dass du kommst, aber so ist sie eben, meine Tochter«, stichelte ihr Vater liebevoll. »Wir haben uns schon mal ein wenig unterhalten. Setz dich zu uns, Synthia.« Ihr Vater schaute beide eine kurze Weile wortlos an, dann lächelte er und blickte zu Boden. »Ist euch auf eurer gemeinsamen Reise nichts Außergewöhnliches aufgefallen?«

»Ja, mir schon«, meldete sich Mark zu Wort. »Seit ich Synthia kenne, kommt mein Leben mehr und mehr aus der Bahn. Ich war es bisher nicht gewohnt, ständig auf der Flucht zu sein und ständig von irgendwelchen Wesen angegriffen zu werden.« Mark lachte und seine weißen Zähne blitzten im Schein der Kerze hell auf.

»Ja, das glaube ich dir. Es klingt zwar lustig, ist aber schrecklich, da ihr ständig in Gefahr schwebt. Als ich mit euch hätte reden können, habe ich es vor mir hergeschoben. Ich dachte immer, es sei noch zu früh. Und plötzlich kam der Angriff des Dunklen Fürsten, und dann war es zu spät. Und nun seid ihr mitten drin in einem wirklich gefährlichen Abenteuer.« Wieder schaute er beide abwechseln an. »Ihr seid euch vom Aussehen her ähnlich und ihr habt beide besondere Talente, die euch im Grunde stutzig machen sollten.«

Mark und Synthia schauten sich fragend an.

»Ja, so ist das. Ihr wisst beide kaum etwas über eure Vergangenheit. Du, Mark, bist ohne Vater aufgewachsen und du, Synthia, ohne Mutter. Das hat natürlich seine Gründe, aber…« Steve hielt inne und ein breites Grinsen lag plötzlich auf seinem Gesicht. »Nun, wie gesagt. Es gäbe viel zu erzählen, aber jetzt fehlt die Zeit dafür.«

»Oh Paps, nicht schon wieder«, protestierte Synthia. »Es ist jedes Mal das Gleiche.«

»Es ist eine sehr lange Geschichte und kompliziert ist sie auch. Aber leider fehlt uns jetzt wirklich die Zeit. Also hört mir genau zu.« Steve sah sie ernst an, und widerwillig akzeptierten sie, dass ihre vielen Fragen wieder einmal unbeantwortet bleiben würden.

»Ihr habt den Kampf gegen Sarek gewonnen und so den Fluch von der Stadt genommen. Das war unendlich knapp. Ich muss gestehen, dass noch jemand anderes seine Finger im Spiel gehabt haben muss. Ich verstehe es nicht, aber ich konnte Mark nicht aus seiner Starre befreien.«

»Ich erinnere mich, dass ich noch eine andere Stimme gehört habe«, erzählte Mark.

»Ja, da muss noch etwas gewesen sein. Ich muss irgendwie versuchen herauszufinden, wie das geschehen konnte, aber jetzt müssen wir an die nächsten Schritte denken. Ihr habt die Bibliothek gefunden. Das ist schon mal gut. Dort befinden sich Werke unterschiedlichster Gattung. Bücher, die die Geschichten des Landes festhalten, Bücher mit medizinischem Hintergrund und auch Bücher mit magischen Inhalten.« Seine Augen wanderten immer wieder zwischen Mark und Synthia hin und her, während er beinahe verschwörerisch flüsterte. »Mark, das Buch das du lesen musst, hat einen schwarzen Einband mit einem kleinen silbernen Zeichen auf der Vorderseite. Es stellt eine Spinne dar, wie könnte es auch anders sein.« Verschmitzt grinste er Mark an. »Die Bibliothek ist jedoch geschützt, wie ihr bereits festgestellt habt. Ein mächtiger Zauberer hat einen Bann über die Bücher gelegt.«

»Oje«, stöhnte Mark leise. »Und wer war der Zauberer?«

»Ich selbst. Ich werde den Zauber nun aufheben und dann könnt ihr ungehindert alle Bücher lesen.«

»Oh, dann werde ich alle Bücher lesen!« Marks Augen glänzten, bei dem Gedanken, alle Zauberbücher durchblättern zu dürfen.

»Mark, du hast wenig Zeit. Du wirst nur dieses eine Buch suchen und dich nur auf dieses konzentrieren. Suche darin den Zauber *Seelentrennung*. Verstanden?«

»Seelentrennung«, wiederholte Mark und nickte.

»Gut. Um den Zauber zu sprechen, wirst du einiges vorbereiten müssen. Aber es steht alles dort geschrieben. Habt ihr dazu noch Fragen?.«

Mark schüttelte grübelnd den Kopf. Die Probleme und Fragen würden sicherlich erst dann auftauchen, wenn niemand mehr da wäre, der helfen konnte.

»Paps, wann komme ich denn dann hier wieder weg?«, fragte Synthia besorgt.

»Was deine Rückkehr angeht, da musst du dich noch gedulden. Noch etwas: Erzählt niemandem von unserer Begegnung. Niemandem. Schlaft nun weiter.« Synthias Vater stand auf und schritt in die milchige Dunkelheit.

»Lass uns weiterschlafen Synthia. Schön, dich jetzt auch noch in den Träumen zu sehen.« Danach verschwand auch Mark.

XII

»Mpfff, immer alles gleich. Liegt und schlaft und ich Arbeit. Aufwachen Faulpelze. Mpfff, Langschläfer«, schimpfte Torfmuff verärgert, »Mpfff...immer ICH muss machen Frühstück. Immer ich.« Mark und Synthia öffneten gequält ihre Augen und blinzelten in den neuen Tag. Sie waren beide noch müde und wären am liebsten noch liegen geblieben. Es dauerte nicht lange, bis auch Grisam eintraf und sich zu ihnen gesellte.

»Na? Habt ihr gut geschlafen?«, fragte sie höflich.

»Mpfff, oh ja. Herrschaften sind wie immer ausgeruht.« Mit einer Kopfbewegung wies er auf Synthia und Mark, die miteinander tuschelten. Leider hatten sie nicht die Zeit, sich ausführlich über den Traum zu unterhalten, hielten die Geschichte jedoch, wie versprochen, geheim. Angetrieben von ihrer Neugierde, konnten Sie es kaum erwarten, wieder in den Keller hinabzusteigen, während Grisam vor dem Gebäude Wache hielt. Als sie unten ankamen, blieb Torfmuff mit offenem Mund stehen. Wo gestern noch beinahe identisch aussehende Bücher gewesen waren, standen nun verschiedene Bände ich vielerlei Farben und Formen in den Regalen. Blaue, grüne, weiße und viele andere Farben. Manche waren breit und andere wieder schmal, einige hatten Schriftzeichen auf dem Einband und wieder andere Symbole oder Zeichnungen.

»So sieht eine richtige Bibliothek aus«, bemerkte Mark und es war seinen leuchtenden Augen anzusehen, wie sehr er danach fieberte, einen neuen Zauberspruch zu lernen. Er wusste, nach welchem Buch er Ausschau halten sollte, und so fand er sehr schnell das dicke, schwarze Buch, das für ihn bestimmt war. Eilig blätterte er die vielen ganzseitig beschriebenen Seiten durch, bis er es resigniert wieder zuschlug und ihn eine Staubwolke einhüllte.

»Ich hätte mir denken können, dass es da noch einen Haken gibt. Wenn ich das ganze Buch studieren muss, dann brauche ich sicherlich Monate dazu«, klagte er.

Manche Sprüche gingen über mehrere Seiten. Immer waren fein säuberlich die Zutaten aufgelistet, deren Zusammensetzung ausführlich beschrieben wurde. Gelegentlich befanden sich handschriftliche Illustrationen darunter, deren Sinn nicht immer verständlich war. Mark sah sich mit einer Mammutaufgabe konfrontiert, die er nicht so einfach würde erledigen können.

»Puhh, es hat keinen Sinn, nur so rumzublättern. So finde ich nie etwas. Es bleibt mir nichts anderes übrig, als das Buch sorgfältig durchzuarbeiten. Kommt, lasst uns mit dem Buch nach oben gehen. Dort fangen wir einfach mal an, es Kapitel für Kapitel durchzusehen. Und wenn etwas interessant erscheint, dann …« Plötzlich hielt Mark, den Blick auf die Kellertreppe gerichtet, inne. Sie war mit dichten, klebrigen Fäden versponnen, sodass ein Durchkommen nicht mehr möglich schien. Sie hatten gesehen, was Grisam mit der seelenlosen Kreatur in der Halle gemacht hatte und dass die Fäden fest und kaum zu zerreißen waren.

»Meinst du, dass das Grisam war?«, fragte Synthia, worauf Mark nur nickte. Sie konnten es kaum glauben, doch wer sonst hätte sie hier einsperren sollen?

»Grisam?«, rief Synthia laut hinauf. »Hast du das gemacht?«

»Oh. Ja. Habt ihr gefunden, wonach ihr gesucht habt? Ja? Alles gefunden?« Die Spinne, die ihnen vor Kurzem noch geholfen hatte, hielt sie jetzt fest. Aber warum? Mark näherte sich vorsichtig dem Netz, dessen unendlich viele Fäden ein dichtes, lückenloses Muster bildeten. Die wenigen Sonnenstrahlen, die sich in das obere Ende des Ganges verirrten, ließen das klebrig, filigrane Geflecht silbrig glitzern. Ein Kunstwerk, das sie gefangen hielt. Jeder, der es berührte, wäre unfähig, sich daraus wieder zu befreien. Die Spinne ließ sich von der Decke des Treppenaufgangs herabgleiten und blickte Mark mit ihren dunklen Augen an. Instinktiv versuchte er, das Buch hinter seinem Rücken zu verstecken, aber die Spinne wusste bereits, dass er es gefunden hatte. Zwischen ihnen hing nur noch das Netz, das Mark in diesem Moment sogar als Schutz empfand. Wie leicht wäre es nun für sie gewesen, Mark einzuspinnen und das Buch an sich zu nehmen. Doch das war nicht der einzige Grund dafür, warum sie hier in der Falle saßen. Wie vom Blitz getroffen, verstand Mark plötzlich, wer dahintersteckte.

»Der Dunkle Fürst«, formte sich der Name auf seinen Lippen. Kaum hörbar und doch so durchdringend. Er muss alles geplant haben. Nur er hatte Mark die Visionen geben können, oder etwa nicht? Er hatte sie zu Grisam geschickt und ihn auch aus seinen geistigen Fesseln befreit, als alles verloren schien. Es konnte nicht anders gewesen sein. Nein, er wollte nicht ihren Tod, er wollte sie gefangen nehmen und sicherlich würde es nicht allzu lange dauern, bis seine Schergen hier wären, um sie zu ihm zu bringen. Oh wie dumm und einfältig waren sie gewesen.

»Was machen wir jetzt?« Mark wandte sich von Grisam ab. »Wir sitzen hier in der Falle. An der Spinne oben kommen wir nicht vorbei.«

Synthia überlegte angestrengt, bis plötzlich ein Lächeln über ihr Gesicht huschte. »Aber wir haben hier ein Buch voller Zauber. Mark, komm lass uns doch mal das Buch wälzen, vielleicht finden wir etwas, das uns in irgendeiner Weise weiterhilft.«

Mark trottete eher missmutig zu Synthia und sie setzten sich auf den Boden. »Ich weiß nicht, aber ich fürchte, wir werden damit kein Glück haben«, zweifelte er, begann aber trotzdem, aufmerksam zu blättern.

»Mpfff, nicht gut. Ich suche lieber Ausgang«, grummelte Torfmuff trocken und ging zurück zu den Regalen. Immer wieder zog er alte Bände heraus, kippte diese oder versuchte mit der flachen Hand an der Wand entlang einen verräterischen Luftzug zu spüren. Vor einer kleinen Verzierung in einem der Regalfächer blieb er dann stehen.

»Mpfff, alle Regale gleich. Aber hier Sonne eingraviert. Seltsam. Kommt«, rief er sie zu sich. Es war eine Sonne mit acht Strahlen, die in alle Richtungen zeigten. Ein Strahl jedoch schien länger zu sein. Mark betrachtete den Strahl und drückte mit seinem Zeigefinger auf das Zentrum der Sonne. Wie von einem Stromschlag getroffen, zog er ruckartig wieder seine Hand zurück.

»Autsch. Mistding«, fluchte er und rieb sich den Zeigefinger. »Du hast recht. Wenn das keine Magie ist, dann soll mir die Nase abfallen, oder besser, dir die Gesichtshaare. Ist der eine Strahl eben nicht kürzer geworden und der daneben länger?« Die Strahlen waren in das Holz eingraviert und doch konnten sie sich verändern. Wieder presste Mark einen Finger in das Zentrum der Sonne und wieder wanderte der lange Strahl um eine Stelle weiter. Diesmal zog er seinen Finger jedoch schneller wieder zurück, bevor ihn ein weiterer Energiestoß treffen konnte. Diesen Vorgang wiederholte Mark so lange, bis der lange Strahl wieder dort war, wo er anfangs hingezeigt hatte.

Torfmuff, der wieder bei der Treppe Wache hielt, bemerkte plötzlich eine Veränderung auf den Stufen. Sie schienen dunkler zu werden und ihre Festigkeit zu verlieren. Als würde eine wabernde Substanz über die Stufen nach unten fließen, verschwamm alles vor seinen

Augen. Neugierig versuchte er zu erkennen, was am oberen Ende der Treppe geschah. Dieses Etwas floss langsam die Treppe herunter, so wie ein unheilvoller Nebel über die Zinnen eines Geisterschlosses waberte. Als Torfmuff erkannte, was auf ihn zukam, zuckte er zusammen.

»Mpfff, nicht gut.«

»Was meinst du diesmal mit *nicht gut*?«, fragte Synthia, bereute ihre Frage aber in derselben Sekunde.

»Mpfff, Million Spinnen.«

»Du meinst doch nicht etwa, dass sie auf dem Weg hier herunter sind, oder?« Synthia verzog angeekelt das Gesicht. »Mark, schnell! Probiere bitte alles, damit wir hier rauskommen«, flehte sie hysterisch.

»Uns bleibt wirklich nichts erspart.« Mark schloss kurz die Augen, atmete einige Male tief durch und setzte dann konzentriert seine Experimente fort. »Mal sehen, was passiert, wenn ich die Strahlen direkt antippe.« Behutsam setzte er seinen Finger auf einen Strahl, doch es passierte nichts. Dann setzte er den Finger auf den langen Strahl. Wieder durchzuckte ihn ein elektrischer Stoß, der diesmal an Intensität zugenommen hatte.

»Au, verdammt. Das tat richtig weh.«

»Mpfff, egal, ob wehtut. Weiter!«, trieb ihn Torfmuff an.

»Ja, ja, schon gut.« Vorsichtig presste er den Finger auf die Sonne und schaute zu, wie der lange Strahl wieder um eine Stelle weiter wanderte. Dann presste er erneut auf den langen Strahl. Hinter ihnen begann es plötzlich, laut zu knirschen. Eilig drehten sie sich um und sahen, wie sich schleifend eine Steinplatte vor den Eingang zur Treppe schob und diesen schloss.

»Oh Gott. Das war knapp«, seufzte Synthia. »Pass jetzt gut auf, wo du deine Finger hast. Mach den Raum bloß nicht wieder auf.«

Mark drückte wieder auf die Sonne und dann auf den

Strahl. Erneut knirschte es, nur diesmal an einer anderen Stelle. Am Boden, neben dem verschlossenen Treppenaufgang, verschob sich eine andere Steinplatte und öffnete ein Loch. Vorsichtig näherten sie sich der entstandenen Öffnung und lugten neugierig hinein. Sie war groß genug, um hinabzusteigen, doch keiner von ihnen wollte vorangehen. Unschlüssig blickten sie hinab in die Dunkelheit, bis sie ein undeutliches Schaben und Kratzen aus der Tiefe hörten. Anfangs noch fern und leise, wurde es immer lauter und es bedurfte keiner großen Fantasie, um zu verstehen, dass etwas auf dem Weg zu ihnen empor war.

»Ähm, ich weiß ja nicht, was ihr so denkt, aber irgendetwas kommt zu uns hochgekrochen«, schrie Synthia angewidert. »Mark! Mach das Loch SOFORT wieder zu.« Was auch immer in dem Loch hauste, es hatte schon beinahe die Öffnung erreicht, denn kaum hatte sich die Platte wieder darübergeschoben, rammte etwas von unten dagegen und ein erbärmliches Kreischen war zu hören.

»Das war knapp.« Mark stand fassungslos da und schüttelte den Kopf. Er wagte kaum, den Vorgang zu wiederholen. Wer konnte schon wissen, was als Nächstes geschehen würde. Doch hier im Keller auf den Dunklen Fürsten zu warten, kam auch nicht in Frage. Unwillig presste er wieder auf die Sonne und berührte den verlängerten Strahl. Eines der Regale schwang lautlos in den Raum und offenbarte einen breiten Durchgang. Angestrengt lauschten sie in die dahinterliegende Dunkelheit. Diesmal wollten sie besser vorbereitet sein, sollte sich wieder etwas auf sie zubewegen. Doch es blieb still. Kein Schaben, kein Kratzen und auch kein anderes Geräusch.

»Was meint ihr, sollen wir es wagen?«, fragte Synthia und schob sich hinter Torfmuff.

»Ich höre nichts. Das ist erst mal gut.« Mark nahm allen Mut zusammen und unternahm einen ersten vorsichtigen Schritt in den Stollen. »Also kommt, wir sollten auf alle Fälle zusammenbleiben.«

Vorsichtig schlichen sie hinein, bereit sofort kehrtzumachen, sollte etwas auf sie zukommen. Doch schon bald sahen sie in der Ferne eine helle Lichtquelle, die den Gang mehr und mehr erhellte. Sie waren alleine. Dann öffnete sich der Stollen zu einer breiten Grotte und sie blickten blinzelnd ins Tageslicht empor.

»Oh Mann, bin ich froh!«, jauchzte Mark vor Freude und zeigte auf eine enge Treppe, die nach oben führte. »Ich hoffe nur, dass die Spinne nicht weiß, wo wir sind.« Einer nach dem anderen eilten sie hinauf und kamen in einer der unzähligen Ruinen der verfluchten Stadt heraus. Wortlos schlichen sie durch die verlassenen Gassen und es dauerte einige Zeit, bis sie endlich die Stadt hinter sich ließen und sich eine kurze Rast gönnten. Überall riss die anfangs geschlossene Wolkendecke auf und der blaue Himmel schimmerte zunehmend durch. Die Sonne vertrieb mit ihren goldenen Strahlen das Dunkel und tauchte das Land in warmes Licht. Die letzten Strahlen streiften sanft über die alte zerfallene Stadt, die sie nur noch undeutlich in der Ferne erkennen konnten.

»Ich glaube, dass die Stadt nun ihren Frieden wiedererlangen kann. Meint ihr, dass die Spinne immer noch vor dem Eingang sitzt und darauf wartet, dass sich der Kellereingang wieder öffnet?«, fragte Synthia.

Mark lachte laut bei dem Gedanken. »Die Vorstellung gefällt mir. Aber ich fürchte, dass sie inzwischen weiß, dass wir einen Weg aus dem Keller gefunden haben. Dumm ist sie nicht.«

Sie hatten überlebt und einen Weg aus einer hoffnungslosen Situation gefunden. Zeit auszuruhen, hatten sie trotzdem nicht. Sie ahnten, dass ihnen ihre Verfolger erbarmungslos nachstellen würden. Und den Zorn des Dunklen Fürsten, den konnte sie bis hierher spüren.

Kapitel II
Dunkelwurz

I

Steve lag auf dem Krankenhausbett und streckte sich. Zwar konnte er nicht zu seiner vollen Kraft gelangen, solange der Schicksalsfaden nicht gekappt war, aber er spürte dennoch, wie er sich zunehmend erholte. Manchmal fragte er sich, wie das Schicksal alles so fest im Griff haben konnte. Als wäre alles vorherbestimmt, fügte sich das Eine zum Anderen. Selbst der Dunkle Fürst mit all seiner Macht konnte vieles nicht verhindern. Dennoch war Vorsicht geboten, da der Kampf noch lange nicht ausgefochten und beendet war.

Als es klopfte, erschrak er kurz und blickte gespannt zur Tür. Herein kam Professor Dr. Landrop mit zwei seiner Schwestern, stellte sich neben Steves Bett und blickte lächelnd zu ihm herab.

»Mr Hollowan, Sie sind ein Wunder«, begann der Arzt. »Wir wissen noch immer nicht, was Sie für eine Krankheit hatten, aber es scheint Ihnen nun deutlich besser zu gehen. Haben Sie eine Ahnung, warum?«

Mit hochgezogenen, buschigen grauen Augenbrauen blickte der Professor Steve fragend an. Der Arzt war gut sechzig Jahre alt und verfügte sicherlich über umfangreiche Erfahrung. Immer wieder hatte er sich in den letzten Wochen und Monaten vergeblich um Steve bemüht. Vielleicht hatte er ihn auch schon aufgegeben. Und jetzt? Jetzt besserte sich Steves Zustand zusehends von Stunde zu Stunde ohne jedes ärztliche Zutun.

»Seien Sie mir nicht böse, Prof. Landrop, aber Sie sind der Arzt«, antwortete Steve trocken und setzte sich auf.

Der Professor nickte, nahm sein Klemmbrett zur Hand, auf dem einzelne Berichte befestigt waren und blätterte sie stirnrunzelnd durch. Es war ihm anzusehen, dass er nicht verstand, was hier geschah, und dass er mit diesem unerklärlichen Verlauf nicht zufrieden war. Steve jedoch hatte nicht vor, ihm zu erzählen, was er wusste. Niemals würde ihm der Professor glauben, dass er aus einer Parallelwelt heraus angegriffen wurde.

»Ich denke, dass ich nicht mehr hierbleiben muss, oder?«, fragte Steve, wobei ihn die Antwort nicht wirklich interessierte. Er musste hier verschwinden und sich schützen. Das Blatt hatte sich zwar gewendet, aber es drohten neue Gefahren, auch wenn sie noch nicht sichtbar waren.

»Mal sehen. Ich möchte Sie unbedingt noch einige Tage hier bei mir behalten. Vielleicht können wir ja doch noch herausfinden, was Ihnen fehlte. Morgen früh werden wir Ihnen Blut abnehmen, es analysieren und mit den älteren Werten vergleichen. Danach sehen wir weiter. Schlafen Sie nun gut, Mr Hollowan.« Dann drehte er sich zu einer der Schwestern, gab ihr Anweisungen und verließ mit der anderen das Zimmer.

»So, Mr Hollowan. Ich habe hier zwei kleine Pillen. Die werden Sie jetzt einfach nehmen und gut schlafen.« Das aufgesetzte Grinsen kannte Steve nur zu gut. Kühl und desinteressiert hielt ihm die Schwester mit der einen Hand die Pillen entgegen. Mit der anderen Hand schenkte sie Wasser in einen Becher.

Doch noch bevor Steve die Tabletten nehmen konnte, wurde ihm schwarz vor Augen und er sank hilflos in sein Kissen zurück. Eine hochenergetische Druckwelle strömte durch ihn hindurch und er wusste sofort, was gerade geschah. Das Tor zwischen den Welten hatte sich geöffnet. Verzweifelt versuchte Steve, Bilder zu erhaschen von dem, was vor sich ging, aber es blieb verschwommen und undeutlich. Ein Wesen betrat seine Welt und er wusste nur zu gut, wer es geschickt und welchen Auftrag es erhalten hatte. Es kam, um ihn zu töten.

»Mr Hollowan«, hörte er die Schwester aufgeregt rufen.

»Verdammter Mist«, fluchte Steve und versuchte sich zusammenzureißen. Der Energiestrom versiegte langsam und seine Benommenheit ließ nach. Wer oder was auch immer in seine Welt getreten war, es würde sich nun auf die Suche machen.

»Mr Hollowan?« Die Schwester ließ nicht locker. Steve musste sie loswerden. Er musste aus diesem Krankenhaus verschwinden, solange es noch möglich war.

»Es geht schon wieder. Es war nur ein kleiner Schwächeanfall. Sonst nichts«, log er. »Legen sie die Pillen einfach hin. Ich nehme sie später.«

»Soll ich nicht besser einen Arzt rufen? Sie gefallen mir gar nicht.« Besorgt blickte sie ihn an, seine plötzliche Blässe machte ihr offenbar Sorgen.

»Nein. Verdammt, nerven Sie mich nicht. Mir geht es besser. Klar?«

»Aber…«, erwiderte sie, von Steves hartem Ton überrascht. »So einfach geht das nicht. Sie müssen…«

»Ich muss gar nichts«, erwiderte er. »Wo sind meine Kleider?«

»Das geht nicht.« Die Schwester wollte gerade nach dem Taster über seinem Bett greifen, mit dem man schnell Hilfe holen konnte, als Steves Hand hochschnellte und ihr Armgelenk fest packte.

»Schwester, ich werde JETZT das Krankenhaus verlassen. Niemand wird mich daran hindern. Verstehen Sie mich? Wo sind meine Kleider?«

»Im Schrank, aber das…«

»Sparen Sie sich Ihre Worte. Gehen sie jetzt«, befahl er ihr, ließ ihren Arm los und stand auf. Die Schwester drehte sich um und ließ ihn allein. Sicherlich würde sie nun einen Arzt alarmieren, aber sie würden zu spät kommen.

II

Nachts wandern war sicherlich nicht, was sie wollten, aber es bot mehrere Vorteile. Zum Einen konnten sie am Tag bereits schon von Weitem gesehen werden. Die Späher des Dunklen Fürsten waren überall und sie warteten nur darauf, ihrem Herren einen Gefallen zu tun. Zum Anderen fiel ein Lagerfeuer zum zubereiten Ihrer Mahlzeiten am Tag nicht so schnell auf wie in der Nacht. Nachdem sie aus der verfluchten Stadt geflohen waren, hatten sie sich auf den Weg zum nahen Wald *Dunkelwurz* gemacht, um hier auf die Nacht zu warten. Synthia saß an einen mächtigen Baum gelehnt und kämpfte tapfer gegen den Schlaf, während Mark und Torfmuff tief und fest schliefen. Sie hatte die zweite Wache nach Torfmuff übernommen, doch einige Stunden Schlaf war bei Weitem nicht genug. Als sie sich dem Wald genähert hatten, erahnten sie bereits, woher er seinen Namen hatte. Dicht an dicht standen hier die Bäume, sodass es im Inneren des Waldes genau so sein musste, wie es bereits sein Name verriet: dunkel. Er würde ihnen Schutz vor ihren Häschern bieten und vielleicht auch genug Zeit, um den Zauberspruch zu verstehen und auszusprechen. Plötzlich hörte Synthia ein rumpelndes Geräusch, gefolgt von einem markerschütternden, schrillen Schrei, der sie erschrocken zusammenfahren ließ. Unwillkürlich drückte sich Synthia noch fester an die harte Baumrinde und blickte umher. Ihr erster Gedanke war, dass ihre Verfolger sie entdeckt hatten, aber es war nicht der Ruf zum Angriff, sondern ein Schrei voller Angst gewesen. Ein zweiter Schrei voller Panik schallte durch den Wald. Jemand oder etwas befand sich in großer Gefahr und benötigte Hilfe. Das fühlte Synthia ganz genau. Torfmuff und Mark schienen nichts gehört zu haben, da sie noch immer fest schliefen. *Männer*, dachte sie und entschied sich, sie nicht zu wecken. Sicherlich würden die beiden über sie lachen, wenn sie ihnen von einem Hilfeschrei erzählte. Als kleines, ängstliches Mädchen wollte sie bestimmt nicht dastehen. Einerseits warnte sie ihr Verstand, alleine in den Wald vorzudringen. Andererseits drängte sie ihr Gefühl, einem in Not befindlichen Wesen zu helfen.

»Also gut«, flüsterte sie, stand auf und ging einige Schritte in den Wald. Jeder Schritt erschien ihr laut wie hallender Kanonendonner. Bei jedem Knacken der Zweige schaute sie sich erschreckt nach einer lauernden Gefahr um. Dicke und mächtige Baumstämme blockierten immer wieder ihren Weg und zwangen sie, neue Pfade zu suchen. Plötzlich hörte sie ein leises, schwaches Stöhnen, das nicht mehr weit entfernt sein konnte. Mit mulmigem Gefühl schlich Synthia näher zu der vermeintlichen Stelle, als ihr Fuß plötzlich im Leeren stocherte. Nur mit viel Mühe fanden ihre rudernden Arme einen rettenden Zweig, an dem sie sich festhalten konnte. Als sie wieder Boden unter den Füßen hatte, schaute sie in einen tiefen Abgrund.

»Das war knapp«, keuchte Synthia erleichtert und wischte sich den Schweiß von der Stirn. Der vor ihr liegende dunkle Krater war dicht mit Gestrüpp umwachsen und hatte sicherlich einen Durchmesser von hundert Meter. Wie tief er war, konnte sie in der Dunkelheit der Nacht nicht sehen, aber sie spürte aus der Tiefe eine Warnung. All ihre Sinne sträubten sich, auch nur einen Schritt näher zu gehen oder den Krater gar zu betreten. Synthia wollte sich gerade umdrehen und ihre Freunde doch noch wecken, als sie erneut dieses um Hilfe rufende Wimmern hörte.

»*Helft mir. Bitte helft mir.*« Synthia wurde plötzlich bewusst, dass sie die Worte nicht mit ihren Ohren hörte, sondern telepathisch empfing. Das war auch der Grund gewesen, warum weder Torfmuff noch Mark bei dem Hilfeschrei aufgewacht waren.

»Schnell, helft mir bitte, bevor Ohrgam, der Hüter, kommt und mich verschlingt.«

»Oh Mann, mir bleibt aber auch nichts erspart«, schnaubte Synthia verzweifelt. Wenn ein Wesen wirklich ihre Hilfe benötigte, dann konnte sie sich nicht verweigern. Sie musste es retten.

»Mist, Mist, Mist«, fluchte sie und bereute es schon, ihre Freunde nicht geweckt und mitgenommen zu haben. Das war eindeutig ein Fehler gewesen. Synthia richtet sich auf, atmete tief durch und begab sich widerwillig näher an den Abgrund. An dieser Stelle hätte nur ein lebensmüder Narr den Abstieg gewagt, denn der Rand fiel hier steil nach unten ab. Sie entschied sich dem Rand im Uhrzeigersinn zu folgen und nach einem sicheren Weg nach unten zu suchen. Immer wieder musste sie in den Wald ausweichen, weil große Felsen oder wuchtige Bäume den Weg direkt am Krater unpassierbar machten. Nach kurzer Zeit jedoch fand sie endlich eine Stelle, an der ein Abstieg möglich schien. Ein kleiner Pfad schlägelte sich hier vom Rand nach unten. Von hier aus konnte Synthia etwa dreißig Meter davon überblicken, bis er sich in Geröll auflöste und im Dunkeln verschwand. Es war nicht auszumachen, ob der Weg endete oder weiter nach unten verlief.

»Ich habe keine Wahl. Es wird schon gut gehen«, flüsterte sie, wusste aber im selben Augenblick, wie naiv das war. »Es muss gut gehen.« Dann machte sie sich vorsichtig an den Abstieg. Der Weg erwies sich als nicht so schwierig wie anfangs vermutet. Er verlief spiralförmig am Rand des Kraters nach unten.

»Ich muss völlig plemplem sein«, schimpfte sie. »Wie kann ich nur da runter gehen? In eine Klapse sollte ich gehen.« Der Weg wurde zunehmend schmaler und je tiefer sie kam, umso dunkler wurde es um sie herum. Sie hatte nichts dabei, um Licht zu machen. Weder eine Laterne noch eine Fackel. Wie dumm war sie bloß, solch ein Wagnis einzugehen! Verzweifelt biss sie sich auf die Lippe und schmeckte das herausrinnende Blut. All ihre Sinne warnten sie, auch nur noch einen einzigen Schritt nach unten zu gehen, aber sie war schon so weit, dass sie nicht mehr umkehren wollte. Vielleicht würde sie diesem unglücklichen Wesen helfen und dann schnell wieder nach oben verschwinden können. Doch sie ahnte, dass es sich nicht um eine natürliche Dunkelheit handelte, in der sie nicht einmal mehr ihre Hand vor Augen sehen konnte. Ein unangenehm erdiger Geruch umhüllte sie, als würde sie in einem Grab stehen. Vielleicht würde es ihr Grab werden, schoss es ihr durch den Kopf und sie blieb abrupt stehen.

Bis hier her und nicht weiter, dachte sie und wollte sich gerade vorsichtig umdrehen, als ihr plötzlich eine Stimme zäh entgegenquoll.

»Du kannst ruhig weiter runterkommen. Du bist am Ziel, nach oben lasse ich dich nicht mehr gehen.« Die unangenehme Stimme klang gurgelnd, als käme sie aus einer schlammigen Röhre.

Jetzt hatte Synthia Gewissheit. Also war es doch eine Falle und sie war so dämlich gewesen hineinzutappen. »Mist! Mist! Mist!«, fluchte sie gepresst. Sehnsüchtig schaute sie nach oben, wo die Freiheit in jetzt unendliche Ferne gerückt war.

»Wer bist du?«, fragte Synthia zögernd. »Du hast mich also reingelegt und hierhergerufen, oder? Bist du auch ein Lakai des Dunklen Fürsten?« Synthia ärgerte sich über sich selbst. Wie konnte sie nur so unvernünftig sein?

Ein träges, dumpfes Lachen durchdrang die Stille um sie herum und ließ die Erde unter ihr beben.

»So viele Fragen, für ein so kleines, dummes Mädchen«, antwortete das Wesen und lachte sie glucksend aus. »Ich bin ein Golem und bin niemandes Diener. Merke dir das, du kleines Gör.«

»*ICH habe dich gerufen, nicht dieses Ungeheuer.*« Diese Nachricht empfing Synthia wieder telepathisch, so wie die Hilferufe vorher. »*Du kannst mich nicht sehen, weil Ohrgam nun hier ist. Er verströmt diese Dunkelheit, die dir das Sehen erschwert. Für mich ist das kein Problem, nur nützt es mir wenig, weil ich mich nicht bewegen kann. Meine Beine stecken hier in seiner Erde fest. Erwähne nicht, dass ich nach Hilfe gerufen habe oder du dich mit mir verständigen kannst.*«

»Oje.« Was war das nur für eine verzwickte Situation, in der sie sich wieder einmal befand. Zum Glück begann nun ein leises Glimmen, das Innere des Kraters zu erhellen. Wie eine zähflüssige Substanz verbreitete sich das Licht, von einem kleinen Kristall in der Mitte des Kraters ausgehend. Der Grund des Kraters lag nur noch etwa zehn Meter unter ihr, und dort lag in einem Steingefäß ein leuchtender Kristall. Fasziniert beobachtete Synthia, wie sich das Licht im Zeitlupentempo ausbreitete. Noch nie zuvor hatte sie etwas Ähnliches gesehen. Es dauerte einige Zeit, bis alles ausgeleuchtet vor ihr lag, doch das, was sich ihr nun offenbarte, hätte sie lieber nicht gesehen. In der Nähe der Lichtquelle stand eine riesige, schwarze Kreatur mit trapezartigen Flügeln. Sie glich einer übergroßen, mutierten Fledermaus. Der spitz zulaufende Mund zeigte scharfe Zähne, die es sicherlich gewohnt waren, ihre Opfer problemlos zu zerstückeln.

»Oh«, rief Synthia erschreckt. »Bist du Ohrgam?«

»Woher kennst du meinen Namen?«, fragte die Stimme nun misstrauisch. Direkt unterhalb des Pfades schälte sich eine Gestalt aus der Wand. Sie sah aus wie ein Zwerg, erdig und gedrungen. Breitbeinig schaute sie verwundert zu Synthia empor. Die Wand hatte sich bereits wieder hinter dem merkwürdigen Wesen geschlossen.

»Aber egal. Ja, kleines Mädchen, ich bin Ohrgam. Ich bin hier alles und MEIN Wille bewegt und formt.« Bei diesen Worten schmolz die Gestalt in sich zusammen, ohne auch nur die kleinste Erhebung auf dem Boden zu hinterlassen, um sich gleich darauf an einer anderen Stelle aus dem Boden zu kneten. Diesmal hatte die Kreatur acht erdige Beine und einen ekelhaften Körper, der an eine Spinne erinnerte. Im gleichen Augenblick schloss sich über ihnen der Krater mit einer erdigen Substanz. Der Fluchtweg nach oben war somit verschlossen. Der Boden unter der Fledermaus wurde weich und sie konnte sich endlich wieder frei bewegen, was jetzt jedoch nicht mehr viel nutzte.

»Was ist dir lieber, mein willkommener Gast«?, spöttelte das spinnenartige Etwas. »Welche Gestalt bevorzugst du?« Erst jetzt schloss Synthia wieder den Mund und musste einige Male schlucken. Immer wieder wurde sie von neuen Dingen überrascht, die es in ihrer Welt nicht gab.

»Nun, am liebsten wäre es mir, du würdest dich in einen Fahrstuhl verwandeln, der mich nach oben trägt und frei lässt«, antwortete sie frech. *Danach könntest du dich in eine Bombe verwandeln und explodieren*, dachte sie weiter, traute sich aber nicht, das laut zu sagen.

»Hmm, ich weiß nicht, was ein Fahrstuhl ist«, kam nach kurzem Überlegen stockend die Antwort.

»Wie wäre es dann mit einem netten, lieben Mädchen, das keinem etwas zuleide tun kann?«

Damit schien die Gestalt etwas anzufangen wissen, da sie augenblicklich in sich zusammensackte, um danach neu als Mädchen zu entstehen. Es erinnerte sie an ihre Freundin Katy, die listig und fies sein konnte. Es war nicht größer als Synthia, hatte lange geflochtene Zöpfe und trug ein Kleidchen aus Erde.

»So besser?«, fragte der Golem.

»Ja. Würdest du mich jetzt wieder nach oben gehen lassen?«

Ein tiefes, grollendes Lachen ertönte, das alles zum Vibrieren brachte und so gar nicht zu der Gestalt des Mädchens passte.

»Genug von diesen Spielen. Meine Gestalt soll dir die Angst nehmen, das heißt aber noch lange nicht, dass ich dumm bin. Ich war so lange alleine. Als diese dämliche Fledermaus dachte, sie fände hier eine Höhle zum Übernachten, hatte ich wenigstens etwas zum Spielen, obgleich…«, stockte das Erdwesen mitten im Satz. Es schien über etwas nachzudenken und es dauerte einige Minuten, bis es weitersprach. »Die Fledermaus werde ich wohl gehen lassen, dich aber dich kleines Menschenkind werde ich als Gast bei mir behalten.«

»Gast? Gäste dürfen wieder gehen, wenn sie möchten«, konterte Synthia aufgeregt. Der Gedanke, alleine hier bleiben zu müssen, war schier unerträglich. Torfmuff und Mark würden sie hier in diesem dreckigen Erdloch niemals finden.

»Undankbares kleines Menschenkind. Dann nennen wir es eine kuschelige Bleibe, die ich dir auf Lebenszeit biete. Klingt das besser?« Mit einem grollenden Lachen schmolz die Gestalt wieder in den Boden.

III

»Drrruuuukras, Krieger der Dummheit. Noch immer keine Nachricht?«, donnerte der Dämon voller Brutalität. Er war eine Ausgeburt des Totenreichs und Gefühle waren ihm fremd. Drukras hatte Angst vor ihm und das aus gutem Grund. Beide standen sie in der Pflicht des Dunklen Fürsten, der von ihnen Resultate erwartete, die sie aber nicht liefern konnten. Irgendwie konnte sich ihnen das Mädchen, dessen sie habhaft werden sollten, immer wieder entziehen. Heerscharen von Spähern, Tausende von Kriegern jagten ein vierzehnjähriges Mädchen, das nicht zaubern konnte oder sonst Eigenschaften hatte, die sie besonders machten. Und trotzdem standen sie noch immer mit leeren Händen da. Ein weiteres Versagen würde ihnen der Dunkle Fürst nicht verzeihen. Der Tod wäre sicherlich die kleinste aller Strafen, die sie ereilen würde. Drukras schüttelte verständnislos den Kopf. Nein, sie hatten noch keine Informationen erhalten. So viele Späher waren unterwegs. Sowohl in der Nacht als auch am Tag. Und dennoch kamen sie nicht weiter. Die Wut des Dämons war in den letzten Stunden merklich gewachsen. Sein festes Stampfen war im ganzen Lager zu hören. Stille war eingekehrt unter den Spaltanos; die Stille der Todesangst. Nur leises, protestierendes Grunzen war noch zu hören, doch keiner der Spaltanos wagte es, in Richtung des Dämons zu schauen.

»Bestimmt werden wir sehr bald wissen, wo sie sich befinden, und dann können wir sie gefangen nehmen.« Drukras versuchte, den Dämon zu besänftigen, wusste aber im selben Augenblick, dass es ihm nicht gelingen würde.

»Gefangen nehmen? Mit einem Haufen Vollidioten?«, schrie ihn der Dämon nun ungehemmt an. Seine Augen glühten gefährlich, wie ein kurz bevorstehender Vulkanausbruch.

»Meine Krieger sind mutig und ...« Drukras versuchte, sich und seine Gefolgschaft in Schutz zu nehmen, aber der Dämon schnitt ihm das Wort ab.

»Mutig ja, aber dumm! Sieh sie dir an, wie sie dort am Feuer kauern und warten, statt zu überlegen, was getan werden muss. Warten auf einen Befehl. Denken? Können sie das? Warten, immer nur warten.« Die Stimme des Dämons wurde leise, gefährlich und drohend. »Drukras, finde heraus, wo sich das Mädchen befindet, oder ich gehe alleine auf die Suche. Dann hole ich meine Schar aus dem Schattenreich.«

Drukras wurde bleich. Er wusste, dass der Dämon die Macht besaß, Wesen zu rufen, die ein Lebender nicht sehen wollte. Für ihn und seine Krieger wäre es der sichere Tod. Das Schattenreich war voller Kreaturen, die keinen Unterschied zwischen Freund und Feind machten.

»Ich werde mich bemühen«, antwortete Drukras, nachdem er sich etwas beruhigt hatte. Schnell drehte er sich um und ließ den Dämon hinter sich. Noch für einige Zeit spürte er seinen stechenden Blick im Rücken. Erst als er außer Sichtweite war, fühlte sich Drukras wieder sicherer. Er musste etwas unternehmen. Die Frage war nur, was? Einfach in eine Richtung eilen, ohne zu wissen, wo sich die kleine Gruppe befand, erschien ihm nicht sinnvoll. Hier jedoch darauf zu warten, bis endlich einer der vielen Diener des Dunklen Fürsten ihnen verraten konnte, wohin sie gehen müssten, war wegen der Ungeduld des Dämons nicht minder verhängnisvoll. Er musste dem Dämon das Gefühl geben, dass sich endlich etwas tat und ihn damit beruhigen. »Fromk, komm her«, rief er einen seiner Krieger zu sich. »Sende zwei Dreiergruppen los. Eine in den Norden und eine in den Nordwesten. Sie sollen Signalhörner mitnehmen und uns rufen, sobald sie etwas über den Aufenthalt des Mädchens erfahren.«

»Es ist wie die Suche nach einer Nadel im Gras«, antwortete Fromk zweifelnd.

»Es heißt *Nadel im Heuhaufen*«, verbesserte ihn Drukras. »Geh und tu was ich dir sage, sonst wird es der Dämon tun.«

IV

»*Du kannst mich gedanklich fragen, wenn du etwas wissen möchtest. Ich werde dich verstehen.*« Synthia empfing die Worte der Fledermaus und fuhr erstaunt herum.

»*Kannst du meine Gedanken lesen?*«, dachte Synthia.

»*Ja, ich kann deine Gedanken lesen.*« Ungläubig starrte Synthia die Fledermaus an. Zuerst freute sie sich, mit der Fledermaus unerkannt kommunizieren zu können, doch im selben Augenblick hatte sie ein ungutes Gefühl dabei. Die eigenen Gedanken sind der letzte Rückzugsort eines denkenden Wesens und wenn dieser von anderen mühelos betreten werden konnte, dann war dies erschreckend.

»*Kann diese Erdkreatur uns auch gedanklich zuhören?*«, fragte Synthia nun völlig verunsichert.

»*Nein, ich glaube nicht, bin mir aber nicht absolut sicher. Sie geht davon aus, dass man sich mit mir nicht unterhalten kann und ich sende ihr keine Gedanken. Ich hielt es vorerst für besser, sie in dem Glauben zu lassen, eine dumme Kreatur gefangen zu haben.*« Während sie sich umschauten, beobachtete Synthia die Fledermaus aus dem Augenwinkel. Sie bewegte sich sehr sicher, was sie wahrscheinlich ihrem hervorragenden Gehör zu verdanken hatte. Synthia hatte in der Schule gelernt, dass Fledermäuse nicht gut sehen konnten. Aber was hatte das schon zu bedeuten? Dass eine Fledermaus eine Spannweite von beinahe zehn Metern haben konnte, hatte ihr auch niemand beigebracht. An einer der Wände hatte sich Erde gelöst und gaben die Überreste eines menschlichen Kadavers frei, der von einer dünnen, durchsichtigen Hautschicht überzogen war. Die leeren Augenhöhlen schienen traurig in die Ferne zu blicken.

»*Wir sind nicht die ersten*«, dachte Synthia.

»*Ja, er saugt die Energie der Wesen aus. Schau nur die ledrige*

Haut.« Synthia hatte so etwas noch nie gesehen und blickte angewidert auf die ausgemergelte Leiche.

»*Nicht schon wieder.*«

Synthias Erinnerungen an die verfluchte Stadt waren noch zu lebendig, um diesen Anblick einfach ignorieren zu können. Sie fühlte beinahe körperlich, was wohl geschehen wäre, hätten sie nicht entkommen können.

»*Das ist ja super. Ihr habt hier aber viele Wesen, die sich von der Lebensenergie anderer ernähren*«, bemerkte sie angewidert. »*Was ist das eigentlich für eine Kreatur?*«

»*Ohrgam ist ein Erdwesen. Er ist alt, sehr alt. Eigentlich besteht hier in dieser Höhle alles aus ihm und alles in der Höhle gehört zu seinem Körper. Er ist also kein Golem. Kein Magier hat ihm das Leben eingehaucht, sondern die Natur selbst. Ein Elementarwesen kann nicht getötet werden, da man ihm körperlich keinen Schaden zufügen kann. Also müssen wir auf eine Gelegenheit warten, die wir zur Flucht nutzen können. Andere Möglichkeiten haben wir nicht*«, erklärte die Fledermaus.

Synthia hatte noch viele Fragen, doch plötzlich begann der Boden abzusacken, als würde feiner Sand abfließen. Es bildete sich ein kreisrundes Loch, aus dem sich mehr und mehr die Gestalt eines Marktschreiers herausschälte. Dann formte sich eine Treppe auf der Ohrgam mit hoch erhobenem Haupt zu ihnen emporstieg.

»Ich hoffe, ihr habt euch ein wenig ausgeruht«, rief er ihnen gut gelaunt entgegen. »Ich habe mir etwas überlegt, damit es uns hier nicht zu langweilig wird. Eine Wette sozusagen. Wenn ihr gewinnt, könnt ihr beide gehen, aber wenn ihr verliert, töte ich die Fledermaus und du, mein Kind, bleibst hier. Zu meiner Unterhaltung. Ist das nicht ein faires Angebot?«

Das Erdwesen erwartete keine Antwort, denn eine Wahl hatten sie nicht.

»Ich habe mir das so vorgestellt: Erst werde ich euch

nacheinander drei Rätsel stellen, und ihr müsst euch dann für eine der Antworten entscheiden. Jeder kann seine Entscheidung treffen, wie es ihm beliebt. Doch nur auf einem Kreis wird die richtige Antwort stehen. Unter dem falschen Kreis befindet sich eine Fallgrube. Ihr könnt euch vorstellen, was das dann zu bedeuten hat. Oder?« Ohrgams selbstsicheres Lachen zeugte von seiner Lust daran, sie verlieren zu sehen. »Es könnten sich unter beiden Kreisen Fallgruben befinden, oder unter keinem, oder nur unter einem. Klingt doch fair oder?.« Synthia ahnte, was Ohrgam unter Fairness verstand.

»Wenn sich unter beiden Kreisen Fallgruben befinden, ist es doch nicht fair«, entgegnete Synthia.

»Nein? Zugegeben, es klingt ungerecht. Ist es aber nicht. Es könnte ja auch sein, dass sich unter keinem der Kreise eine Fallgrube befindet. Das nennt man dann ausgleichende Gerechtigkeit.«

Ohrgam hatte nicht vor, sie wieder gehen zu lassen, das war nur allzu deutlich. Einer Katze gleich wollte das Erdwesen mit ihnen spielen, bevor es ihnen den Todesstoß versetzte.

»Das Spiel kann beginnen«, hallte es plötzlich durch den riesigen Krater, Ohrgams Spielwiese. »Auf beiden Kreisen werden Hinweise entstehen. Ein Hinweis ist richtig, ein Hinweis ist falsch. Also los. Entscheidet euch und tretet in einen der Kreise.« Das Spiel hatte begonnen. Synthia trat an den Rand der Kreise, ohne einen zu betreten, und begann die Hinweise laut vorzulesen:

Linker Kreis	Rechter Kreis
Kommt zusammen ihr auf mir	Unter einem von uns beiden
Dann könnt ihr weiter bald gehen	Wird euer Weg hier enden
Tretet auf den anderen Kreise ihr	Solltet ihr den anderen beschreiten
dann wird eure Zeit hier verwehen	Werdet einen Ausweg ihr finden

Ohrgam löste sich wieder auf und ließ sie alleine.

»*Mein Name ist übrigens Synthia. Wir sind ja nun so etwas wie Partner. Wie heißt du eigentlich?*«, wollte Synthia wissen. Die Fledermaus machte eine höfliche, wenn auch unbeholfene Verbeugung.

»*Man nennt mich Cordawalk, was soviel bedeutet wie: der schwarze Vogel. Die Elfen gaben mir vor sehr langer Zeit diesen Namen. Ich hatte vorher einen anderen, aber den habe ich inzwischen vergessen. Auf gutes Glück ...Partner.*« Synthia grinste und erwiderte die Verbeugung.

»*Sehr erfreut, Cordawalk, dann wollen wir mit der Arbeit beginnen.*« Synthia las das Rätsel nochmals vor und beide fingen an, über die Lösung nachzudenken. Synthia setzte sich hin und begann mit dem Finger Notizen in den Boden zu zeichnen. Einige Meter entfernt formte sich plötzlich ein überdimensionales großes Auge am Boden, als wollte es sehen, was Synthia da zeichnete. Es war ihnen jedoch beiden bewusst, dass dies nur ein symbolischer Akt war, denn Ohrgam entging hier in seinem Reich nichts. Das Erdwesen wollte sie nur verunsichern und es ihnen so schwer wie möglich machen.

»Okay, ich denke, dass ich die Lösung habe«, rief Synthia laut. Danach betrat sie den rechten Kreis und winkte Cordawalk zu sich.

Die Fledermaus drehte den Kopf schräg zu Synthia. »*Bist du sicher?*«, fragte sie zweifelnd.

»*Ich bin mir sicher. Wenn ich mich jedoch irren sollte, dann wirst du viel Zeit und Gelegenheit haben, es mir vorzuwerfen*«, antwortete sie keck. Nach kurzem Zögern und einem unüberhörbaren Seufzen kam Cordawalk zu ihr in den rechten Kreis. Sie mussten nicht lange warten, bis Ohrgam, diesmal in Gestalt eines überdimensional großen Geiers, bei ihnen erschien.

»Nicht übel«, grummelte das Erdwesen enttäuscht. »Ihr

habt das erste Rätsel gelöst. War es zu leicht? Wie habt ihr es gelöst?«

»Du sagtest, dass in einem der Kreise die Wahrheit und in dem anderen die Unwahrheit stehen würde. Wenn die Aussage vom linken Kreis richtig gewesen wäre, dann hätte die Aussage aus dem rechten Kreis unwahr sein müssen. Dies jedoch war nicht so, denn dann hätte auch die Aussage…«, begann Synthia ihre Lösung zu erklären, als sie von Ohrgam unterbrochen wurde.

»Ja, ja, ist schon gut.« Das Erdwesen ließ zwei neue Kreise mit anderen Texten entstehen. Seine Stimmung hatte sich verschlechtert.

»Nun gut. Auf ein Neues. Jetzt sind entweder beide richtig oder beide falsch, ganz einfach, oder?« Ohrgam verschwand. Es war nicht schwer zu erraten, dass es ihm nicht gefiel, dass sie sein Rätsel gelöst hatten.

Linker Kreis	Rechter Kreis
Sucht mal da, mal dort	Wollt ihr mir trauen, wenn ich sage
Mit Eifer nach der Falle	Bleibt bei mir in meinem Rund
Zumindest ein Kreis lässt euch fort	Denn der andere verspricht nur Plage
Vielleicht auch der Kreise alle	Das wär für euch nicht sehr gesund

»Wenn also die Aussage im rechten Kreis unwahr ist, dann befindet sich die Fallgrube unter dem rechten Kreis. Daraus folgt, dass sich wenigstens unter einem der Kreise keine Fallgrube befindet, wodurch sich die Aussage im linken Kreis sich als richtig erweisen würde. Dies würde wiederum heißen, dass unmöglich beide Aussagen falsch sein können. Somit befindet sich die Fallgrube unter dem linken Kreis. Also treten wir auf den rechten Kreis.«

»*Wieder der rechte Kreis*«, fragte Cordawalk. »*Zweimal derselbe Kreis? Bist du sicher?.*«

»Ach, Cordawalk, hab doch einfach ein wenig Vertrauen«, antwortete Synthia in Gedanken.

Als sie abermals beide auf im rechten Kreis standen, erschien an der Höhlenwand vor ihnen eine verzerrte Grimasse, deren Ärger ihnen nur allzu deutlich entgegenblitzte.

»Ja, stimmt, ihr habt gut…. GERATEN. Ihr habt Glück gehabt, aber euer Glück wird euch nun verlassen. Das dritte und letzte Rätsel müsst ihr noch lösen, dann werden wir ja sehen, ob ihr bei mir bleibt oder nicht. Auch diesmal sind entweder beide richtig oder beide falsch.« Ohrgams Stimme hatte an Schärfe zugenommen und seine Enttäuschung war deutlich zu hören.

»Ich fürchte, dass es bald Ärger geben wird«, warnte Cordawalk. *»Ich weiß nicht viel über Ohrgam, aber ich habe gelernt, dass diese alten Wesen ungern verlieren.«*

Wieder bildeten sich zwei Kreise mit Texten vor ihren Augen, doch diesmal hatten sie nur noch einen Durchmesser von einem Meter. Synthia und Cordawalk konnten so unmöglich beide gleichzeitig auf ihnen stehen. Es war nun klar, worauf es hinauslaufen sollte.

Linker Kreis	Rechter Kreis
Entweder ihr nehmt den Kreis daneben	Glaubt mir, was ich sag euch nun
Und findet dort die ersehnte Freiheit	Geht hinüber, er wird es euch bereiten
Oder ihr kommt um euer Leben	Dort könnt ihr endlich ruhn
Dann tretet in den meinen für alle Zeit.	Und in die Freiheit schreiten

»Ich werde eure Zeit beschränken. Damit steigere ich die Spannung, aber es bleibt euch genug Zeit, eine Lösung zu finden. Solche Genies, wie ihr es seid, wissen so eine Beschränkung doch sicherlich als zusätzlichen Ansporn zu schätzen, oder?« Ohrgams Zorn war unüberhörbar. Bei der Geschwindigkeit, mit der der Sand von der oberen Kammer in die untere rieselte, blieben ihnen für die Lösung nicht einmal fünf Minuten Zeit.

»Synthia, spring auf meinen Rücken. Ich habe die Lösung«, hörte Synthia Cordawalk in ihren Gedanken.

»*Sicher?*« fragte sie verwundert.

»*Wie hast du vorhin so schön gesagt? Wenn nicht, haben wir ja lange Zeit, uns alles vorzuwerfen*«, antwortete die Fledermaus. »*Ohrgam hat einen Fehler gemacht. Es ist egal, auf welches Feld wir uns stellen, beide Wege führen in die Freiheit. Also spring auf, halte dich aber gut fest. Du verstehst, für den Notfall.*« Widerwillig folgte Synthia seinen Anweisungen und beide stellten sich wieder in den rechten Kreis. So hatten sie wenigstens das Platzproblem gelöst. In diesem Augenblick löste sich die Sanduhr wieder im Boden auf und eine schmerzerfüllte Stimme brauste von allen Seiten auf sie nieder.

»Falsch! Falsch! Das war falsch, es ist egal, ob richtig oder falsch. Ihr bleibt bei mir, ihr armseligen, dummen Kreaturen.« Der Krater bebte und Risse entstanden an der Kuppel über ihnen, aus denen zunehmend Sand fiel.

»Du hattest uns doch ein faires Spiel versprochen«, empörte sich Synthia, so laut sie konnte, um das Donnern der Erde zu übertönen.

»Ja? Hatte ich? So ist das Leben eben«, antwortete Ohrgam gehässig. Doch Cordawalk hatte aufgepasst. Mit einem kräftigen Sprung katapultierte er sie beide in die Luft. Synthia schrie laut auf und kniff die Augen fest zu. Wie ein Geschoss durchstießen sie die nachgiebige Decke. Staub und Erde rieselte herab und bedeckte sie nun von Kopf bis Fuß. Mit aller Kraft klammerte sich Synthia auf dem Rücken der Fledermaus fest. Wenn sie jetzt den Halt verlöre, wäre es definitiv um sie geschehen. Für immer verloren in einem dunklen, einsamen Grab. Entsetzliches Geheul verfolgte sie aus der Tiefe. Ein Schrei aus Enttäuschung, Wut und Schmerz drang an ihre Ohren und ließ sie beinahe taub werden. Als sie am Rand des Kraters ankamen, stieß sich Cordawalk mit einer letzten Kraftanstrengung empor in die Freiheit, weit über den offenen Krater hinaus.

»Kannst du mir helfen, meine beiden Freunde zu

finden? Sie müssen irgendwo in der Nähe sein«, schrie Synthia laut. Der brausende Wind schien alle Töne zu verschlucken.

»*Du brauchst nicht so zu schreien. Ich verstehe deine Gedanken auch so*«, antwortete ihr Cordawalk. »*Ihr seid also zu dritt gewesen. Aha.*«

Sie flogen in über hundert Metern Höhe und alles unter ihnen schien so klein. Ihr Blick reichte weit über das Land und den riesigen Wald, der sich bis weit in den Norden erstreckte. Bereits nach kurzer Zeit entdeckte Synthia ihre beiden Gefährten, die aus der Höhe wie kleine Spielfiguren auf sie wirkten.

»Da unten sind sie.« Synthia musste Cordawalk nicht zeigen, wo sie die beiden entdeckt hatte, da die Fledermaus bereits auf sie zuflog. Als Cordawalk sich ihnen im Gleitflug näherte, sah Synthia selbst aus dieser Entfernung das Entsetzen in ihren Augen. Beide sprangen hastig hinter einen schützenden Busch, was Synthia ein erfreutes Quieken entlockte.

»Ha, ha, das nenne ich einen gut inszenierten Auftritt.« Sie musste laut lachen und genoss den Flug auf dem Rücken der Fledermaus in vollen Zügen.

»He, ihr Pappnasen, ihr könnt wieder rauskommen. Ich bin es doch, Synthia«, rief sie ihnen entgegen, nachdem sie gelandet waren. Es dauerte nicht lange, bis erst Mark und dann auch Torfmuff zögernd aus den Büschen herausgekrochen kamen. Ungläubig bestaunten sie die riesige Fledermaus, deren schwarze Haut in der Sonne glänzte.

»Mpfff, alles in Ordnung?«, wollte Torfmuff wissen, ohne Cordawalk auch nur eine Sekunde aus den Augen zu lassen.

»Es ist alles in Ordnung. Der Flug war wirklich super. Überdimensional super sogar.« Synthias Augen glänzten vor Begeisterung. In ihrem Überschwang wollte sich Synthia gekonnt vom Rücken der Fledermaus gleiten lassen, doch als sie auf dem Boden aufkam, strauchelte sie und fiel hin.

»Mist«, fluchte sie laut. »Das wäre ja auch zu perfekt gewesen«, sagte sie dann und lachte. »Ich bin so froh, euch wieder zu sehen. Das ist mein neuer Freund Cordawalk. Wir waren eben in einer schrecklichen Situation, das kann ich euch sagen.«

»Mpfff, großer Freund.« Torfmuff blieb noch immer auf Abstand zu der Fledermaus. Er hatte noch nicht viel von solchen Wesen gehört, aber ihm erschienen Kreaturen, die von Höhlendecken nach unten hingen und hauptsächlich in der Nacht flogen, suspekt. Davon abgesehen waren Fledermäuse sehr gute Jäger und…Fleischfresser.

»Wir haben uns nicht gerade beliebt gemacht. Nur wohin jetzt, ist die Frage.«

»*Ich rate euch davon ab, tiefer in den Dunkelwurz einzudringen. Dort gibt es viele Gefahren, denen ihr euch ohne Grund nicht aussetztet solltet*«, gab Cordawalk zu bedenken, was aber nur Synthia hören konnte.

»Na, da hast du dir ja schnell einen neuen Freund angelacht und einen sehr hübschen obendrein. Ich frage mich nur, von wem die größere Gefahr ausgeht. Von der blöden Fledermaus oder den Spaltköpfen, die uns jagen«, flüsterte Mark.

»Die Fledermaus hat mir eben das Leben gerettet, also kann sie nicht ganz so gefährlich sein. Oder?«, entgegnete Synthia

»Die Spinne war auch erst nett und wollte uns dann trotzdem töten. Oder?« Mark schaute Synthia vorwurfsvoll an. Es stimmte, sie hatten sich von der Spinne täuschen lassen. Sie war ein Wesen des Dunklen Fürsten, hatte ihnen aber dennoch geholfen. Ohne sie wäre Synthia dem

Scheusal ausgeliefert geblieben. Doch mit der Fledermaus fühlte sie sich irgendwie verbunden.

»Wir sollten Cordawalk erzählen, wer wir sind. Vielleicht kann sie uns ja helfen. Ich traue ihr jedenfalls«, schlug sie vor, erntete aber nur ablehnende Blicke.

»Warte bitte. Bevor du weitersprichst, muss ich dir etwas gestehen.« Cordawalk richtete sich nun an alle Drei, sodass sie alle die Fledermaus verstehen konnten. *»Ich weiß, wer ihr seid, zumindest glaube ich, es zu wissen. Ich war heute Nacht auf der Suche nach euch, als ich Geräusche aus dem Krater vernahm. Als ich untersuchen wollte, von wem diese Geräusche kamen, wurde ich von Ohrgam gefangen genommen. Wir sind eine ganze Schar, die seit einigen Nächten nach euch suchen, da wir über ein besonders gutes Gehör verfügen. Es tut mir leid, aber wir befinden uns nicht im gleichen Lager. Ich bitte dich, mir nichts weiter zu erzählen. Durch unser kleines gemeinsames Abenteuer, bei dem du mich gerettet hast, fühle ich mich dir gegenüber verpflichtet und ich ...«*, dabei wandte die Fledermaus gequält ihre kleinen, fast blinden Augen von Synthia ab. Sie blickte zu Boden und man sah ihr den inneren Kampf an. *»...ich kann und werde dich nicht verraten. Aber Tatsache ist auch, dass ich dem Dunklen Fürsten gegenüber verpflichtet bin. Ich kann euch somit als Weggefährte nicht dienen. Ihr solltet mich nicht in euer Wissen einweihen.«*

Mark, Torfmuff und Synthia standen wie angewurzelt da und betrachteten Cordawalk.

»Nun, ich denke, dass wir uns hier trennen sollten. Ich werde euch aus der erwähnten Verbundenheit heraus niemals sehen oder hören und somit auch niemals verraten. Denn einem Verrat käme es letztendlich gleich, aber ich kann euch auch nicht helfen, denn damit würde ich das Leben all meiner Freunde und meiner Familie aufs Spiel setzten. Der Dunkle Fürst hat keine Gefühle und er kennt kein Mitleid. Ehre und Pflichtgefühl sind ihm fremd, für ihn zählen nur er und seine eigenen Pläne.«

»Mpfff«, stieß Torfmuff erstaunt aus. Der Dunkle Fürst hatte überall seine Kreaturen. Er kontrollierte alle Wege, den Tag und nun auch die Nacht. Sie alle fühlten sich, als wäre ihnen die Luft ausgegangen. Erschöpft und müde trafen sich ihre Blicke und sie sprachen Bände. Egal, wo sie nun auch waren, egal, was sie taten, egal, was sie noch planten, der Dunkle Fürst hatte überall seine Späher.

»Deine Ehrlichkeit überrascht mich, vor allem, weil du ja eigentlich im Auftrag des Dunklen Fürsten nach uns suchen solltest.« Mark wusste nicht, wie weit er der Fledermaus trauen konnte, aber diese Offenbarung zeugte von einem ehrlichen Charakter und ein klein wenig schämte er sich für das, was er vorher über sie gesagt hatte.

»Misstrauen ist nicht grundlos, sondern wichtig in dieser Zeit. Auch wenn wir heute keine Freunde sein können, so sind wir auch keine Feinde und das ist ein guter Anfang. Wer weiß, was sich das Schicksal damit gedacht hat.«

Synthia musste schmunzeln. »Ich danke dir, dass du so ehrlich bist. Obwohl ich ein wenig traurig bin. Bestimmt bekomme ich nicht mehr so schnell einen so herrlichen Flug durch die Lüfte geboten.«

»Wer weiß. Wenn du fest an mich denkst und mich rufst, dann werde ich deinen Ruf hören. Egal, wie groß die Distanz zwischen uns ist.«

»Klingt gut. Heißt das, dass ich dich rufen kann, wenn ich Hilfe benötige?«, fragte Synthia.

»Ja, aber nur in größter Not«, bestätigte die Fledermaus und richtete sich auf. *»Ich werde euch nun verlassen. Ich wünsche euch viel Erfolg und das meine ich ehrlich.«*

Mit einem kräftigen Satz sprang sie empor und flatterte in die Höhe. Nach zwei Kreisen über ihren Köpfen, schoss sie in Richtung Westen davon. Die Freunde blickten der Fledermaus noch eine Weile nach, bis sie zu einem kleinen Punkt in der Ferne schmolz und irgendwann ganz verschwunden war.

»Mpfff, große Fledermaus. Große Spinne.« Torfmuff blickte ernst drein und es war ihm anzusehen, dass er eher die kleineren Versionen liebte.

»Stimmt.« Mark kratzte sich nachdenklich am Kopf, nahm dann das Zauberbuch und setzte sich ins Gras. »Man erlebt wirklich so einiges hier! Aber wir haben nicht viel Zeit, wissen nicht wohin und werden gejagt. Das macht mich wahnsinnig. Ich denke, dass es jetzt überall gefährlich ist. Doch am gefährlichsten dürfte sein, den falschen Weg einzuschlagen. Ich muss hier drin eine Antwort finden.« Dann schlug er das Buch auf und begann, eine Seite nach der anderen umzublättern. Er fand viele Zaubersprüche, Anleitungen für die Herstellung von Zauberingredienzien und astrologische Anweisungen. Es dauerte lange, bis er plötzlich innehielt.

»Das muss der Zauber sein. *Schmieden und trennen von Schicksalsfäden*«, las er laut vor. Die Beschreibung füllte drei ganze Seiten, also konnte er nicht ganz so einfach sein. »Oh Mann, hätte es nicht einfach nur ein kleiner Spruch sein können? Zum Beispiel: *Schicksalsfaden sei getrennt*, oder so etwas Ähnliches?«. stöhnte er, nachdem er alles gelesen hatte. »Hier steht, dass dieser Zauber nur auf dem Berg der Seelen ausgeführt werden kann. Dort kann man mit dem Kraftelement *Amicitia* einen geknüpften Schicksalsfaden durchtrennen. Das Schwert haben wir bereits gefunden, aber wo ist der Berg der Seelen?« Grübelnd kratzte sich Mark am Kopf. Mit einem knappen *Mpfff* machte auch Torfmuff deutlich, dass er mit diesen Dingen nicht viel anzufangen wusste.

»Hmmm, meint ihr, ich könnte dazu kurz Cordawalk befragen?«, fragte Synthia.

»Spinnst du? Die Fledermaus dient den Dunklen

Beinen verzweifelt am Nacken der Fledermaus festklammerst«, scherzte Mark lachend.

»Mpfff, ha, ha. Nicht lustig.« Beleidigt schaute er zur Seite und schwieg.

»Armer Torfmuff«, tröstete ihn Synthia. »Wer weiß, vielleicht kommst du ja noch zu deinem Flug. Jetzt aber müssen wir entscheiden, wohin wir gehen wollen.«

»Mpfff, denke vielleicht Sonnenberge. Sie südwestlich Galamed. Zwei, drei Tage.« Synthia verzog gequält das Gesicht. »Uff, so weit?«, brach es aus ihr heraus. »Ich bin so müde. Ich würde so gerne mal ein paar Tage irgendwo ausruhen. Meine Beine und meine Füße tun weh und meine Schuhe fallen bald auseinander.«

»Ich denke, dass wir dazu nicht die Zeit haben. Also werden wir das tun, was uns die Fledermaus geraten hat. Nachts laufen und am Tag ausruhen.«

Kapitel III
Der Berg der Seelen

I

Es war eine seltsame Welt, in der er sein Opfer zur Strecke bringen sollte. Thrond hatte schon vieles gesehen und bereits unzählige Aufträge voller Gefahren an den unterschiedlichsten Orten überstanden. Verstecke im Schlund der Unterwelt, den Tälern der Tränen oder der Parallelwelt der sieben Weisen. Alle bargen sie tödliche Fallen, die für Fremde nur schwer auszumachen waren. Der Lohn von tausend Goldstücken war für ihn nur eine symbolische Zahlung ohne realen Wert. Es ging dabei um mehr; die Auftraggeber sollten spüren, dass seine Arbeit eine Kunst war, die seinen Preis hatte. Auftragsmorde wurden zwar von niemandem geschätzt und jeder versuchte, ihn zu meiden, aber seine Auftraggeber hatten gehörigen Respekt vor ihm. Wenn nicht gar Angst. Säumige Zahler zählte er somit nur sehr selten zu seiner Klientel. Und die wenigen, die glaubten, ihn nicht entlohnen zu müssen, verloren das wichtigste, was sie besaßen: ihr Leben. Für den Dunklen Fürsten zu arbeiten, war einerseits eine Ehre für Thrond, ließ ihn aber andererseits wachsam sein. Er wusste, dass er seine Bezahlung erhalten würde, Fehler durfte er sich jedoch nicht erlauben.

Jede Aufgabe hatte ihre eigene Tücke. In der Unterwelt musste man sich vor den Schattenwesen in Acht nehmen. In den Gärten Paramong waren es die Riesenbäume, deren Wurzeln alles und jeden in den Boden zogen, der nicht aufpasste. Das Gebiet der grünen Seejungfern barg wiederum andere Gefahren, die nicht minder tödlich waren. Ein Blick in ihre hypnotischen Augen bedeutete den sicheren Tod. Egal, wo er sich befand; jeder Auftrag konnte auch sein Leben fordern. Aber er war klug genug, Vorkehrungen zu treffen, die im Falle unvorhergesehener

Schwierigkeiten einen Rückzug auf sicheren Boden erlaubten. Diesmal jedoch befand er sich in einer anderen Welt, aus der er ohne die Unterstützung seines Auftraggebers nicht wieder würde fliehen können.

»Na also«, wisperte er leise, als er endlich vor dem Haus seines Opfers angekommen war. Verborgen hinter einer dichten Hecke betrachtete er das Gebäude, das ihm beschrieben worden war. In dessen Keller sollte sich ein weiteres Tor befinden, das er nach erfolgreichem Abschluss seines Auftrags zur Flucht nutzen sollte. Einen anderen Rückweg gab es nicht.

Der Dunkle Fürst hatte ihm das Opfer, dessen schwächelnde Magie gefahrlos sei, als leichte Beute dargestellt. Doch niemand würde tausend Goldtaler für einen leichten Auftrag ausgeben.

Einem Schatten gleich schlich er durch den Garten, der das Haus durch mit zum Teil hohen Bäumen schützend umgab. Als er auf der Rückseite angekommen war, verharrte er an einer kleinen Tür. Ein Blick durch das Fenster daneben bestätigte ihm, dass sich niemand in dem Raum dahinter befand. Einen kurzen Moment verharrte er in der Hocke, mit dem Rücken an die Tür gelehnt. Obwohl sein Opfer über magische Fähigkeiten verfügte, und somit auch diese Welt mit magischer Potenz gefüllt sein musste, spürte er die ganze Zeit über nicht ein Mal das Gefühl einer solchen Präsenz. Alles hier schien vollkommen normal und ohne jeglichen Zauber.

»Seltsam«, kam es ihm nachdenklich über die schmalen Lippen, die wie ein Strich sein Gesicht teilten. »Was für eine sonderbare Welt.«

II

Die ruhigen Tage ihrer Weiterreise hatten ihnen allen gut getan. Wie ihnen Cordawalk geraten hatte, schliefen sie am Tag, um in der Nacht nahe beieinander ihre Reise zu den Sonnenbergen fortzusetzen. Einige Male sahen sie in der Ferne Lagerfeuer brennen, die sie jedoch weitläufig umwanderten. Nur ein Mal hatte sich Torfmuff an eines der Lager herangepirscht, um zu erkunden, wer dort verweilte. Es waren Spaltanos, die mit großer Wahrscheinlichkeit nach ihnen suchten. Es war erschreckend, wie viele dieser Kreaturen inzwischen über die Wetterberge in dieses Gebiet gekommen waren. Offenbar kontrollierten sie bereits die meisten Regionen. Wie würde es wohl in der Hauptstadt Galamed aussehen? Raufend und plündernd dürften die Spaltanos inzwischen alles Lebenswerte vergiftet haben.

Sie wanderten erst dicht am Dunkelwurz entlang, hinüber zum Hochwald, durch diesen hindurch, um dann auf der Nordseite des Hochwaldes in Richtung Westen abzubiegen. Nördlich von ihnen erstreckte sich zum Gundelwald hin eine weite, beinahe baumlose Graslandschaft, die im Sommer eine wilde und ungebändigte Schönheit verhieß. In der Dunkelheit jedoch bot sie der verschworenen Gruppe kaum Schutz gegen den kalten Nordwind, der eisig über die Ebene blies. Tief zusammengekauert und die Gesichter verborgen schritten sie von Torfmuff angeführt den Sonnenbergen entgegen. Es dauerte weitere zwei Tage, bis sie am Hauptverbindungsweg zwischen Fischfang und der Stadt Galamed ankamen.

»Mpfff, gefährlicher Ort«, warnte Torfmuff. Diese Verbindung von der Hauptstadt zum Meer war eine belebte Strecke, die von den Spaltanos sicherlich beobachtet wurde.

»Wenn ich mich nicht täusche, befindet sich weiter nördlich das Wirtshaus *Zum Trollauge*. Als meine Mutter einmal mit mir nach Fischfang wanderte, haben wir dort übernachtet«, erinnerte sich Mark sehnsüchtig. »Oh, wie schön wäre jetzt ein warmes trockenes Bett. Ich kann mich noch gut erinnern, dass dort viele verschiedene Gestalten rasteten, die bis spät in die Nacht fröhlich sangen und wahrscheinlich auch viel tranken. Mir kommt es so vor, als ob es eine Ewigkeit zurückliegt.« Traurig hing Mark den vergangenen Tagen nach. Tage, an denen alles anders war. Tage der Sicherheit in dem Dorf, wo er aufgewachsen war. Plötzlich verdunkelten sich seine Augen und er wurde ernst. »Mir fällt da etwas ein. Ich konnte damals nicht sehr viel damit anfangen, aber jetzt gibt es mir zu denken.«

Torfmuff und Synthia schauten ihn gespannt an.

»Als wir damals dort ankamen, wurden wir sehr herzlich empfangen. Mama musste schon öfters dort gewesen sein. Jedenfalls kam am Abend, bevor wir schlafen gingen, ein älterer Mann mit zerzaustem Bart und einer langen Robe zu uns und wollte…mich sehen. Mama holte mich in den Raum und stellte mich vor. Es schien irgendwie förmlich zu sein. Ich kann es gar nicht beschreiben.« Nervös rieb Mark einen Daumen über seinen Zeigefinger. Fieberhaft schien er sich an die Geschehnisse erinnern zu wollen »Es war eine sehr seltsame Situation und irgendwie hatte ich den Eindruck, dass Mama unter Druck stand. Aber es ist schon so lange her. Jedenfalls musterte mich der Fremde von oben bis unten. Dann kam er näher und schaute mir in die Augen. Er meinte, mein Augen verrieten alles, und sie solle aufpassen, da der Weg versperrt sei. Er meinte noch, dass jemand nicht mehr kommen könne, um mich zu beschützen. Ich weiß leider nicht, um wen es sich dabei handelte. Mama jedenfalls kam mir sichtlich mitgenommen vor, als der Alte ging. Meint ihr, es könnte sich um meinen Vater gehandelt haben?«

»Wenn wir das mit dem Schicksalsfaden hinbekommen, dann hoffe ich, dass wir auch darauf die Antwort finden. Vielleicht kann mein Paps ja herausfinden, was mit deinem Vater geschehen ist.« Synthia hoffte auch, mehr über ihr eigenes Schicksal zu erfahren. Aber ihr Vater war alles andere als redselig, was solche Dinge anging.

»Woher kommt denn der Name Trollauge, ist der Wirt vielleicht ein Troll?«, fragte Synthia grinsend.

»Mpfff, nein«, erwiderte Torfmuff, »Mpfff, ist Name wie *Zum wilden Keiler* oder *Zum fröhlichen Fisch*. Mpfff, gibt aber kein fröhlicher Fische.« Torfmuff sagte dies alles mit großem Ernst und Synthia musste lachen. Auch Mark begann zu kichern und die Traurigkeit war schnell wieder verflogen. Torfmuff betrachtete sie verständnislos und schüttelte den Kopf. »Mpfff, wir besser weitergehen«, mahnte er zum Aufbruch und ging wieder voran. Schnell huschten sie über den Weg und verschwanden im Schutz der gegenüberliegenden Böschung. Zwei Stunden später hatten sie ihr Ziel erreicht: die Sonnenberge. In der Dämmerung des Morgens blickten sie ehrfurchtsvoll auf das gewaltige Bergmassiv.

»Wow«, rief Mark beeindruckt. »Müssen wir da hoch?« Steile Hänge führten in ein riesiges Bergmassiv, das zu überwinden unmöglich erschien.

»Mpfff, nicht gut.«

»Hast du Angst?«, fragte ihn Synthia.

»Mpfff, kurze Beine. Ist sehr steil.«

Das Massiv bestand aus mehreren Höhenzügen, wobei der Gipfel des Hauptberges nicht zu sehen war. Verborgen in einer dichten Wolkenschicht, die wie ein Schal darum lag, konnte man seine Höhe nur erahnen. Der Aufstieg gestaltete sich schwierig. Wo sich am Anfang noch festgetretene Pfade befanden, erschwerten zunehmend Geröll und steile Passagen das Vorankommen.

»Meint ihr, dass wir da hochkommen?«, fragte Synthia ängstlich und blieb stehen.

»Mpfff!«

»Und das heißt?«, hakte Synthia nach.

»Mpfff...«

»Danke, dass du uns so viel Mut machst.« Synthia verstand seine Bedenken, hätte sich aber aufmunternde Worte gewünscht.

»Ich glaube, wir machen jetzt eine Rast und schlafen den Tag über.« Resigniert suchte sich Mark ein trockenes Fleckchen Erde vor einem schützenden Felsen. »Schaut nur mal hoch, wie viel wir noch vor uns haben. Wenn wir nicht unterwegs erfrieren und auch noch das Glück haben, nicht abzustürzen, dann werden wir bei diesem Tempo verhungern, bevor wir oben sind. Und sollten wir wider Erwarten selbst das überleben, dann wissen wir noch nicht einmal sicher, ob wir da oben das finden, was wir suchen.«

Mark hatte ausgesprochen, was Synthia und Torfmuff schon die ganze Zeit über dachten. An diesem Tag schliefen sie alle mutlos und mit düsteren Gedanken ein.

III

Kaum hatte Synthia ihre Augen geschlossen, fiel sie zuerst in eine schwarze Kluft der Besinnungslosigkeit, bevor sie wieder in eine ihr inzwischen bekannte Traumwelt geriet.

»Oh nein, nicht auch das noch«, flüsterte sie, als sie erkannte, wo sie gelandet war. Das Zimmer des Dunklen Fürsten. Die riesige Glaskuppel über ihr erlaubte einen grandiosen Blick in den dunklen Nachthimmel. Kleine Wolkenstreifen zogen schnell durch die schwarze Nacht und verdeckten dabei die Sicht auf den Sternenhimmel. Im Kamin vor ihr brannte wieder dieses unselige Feuer, das keine Wärme spendete. Ängstlich drehte sie sich um ihre eigene Achse und spähte in alle Ecken des Raumes. Als ihr Blick wieder beim Kamin ankam, erschrak sie, als sie die dunkle Gestalt dort entdeckte.

»Ich grüße dich recht herzlich und bedanke mich sehr für deinen abermaligen Besuch in meinem bescheidenen Schloss. Komm und wärme dich ein wenig an dem lieblichen Feuer. Du siehst fürwahr verfroren aus.« Mit einer Geste lud der Dunkle Fürst sie ein, sich zu ihm zu gesellen.

»Danke, aber das Feuer wärmt nicht«, erwiderte sie.

»Nun, wenn schon nicht deinen Körper, so vielleicht deine Seele«, antwortete er.

»Meiner Seele geht es gut. Lasst mich doch einfach in Ruhe.« Sie wusste, dass sie nicht zufällig hier gelandet war und somit würde sie der Dunkle Fürst auch nicht einfach ziehen lassen.

»Ich will nur dein Bestes, kleines Mädchen. All dein Leid würde sofort enden, wenn du mir deine Freundschaft zusicherst. Wir wären ein gutes Team, nur leider ist dir das noch nicht ganz klar. Na ja, eigentlich weißt du bisher kaum etwas über deine Herkunft. Und ganz besonders wenig weißt du über deinen Vater.« Der Dunkle Fürst drehte sich um und blickte zur Glaskuppel hinauf.

»Schau da hinauf«, *wies er Synthia an und streckte einen Arm aus. »Siehst du diese wunderschönen Sterne? Diese klare Nacht? Das Treiben der kleinen Wolken? Das Leben bietet so viel. Vergeude es nicht. Du wirst dein Ziel nie erreichen, glaube mir.« Er schnippte mit den Fingern und das Feuer im Kamin erlosch. »Schau nun hier in den Kamin. Ich möchte dir etwas zeigen.«*

Von einer Sekunde auf die andere entstand ein Bild vor Synthias Augen. Was anfänglich kaum zu erkennen war, wurde zur grausamen Wirklichkeit. Mark und Torfmuff lagen tot am Boden. Aufgespießt von Speeren lagen sie in ihrem eigenen Blut. Synhtia erschrak und schnappte nach Luft.

»Muss es soweit kommen? Das ist die Zukunft, die deine Freunde erwartet, wenn du dich mir versagst. Die ganze Verantwortung liegt bei dir. Möchtest du sie alle verlieren?«, fragte er und ein Schauer lief ihr über den Rücken und ließ sie frösteln. Seine Stimme war nun tief und fest. Kälte, aber auch eine Spur Wut und vielleicht sogar ein wenig Angst schwang in seinen Worten.

Eine seltsame Ruhe bemächtigte sich Synthias plötzlich, als ihr das bewusst wurde. Angst in der Stimme ihres Feindes? Fürchtete sich der Dunkle Fürst etwa? Seit ihrem ersten Zusammentreffen hatte sich vieles geändert. Zwar hatte er sie und ihre Freunde die ganze Zeit über gnadenlos gejagt, aber bisher waren sie ihm entkommen. Tatsächlich hatten sie gegen seinen Willen schon sehr viel erreicht – wenn auch nur in kleinen Schritten,.

»Vergessen Sie es einfach. Lassen Sie uns und meinen Vater zufrieden. Sie sind ein Scheusal, das andere Wesen für sich ausnutzt. Sie sind nur daran interessiert, uns alle zu vernichten. Mehr habe ich nicht zu sagen.« Stille kehrte in den Raum ein, so intensiv, dass selbst das Herabschweben einer Feder wie lautes Scheppern geklungen hätte. Ein wildes, alles vernichtende Lodern erhellte die Augen des Dunklen Fürsten.

»Es stimmt, dass ich gelegentlich die Hilfe von Kreaturen

in Anspruch nehme, die ... nun sagen wir mal, nicht immer das nötige Taktgefühl an den Tag legen. Ist es verwerflich nach Macht zu streben? Wenn ich es nicht tue, dann werden es andere machen. So sieht es eben im Leben aus. Alles ist im ewigen Wandel begriffen und ein jeder befindet sich im steten Kampf. Schau Dich doch mal auf einer lieblich erscheinenden Wiese um. Alles sieht friedlich aus. Oberflächlich betrachtet. Doch ist das auch so? Der Käfer rennt um sein Leben, weil er nicht von einem Vogel gefressen werden möchte. Der Hase nicht von einem Wolf. Und der Wolf rennt um sein Leben, wenn er von Menschen gejagt wird. Keines der Kreaturen, ob klein oder groß, genießt Frieden. Je stärker jedoch ein Wesen ist, je mehr Macht es hat, umso größer ist die Wahrscheinlichkeit des Überlebens. Und ich möchte überleben. Mit welchem Recht also wagst Du es über meine Motive zu urteilen?« Die letzten Worte donnerte der Dunkle Fürst voller Empörung. »*Du warst am Spiegelsee, du hast Dinge gesehen, die in dir sind. Meinst du wirklich, du wärst etwas Besonderes? Glaubst du, du bist besser als ich?*«

Ja, da sprach der Dunkle Fürst die Wahrheit: Was sie zu sehen bekommen hatte, war wahrlich nicht sehr schmeichelhaft. Aber was würde der Dunkle Fürst in dem See zu sehen bekommen? Sicherlich viel Schlimmeres, als es jemals bei ihr der Fall war. Sie selbst war nicht perfekt, er aber war ein Dämon in Menschengestalt.

»*Lassen sie mich einfach in Ruhe*«, *erwiderte Synthia.*

»*Es wird der Tag kommen, an dem du deine Entscheidung bereust. Entweder du entscheidest dich freiwillig für mich oder ich werde dich unterwerfen. Dich zu einem willenlosen Objekt machen. Ich werde dein Gehirn und deinen Willen, deine Seele und deinen Geist zermalmen, bis du einem leeren Krug gleichst. Ist es das, was du möchtest?*«

Der kalte Hauch seines Atems strömte Synthia entgegen und ließ sie frösteln. Es war keine leere Drohung. Es wäre genau das, was er aus ihr machen würde, wenn er sie körperlich zu fassen bekäme. Wenn es ihr nicht gelang, ihn zu besiegen, dann …..

»Nun gut, wir werden uns bald wieder treffen. Unsere Pfade kreuzen sich, das ist unser beider Schicksal. Ich werde an dieser Kreuzung auf dich warten, Synthia. Dein Schicksalsstrang ist mit meinem verwoben. Alles Sträuben wird dir nicht helfen, so wie es auch deinem Vater nichts genützt hat. Ihr seid beide Narren.«

Synthia spürte, wie sich um sie herum ein Strudel bildete, der sie in seinem Sog nach oben davonriss. Sie durfte gehen, sie durfte erwachen … endlich.

IV

Synthia riss die Augen auf und lag einige Zeit wach in ihrem aufgewühlten Lager. Sie wusste nicht, wie lange sie geschlafen hatte, aber es mussten einige Stunden sein. Wieder hatte es der Dunkle Fürst geschafft, sie im Traum zu sich zu rufen. Er würde alles daran setzen, sie zu einem willenlosen Werkzeug zu formen, denn freiwillig würde sie sich ihm niemals ergeben. Wie konnte ein Mensch nur so grausam sein? Sie erinnerte sich noch an die Geschichte, die ihnen die Elfe erzählt hatte. War es der Dunkle Fürst gewesen, der seine Tochter verlor und so grausam hart geworden war? Sie mussten unbedingt den Aufstieg schaffen, sonst wären sie verloren. Leise stand sie auf, suchte Holz und entzündete ein wärmendes Feuer. Es dauerte nicht lange, bis auch Mark und Torfmuff erwachten. Zu dritt saßen sie schweigend und frierend um das Feuer herum und wärmten ihre Hände an den Flammen.

»Ist schon blöd«, beschwerte sich Mark. »Früher habe ich mich immer über Schnee gefreut. Jetzt könnte ich gut darauf verzichten. Kommt, ich fürchte, wir müssen weiter.«

Es hatte zwar zu schneien aufgehört, aber der kalte Wind, der von den Wetterbergen herwehte, setzte ihnen zu. Mit eisigen Krallen schien er nach ihnen zu greifen. Allmählich wurde ihnen klar, dass ihr Ziel noch in weiter Ferne lag. Bis zur Nacht wollten und konnten sie nicht warten. Ein Fehltritt auf den glatten Felsen konnte tödlich sein. Sie mussten also wieder bei Tageslicht wandern. Schritt für Schritt kämpften sie gegen den scharfen Wind an und Schritt für Schritt schwand ihre Hoffnung. Trotzdem dachten sie nicht daran aufzugeben. Zu weit waren sie schon gegangen und ein Zurück gab es jetzt nicht mehr.

Gegen Abend jedoch wendete sich das Blatt. Als sie wieder einmal mutlos einen großen Felsen umwandert hatten, fanden sie plötzlich einen breit ausgetretenen Pfad, der zu einer weiten Plattform führte. Als wäre dies das Signal gewesen, öffnete sich die Wolkendecke zum ersten Mal und gab den Blick auf den Gipfel des Berges frei.

»Oh Mann, wenn wir Glück haben, ist dort unser Ziel.« Mark zeigte erleichtert auf die Plattform. Alle Hoffnungslosigkeit schien auf einen Schlag von ihnen abzufallen. Immer wieder fanden sie seltsame Symbole und Figuren am Wegesrand in hartes Gestein geschlagen. Ihre Beine, die sich bis eben noch schwer wie Blei angefühlt hatten, schienen jetzt beinahe fliegen zu wollen. Noch vor Einbruch der Dämmerung hatten sie ihr Ziel erreicht: ein weites Plateau, von dem aus sich ihnen eine grandiose Sicht bot. Von den Wetterbergen im Norden bis zu den Küsten im Westen und Süden, eröffnete sich ein grandioses Panorama. Staunend ergötzten sich Synthia und Mark an diesem Anblick, während Torfmuff mürrisch das wenige Holz, das zu finden war, aufsammelte.

»Mpfff, wo Ziel?«, rief er ihnen zu, ohne beim Sammeln inne zu halten. Erst als sich Mark und Synthia von dem Zauber der Fernsicht befreien konnten, blickten sie sich ebenfalls um. Enttäuscht wurde ihnen bewusst, dass sich hier keinerlei Anzeichen von dem Gesuchten befanden. Keine Auffälligkeiten, keine Grotte, kein Tempel, rein gar nichts. Nur eine ebene freie Fläche, zwar mit einem fantastischen Ausblick, aber sonst nichts weiter. Sie schauten sich enttäuscht um, als sie plötzlich von einem gewaltigen Beben durchgeschüttelt wurden,

»Was ist das schon wieder?«, rief Mark.

»Mpfff, Beben.«

»Danke Torfmuff, darauf wäre ich jetzt nicht gekommen.«

»Mpfff, bitte. Ist aber nicht gut.«

»Du nervst manchmal mit deinem *nicht gut*. Weißt du das?«

Aus der freien Fläche vor ihnen schoben sich Felsen nach oben, die in der Dunkelheit einer entstehenden Blase glichen. Bereits nach wenigen Minuten hörte das Beben wieder auf und eine unheimliche Stille legte sich über sie. Die Felsen vor ihnen hatten sich zu einer etwa drei Meter hohen Pyramide aufgetürmt, an deren drei Seiten jeweils eine große Öffnung von einem Quadratmeter klaffte. Dann hörten sie ein leises Gurgeln, und kurz darauf strömte heiße Lava in einem schmalen Rinnsal aus diesen Spalten heraus, die sich ihren Weg über den Abgrund suchte.

»Wow«, staunte Synthia. »Das ist echt krass. Das ist kein normaler Vulkanausbruch. Vielleicht…« In diesem Moment schoss aus der Spitze der Pyramide ein heller Strahl gen Himmel und tauchte alles in gedämpftes, milchiges Licht.

»Mpfff.« Torfmuff zog seinen kurzen Dolch und erwartete das Schlimmste, als aus dem Nichts eine tiefe, beruhigende Stimme ertönte.

»Habt keine Angst, es wird euch nichts geschehen. Diesen Lavastrom gebe ich euch als wärmende Quelle, die ihr benötigt, wenn ihr in der Nacht nicht erfrieren wollt. Auch wird sie euch Licht spenden und somit Zuversicht. Wie töricht, bei dieser Kälte hier heraufzukommen. Ich nehme an, dass ihr zu uns wolltet, zum Berg der Seelen. Was wollt ihr von uns, obwohl … nein, sagt es nicht, lasst uns raten, ihr wollt bestimmt die Aussicht hier oben genießen.« Synthia, Mark und Torfmuff schauten sich schweigend an.

»Nun, nein«, antwortete Mark.

»Ohh, nicht wegen der Aussicht? Gefällt sie euch etwa nicht? Hmmm, nein, der Aussicht wegen seid ihr wahrlich nicht gekommen, nicht wahr, Synthia?.« Erschrocken blickten sie in den grellen Lichtkegel. Er waberte und die Intensität des Lichts schien sich ständig zu ändern.

»Woher wisst ihr, wer ich bin? Und wer seid ihr?«, fragte Synthia erschrocken. Nach einer kurzen Pause begann es, in dem Lichtkegel zu funkeln, wie es Millionen Sterne am klaren Abendhimmel nicht vermocht hätten. Ein leises, kaum hörbares Lied ertönte, wie von tausend kleinen zarten Glöckchen angestimmt.

»Wir sind derer viele. Wir haben keinen Namen, so wie auch viele andere Wesen in diesem Land. Ihr Wesen, ob Menschen, Trolle, Gnome, Elfen, Zwerge oder wer auch immer, versteht die Vielfalt des Lebens nicht. Aber ihr könnt nichts dafür, denn das Verständnis solcher Dinge wurde euch nicht gegeben. Umso schwieriger ist es, wenn ihr zu besiegen sucht, was ihr nicht begreift.«

Synthia nickte »Hier gibt es sehr vieles, was ich nicht verstehe. Das muss ich ehrlich zugeben. Aber jeder, den ich nach etwas frage, weicht mir aus. Weder bekomme ich Namen genannt, noch werde ich in die tiefere Bedeutung von …« Synthia hielt inne und überlegte. Dass sie einen magischen Dolch und einen magischen Stein bei sich trugen, wollte sie lieber nicht verraten.

»So? Meintest du die zwei Kraftelemente, die du erhalten hast? Glaubst du wirklich, dass man dir alles erklären kann? Es gibt Dinge in dieser Welt, für die es keine Worte gibt. Manches ist nur erfahrbar. Alle Antworten liegen immer in dir. Zu den Kraftsymbolen könnte ich dir unendlich viele Geschichten erzählen. Von deren Entstehung und all den bisherigen Trägern. Aber würde das wirklich etwas nützen? Nein. Es sind nur Symbole, Stützen, Katalysatoren und Verstärker deiner inneren Wahrheit. Deiner Reife und deines Erkenntnisgrades. Die Waffen, die du wirklich brauchst, sind das innere Verstehen und die Weisheit dies auch richtig anwenden zu können. Weißt du, was wir meinen?«

»Ja, schon, aber wie soll ich mit all diesem Halbwissen verstehen, was um mich herum geschieht?«, fragte Synthia.

»Du musst dir das nehmen, wovon du kaum hast. Zeit. Es ist ein Dilemma, aber wir fürchten, dass es dir sonst nicht möglich sein wird, gegen den Dunklen Fürsten anzutreten. Nur ein Wesen, das bereits all die Dinge erfahren und vor allem diese Urkraft in sich entzündet hat, kann es wagen. Aber … nun bist du hier bei uns und wir werden zumindest versuchen, dir zu helfen.«

»Ich habe so viele Fragen, vielleicht könnt ihr mir wenigstens einige beantworten.«

Da vom Lichtkegel keine Einwände kamen, stellte Synthia ihre erste Frage: »Ich war, wie du wahrscheinlich bereits weißt, nicht immer in dieser Welt. Irgendwie hat dies alles mit meinem Vater zu tun. Mich würde interessieren, warum ich hier bin und wie ich meinem Vater helfen kann, und was das alles mit dem Dunklen Fürsten zu tun hat und ……« Es gab so viele Dinge, die sie nicht verstand, so viele Dinge, die sie nun endlich wissen wollte. Doch die warme Stimme unterbrach sie.

»Ja, ich weiß, dass du im Dunkel deines Weges wandelst. Du bist in diese Welt gekommen ohne Vorbereitung. Dies hat dein Vater versäumt. Dir nun alles zu erklären, würde Tage dauern und bei jeder Antwort, die ich dir gäbe, kämen zwei neue Fragen dazu. Da bin ich mir sicher. Leider haben wir diese Zeit nicht, zu nah ist der Dunkle Fürst bereits. Nehmt erst mal Platz, und wir wollen euch ein wenig erzählen.«

V

Steve war nur noch eine Straße von seinem Haus entfernt, als er den Taxifahrer bat anzuhalten. Als er bezahlt hatte und alleine auf dem Gehweg stand, schloss er die Augen. Ein Schwall von fremder Energie schwappte ihm entgegen und drehte ihm förmlich den Magen um.

»Verdammter Mist«, fluchte er kaum hörbar. »Schon so nah.«

Aus dieser Welt war beinahe jegliche magische Energie verschwunden. Die Menschen glaubten an die Materie, liebten sie und klammerten sich an sie. Alles andere taten sie als Blendwerk und Illusion ab und so hatten sie über die Jahrtausende ein kostbares Gut verloren: Spiritualität und den Zugang zu ihrem Unterbewusstsein und somit zur Magie. Aus diesem Grund konnten sich Wesen mit magischer Energie hier kaum voreinander verbergen. Wie zwei Wanderer in einer Ebene ohne jegliche Vegetation konnten sie einander bereits aus großer Entfernung wahrnehmen. Es fehlte der tarnende Wald voller Magie, in dem man sich verbergen konnte. Sie leuchteten wie Kerzen in der Dunkelheit; füreinander unübersehbar. Sicherlich hatte auch das andere Wesen längst bemerkt, dass sein vermeintliches Opfer nahte. Wo es sich jedoch genau befand, konnte Steve nicht fühlen. Die Energie kam nicht vom Dunklen Fürst selbst, doch nur er konnte ihm jemanden auf den Hals gehetzt haben. Zudem musste Steve davon ausgehen, dass der Dunkle Fürst keinen Stümper nach ihm aussenden würde. Steve sollte also hier in dieser Welt getötet werden. Es war somit allerhöchste Vorsicht geboten. Gerne hätte er sich abgewandt, um irgendwo unterzutauchen. Doch er musste in sein Haus, koste es was es wolle. Er brauchte also einen Plan. Um genau zu sein, einen genialen Plan.

Schnell überquerte Steve die Straße und durchquerte einen kleinen Park, in dem sich meist Mütter mit Kindern zum Tratschen trafen, während die Kinder herumtollten. Auf der anderen Straßenseite befand sich eine alte Kirche, die er schon einige Male besucht hatte. Zwar war er nicht allzu religiös, aber solche Orte beherbergten zumindest ein gewisses Maß an Spiritualität. Das war eine Kraftquelle, aus der Wissende schöpfen konnten. Ein weiterer Vorteil einer Stätte des Glaubens war seine Abschirmung. Dort gab es starke energetische Ströme und diese bildeten eine Barriere für magische Schwingungen. Das konnte ein Wesen aus einer anderen Welt nicht wissen. Das würde Steve Zeit verschaffen, um mehr über das andere Wesen zu erfahren und seine nächsten Schritte zu planen. Als er die Kirche betrat, blieb er einige Minuten am Eingang stehen und schaute sich um. Wie es aussah, war er alleine hier. Schnell eilte er zu einem Beichtstuhl und setzte sich hinein. Die dunkle Kammer war der perfekte Schutz, den er jetzt brauchte. Steve musste Synthia helfen, ihr Beistand senden, bevor er sich der fremden Macht stellte. Seine Energie war noch immer sehr beschränkt und eine direkte Konfrontation mit einer so kraftvollen Magie, wie er sie soeben gefühlt hatte, war riskant. Zwar war diese Welt für ein hierher gesandtes Wesen fremd, doch das verschaffte ihm nur einen geringen Vorteil. Im Beichtstuhl im Schneidersitz sitzend schloss er die Augen und konzentrierte sich. Es dauerte lange, bis er seinen Geist aussenden konnte, auf der Suche nach einem ganz besonderen Wesen.

VI

Torfmuff, Mark und Synthia saßen vor der Pyramide und warteten. Der kleine Lavastrom versorgte sie mit genügend Wärme, sodass sie nicht frieren mussten. Nach einigen Minuten begann das Licht zu flackern und das oder die Wesen sprachen wieder zu ihnen.

»Wir haben nicht alle Antworten auf alle Fragen, und manche unserer Antworten mögen schwer verständlich und einige wenige gar missverständlich sein. Aber wir werden uns bemühen. Wie du ja inzwischen weißt, gibt es mehr als nur deine Welt. Die Trennwand zwischen unseren Welten ist zwar dünn, kann jedoch nur selten, wenn überhaupt durchschritten werden. Aber wie man sieht, ist es dennoch möglich. Lass mich ein klein wenig in die Vergangenheit zurückschweifen. Es gibt eine sehr, sehr, sehr lange Geschichte, die in Zeiten zurückgeht, aus denen wir keinerlei reale Zeugnisse haben. Aber vor einigen Jahrhunderten lebte ein König, der weise und gerecht war. Doch irgendwann befielen ihn Bitternis und Trübsal und vergifteten seine Seele nachdem ihn schwere Schicksalsschläge getroffen hatten. Dies geschieht öfter, als man glaubt und meist bleibt es ohne Auswirkung auf die Nachwelt. Aber in diesem Fall kam es anders. Einer der Berater dieses Königs war ein Magier. Dieser war von Machtgier besessen und verführte den König zu dem, was später so unheilvoll über den König hereinbrechen sollte. Er versank mehr und mehr in Verzweiflung und wollte sich schon das Leben nehmen, doch eines Morgens besann er sich eines Besseren. Er ließ den Magier holen und für die schlechten Taten hinrichten. Der Magier jedoch verfluchte den König kurz vor seinem Tod. Den Inhalt des Fluches kennen wir nicht, aber er muss zu einem weiteren Schmerz geführt haben, dem der König nur zu entrinnen wusste, indem er sein Leben dem Bösen verschrieb. Seine Seele hatte er verloren, aber sein Leben konnte er fortführen. Er wurde kalt und machthungrig und verlor jegliches Gefühl und man nannte ihn fortan den Dunklen Fürsten. Er ist zwar nicht das Böse schlechthin, aber er ist einer seiner Jünger und außerdem fürchterlich mächtig. Doch dazu werde ich gleich noch mehr sagen. Viele Jahre danach lehnten sich seine Untertanen gegen seine Grausamkeit auf. Dabei machte er einen entscheidenden Fehler und wurde geschlagen. Dieser Krieg brachte beiden Seiten schlimme Verluste und viel Leid. Der Dunkle Fürst jedoch musste sich zurückziehen. Der Mann, dem dieser Sieg über den Dunklen Fürsten gelungen war, war ein großer weiser Magier. Er alleine konnte sich ihm stellen. Seine Macht war gewaltig, doch es war nicht alleine seine Zauberkraft, sondern vor allem die Kraft seines Innern, die ihm den Sieg brachte. Er war ein ehrlicher, guter und unendlich weiser Mann. Da er nicht ewig leben konnte, im Gegensatz zum Dunklen Fürsten, beschloss er, einen Magier auszubilden und ihn dazu zu verpflichten, den Dunklen Fürsten stets zu beobachten und zu kontrollieren. Jeder seiner Nachfolger sollte dies ebenfalls zur rechten Zeit tun.«

Wieder entstand eine Pause, in der sie über das nachdachten, was sie soeben gehört hatten.

»Ja, so war das. Und dein Vater ist einer dieser Nachfolger.«

Synthia stockte der Atem, als sie das hörte. Natürlich wusste sie inzwischen, dass er ein Doppelleben geführt hatte, aber nun war es sozusagen amtlich. »Dein Vater hat jedoch noch eine zusätzliche Gabe, die wir noch nicht ergründen konnten. Irgendetwas ist bei ihm anders, denn er kann zwischen den Welten wechseln. Warum das so ist, wissen wir nicht. Man nennt solche Manschen Weltenwanderer, weil sie zwischen den Welten wandern können, wie es ihnen beliebt. Alle Magier vor ihm kamen aus unserer Welt, dein Vater aber nicht. Und dann gibt es da noch etwas. Auf eine besondere Weise gibt es eine Verbindung zwischen ihm und dem Dunklen Fürst.«

»Aber …«, meldete sich nun Mark zu Wort. »Wenn er so mächtig ist, warum kann er denn nicht mehr in diese Welt kommen? Und warum ist Synthia hier?«

Die Säule leuchtete hell auf und der Kegel weitete sich deutlich im Umfang. »Das ist eine gute Frage, lasst uns das aber zum Schluss besprechen. Habt ihr noch eine andere Frage?«

Vorsichtig hob Synthia die Hand, so wie sie es von der Schule kannte. Als ihr dies bewusst wurde, zog sie die Hand schnell wieder zurück.

»Ist mein Wirken und Leben vorbestimmt? Steht die Zukunft bereits fest?«, fragte sie, um die Drohungen in ihren Träumen besser einordnen zu können.

»Diese Frage kannst du dir selbst beantworten. Denke nach. Gäbe es einen Sinn zu leben und kreativ zu wirken, wenn alles vorherbestimmt wäre? Wohl kaum. Natürlich hat die nahe Zukunft eine Tendenz, sich auf etwas zuzubewegen, begründet aus der gegenwärtigen Lage mit dem Antrieb aus der Vergangenheit. Aber das Steuerrad deines Lebens liegt immer in deiner Hand. Zumindest… meistens.«

Synthia schaute verärgert zu Mark. Es war mal wieder eine typische Antwort, so wie sie sie auch von ihrem Vater gewohnt war. Nichts war klar und eindeutig.

»Mark, nun zurück zu deiner Frage. Vor vielen Jahren ist es dem Dunklen Fürsten gelungen, dem Wanderer eine Falle zu stellen. Dabei konnte er ihm einen Schicksalsweg aufzwingen, der verhinderte, dass er wieder hierher zurückkommen konnte. Dies nennt man einen

Schicksalsfaden. In einen solchen Faden kann vieles eingewoben sein. In seinem war festgeschrieben, dass er elend zugrunde zu gehen sollte, getrennt von seiner Zauberkraft. Wie er es geschafft hat, dich, Synthia, hierher zu schicken, wissen wir nicht. Die Welten zu wechseln, ist eine Gabe und kann normalerweise nicht erzwungen werden. Und da dein Vater von seiner Macht getrennt und jetzt auch noch sehr schwach ist, ist es umso mehr verwunderlich, dass ihm das gelungen ist. Auch deine starke Zauberkraft, Mark, überrascht uns. Du spürst es sicher manchmal, dass etwas in dir brodelt, doch musst du diese Kraft erst nutzen lernen. Das wird Jahre dauern. Ihr könnt nicht ewig vor dem Dunklen Fürsten fliehen, irgendwann werdet ihr euch ihm stellen müssen und ihn bekämpfen. Für dich, Synthia, wird jedoch die Zeit knapp, um die nötigen Erfahrungen zu sammeln, damit du die Kraftsymbole gut nutzen kannst. Es kommt bereits einem kleinen Wunder gleich, dass du den Stein *Enthay* und den Dolch *Angrist* überhaupt errungen hast. Sie haben Macht, aber diese Kraft kann nur von einem Wissenden genutzt werden. Und ein Wissender zu werden, dauert Jahrzehnte, wenn es denn überhaupt möglich ist. Es ist eine verzwickte Situation.«

Oh Paps, dachte sich Synthia. Sie war in der Tat nicht gut vorbereitet, Dennoch stand sie nicht alleine da. Irgendwie bekam sie immer rechtzeitig Unterstützung. Sie konnte nur hoffen, dass dies auch weiterhin der Fall wäre.

»Und nun zu dir Mark. Du musst nun dem Wanderer helfen. Wir haben bemerkt, dass ihr mit dem Buch der verlorenen Zauber den Berg heraufgekommen seid. Es ist ein besonderes Buch, voller Kraft und einer Strahlkraft, die nicht nur Gutes anzieht. Wir werden also mit Besuchern rechnen müssen. Wirklich nicht einfach. Aber gut. Du wirst Hilfe benötigen, denn es sind alles sehr komplizierte Sprüche, die nur Eingeweihte verstehen. Dich interessiert besonders der Trennzauber des Schicksalsfadens. Dieser Zauber ist aufwendig und du wirst einige Tage brauchen, um ihn vorzubereiten. Wir werden dir helfen, doch musst du hier bei uns bleiben, während wir dir, Synthia, raten, weiterzuziehen und den Dunklen Fürsten zu bekämpfen, bevor er euch aufspüren kann. Doch entscheiden muss Synthia über ihren weiteren Weg selbst. Hier bleiben würde bedeuten, dass du den Dunklen Fürsten früher oder später auf uns lenkst. Das könnte den Zauber vereiteln und euch alle das Leben kosten. Du kannst aber auch mit Torfmuff weiter deines Weges gehen.«

Synthia durchfuhr ein eisiger Schock. Sie hatte sich so sehr an Mark gewöhnt und wollte nicht, dass die Gemeinschaft getrennt wurde. Auch Mark war anzusehen, dass es ihm nicht recht war, hier auf dem Berg bleiben zu müssen, während seine Freunde weiterzogen.

»Warum vernichtet IHR nicht den Dunklen Fürsten? Er ist doch abgrundtief böse. Er ist ein grausames, hinterlistiges Scheusal.« In Synthias Stimme lag ihre ganze Enttäuschung und vielleicht auch die Angst davor, was ihr bevorstand.

»Oh, kleines Mädchen, so einfach ist das nicht. Natürlich ist der Dunkle Fürst in diesem Spiel dein Gegner, und doch musst du mit deinem Urteil vorsichtig sein. Ja, er ist hinterlistig und gefährlich. Aber er ist ein Teil vom Ganzen und somit hat auch er seine Berechtigung. Das Böse ist genauso wichtig wie das Gute, zumindest in einem höheren Sinne. Wenn er nicht wäre, dann gäbe es auch den guten Gegenspieler nicht. Das Gute und die Liebe wären ohne den Kontrast des Bösen und des Hasses nicht erkennbar. Licht kann man nur sehen, wenn es auch Dunkelheit gibt. Die brennende Kerze kann ihren tröstenden Schein nicht unter der brennenden Sonne verströmen. Dazu braucht es die Dunkelheit. Sobald nur ein Zustand herrscht, gibt es keine Wahl und die Wahl zu haben ist es, was uns wachsen lässt. Davon abgesehen ist Gut und Böse nur eine Frage der Perspektive. Was heute Gut bedeutet, kann morgen als Böses definiert werden und umgekehrt. Alles liegt im Auge des Betrachters.«

»So?«, fragte Synthia wütend. »Aber er ist trotzdem ein Scheusal. Kann der Zauber nicht schnell durchgeführt werden, während Torfmuff und ich hier warten?«

»Ja, warten könnt ihr. Gerne nehmen wir euch als unsere Gäste hier oben auf. Dann aber werden bald die Schergen des Dunklen Fürsten hier sein und was dann passiert, können wir alle nicht vorhersehen. Er wird alles tun, um unseren Plan, den Wanderer zu heilen, zu vereiteln. Du musst dich entscheiden«, antworteten die Stimmen.

»Und was ist dann mit meiner dritten Prüfung? Werde ich sie nicht hier bestehen müssen?«, fragte Synthia schließlich nachdenklich.

»Du befindest dich bereits mitten in dieser Prüfung. Und es wird eine schwere Prüfung. Schlaft nun. Morgen früh musst du dich entschieden haben.«

Wut, Angst, Enttäuschung und unendlich viele Fragen stoben durch Synthias Hirn, wie Schneeflocken in einem Schneesturm. Sollten diese wenigen Antworten nun alles gewesen sein?

»Aber ….«, rief sie noch halblaut, doch der Kegel verlosch und ließ die drei Gefährten alleine zurück.

»Ich glaube es einfach nicht«, meckerte Synthia. »Jetzt sind wir den ganzen Weg bis hierher zu dritt gegangen und nun wollen die Damen und Herren, dass wir uns trennen.«

»Mpfff, war Ratschlag. Leider kluger Ratschlag.«

»So? Du bist wohl auf ihrer Seite, wie?« Synthia hätte Torfmuff am liebsten den Hals umgedreht.

»Stopp!«, fuhr Mark dazwischen. »Das reicht. Wir haben genug Ärger am Hals und sollten nicht auch noch untereinander streiten.« Betroffen schaute Synthia zu Boden.

»Torfmuff hat recht. Es bleibt uns doch gar nichts anderes übrig. Damit wir eine Chance gegen den Dunklen Fürsten haben und deinen Vater retten können, muss ich diesen Zauber ausführen.« Marks Stimme wurde leise und brüchig. »Ihr beide müsst unsere Verfolger von mir ablenken und den Teufel besiegen, wie auch immer. Vielleicht kann ich ja irgendwie und irgendwann wieder zu euch stoßen. Es muss sein, Synthia. Du musst den Kampf gegen dieses Scheusal führen.« Unbeholfen wischte er sich ein paar Tränen ab und suchte sich eine Stelle an dem wärmenden Lavastrom. »Lasst uns jetzt schlafen. Wir brauchen morgen alle unsere Kräfte.«

VII

Tag für Tag wartete der Dunkle Fürst auf eine Erfolgsnachricht, aber sie blieb aus. Wie konnte dieses Mädchen immer wieder seinen Fängen entkommen? Es war ihm ein Rätsel. Der Gestaltwandler würde seine Aufgabe, Steve zu finden und zu töten, sicherlich erfüllen. Was aber Synthia anging, so wurde der Dunkle Fürst zunehmend unsicher. Weder der Anführer der Spaltanos noch der Dämon meldeten Erfolg. Ein Mädchen in Begleitung eines Jungen und eines zotteligen Wesens; wie konnte das sein? Keine Armee, keine Zauberer, keine gefährlichen Wesen begleiteten oder beschützten sie und dennoch, konnte er ihrer nicht habhaft werden. Hatten sie einfach nur Glück oder hatte womöglich das Schicksal seine Finger im Spiel? Wie auch immer, er musste sich selbst darum kümmern. Wieder einmal. Zuerst würde er versuchen, mehr von Tamara zu erfahren. Sicherlich stand sie in mentalem Kontakt mit ihrem Sohn Mark. Vielleicht konnte er so herausfinden, wo genau die drei Gesuchten sich befanden. Er setzte sich in seinen Nachdenkstuhl, schloss die Augen und leerte einige Minuten lang seinen Geist. Ruhe und Gelassenheit kehrten langsam ein und sein Atem verlangsamte sich. Dann holte er tief Luft und hauchte seinen Geist aus, in eine Sphäre, in der nur wenige bewusst wandern konnten. Hier gab es weder Raum noch Zeit. Eine schwarze Unendlichkeit ohne Distanz. Alleine der Gedanke zählte, und so war es auch leicht, jeden zu finden, dem man bereits einmal begegnet war und der nicht unter einem magischen Schutz stand. In Sekundenschnelle. Er blickte hinab in die reale Welt und sah die Heilerin in ihrer Hütte liegend. Schweißgebadet warf sie unruhig den Kopf hin und her. Ihre Augen waren halb geöffnet und blickten fiebrig zur Decke, ohne etwas zu sehen. Aber der Dunkle Fürst spürte, dass ihr Geist wach war. Wahrscheinlich wusste sie bereits, wer sie besuchen kam, und wehrte sich mit aller Kraft dagegen, aus ihren Körper gezogen zu werden. Aber das würde ihr nichts nützen. Mit eisernem, mentalem Griff packte er sie und zwang ihren Geist, die schützende Ummantelung zu verlassen.

»Ach Tamara, warum wehrt du dich? Ich komme doch als Freund zu dir.«

Die Heilerin hatte Angst. Sie kannte die Macht des Dunklen Fürsten. War er heute gekommen, um sie zu töten? Nein, wahrscheinlich nicht, denn das hätte er längst tun können.

»Was willst du von mir?«, fragte sie. Sie war bei ihrer letzten Begegnung mit dem Dunklen Fürsten schwer verletzt worden und hatte keinerlei Kraft mehr. Mehr und mehr hatte sie seitdem an Energie verloren und musste mitansehen, wie sie nach und nach zerfiel.

»Ich wollte mich nur ein wenig mit dir unterhalten. So als Freund zu Freund. Du verstehst?« In seiner Stimme lag der blanke Zynismus. Wenn er eines nicht kannte, so waren es Freunde.

»Du? Mit mir?« Tamara wollte lachen, unterdrückte es jedoch, da sie sie ihn nicht unnötig reizen wollte.

»Ja, Tamara. Ist das so ungewöhnlich? Du bist eine sehr gute Heilerin und dein Dorf braucht dich und deine Fähigkeiten. Aber hier liegst du nun, krank und dem Tode nah. Ich könnte dir helfen, wieder zu genesen.«

Tamara schluckte schwer. Sie wusste um die Redekunst des Dunklen Fürsten und kannte seine Hinterlist. Auf seine Worte würde sie jedenfalls nicht reinfallen.

»Auch biete ich dir das Leben deines Sohnes Mark. Denn wenn du mir nicht hilfst, ihn und das Mädchen zu finden, kann ich nicht für ihr Leben garantieren. Meine

Helfer sind manchmal unkontrollierbar. Du verstehst?«
Und ob sie verstand. Der Dunkle Fürst hatte eine Armee von grausamen Wesen zur Hand, die jederzeit jede noch so unmögliche Aufgabe übernahmen. Doch waren die meisten von schwachem Geist. Dumm und gefährlich.

»Ich weiß nicht, wo Mark ist«, antwortete sie. Das war die Wahrheit. Seit dem Tag, an dem er aus dem Dorf aufgebrochen war, um Synthia zu suchen, hatte sie ihn nicht mehr gesehen. Oft fiel sie in einen komatösen Schlaf, aus dem sie manchmal erst nach Tagen wieder erwachte. Und wem hatte sie das zu verdanken? Demjenigen, der nun vor ihr stand und sie mit falschen Versprechungen zu verführen suchte. Selbst wenn sie gewusst hätte, wo Mark war – sie hätte es nicht verraten.

»Das ist schade. Mir liegt viel an Mark und dem Mädchen«, antwortete der Dunkle Fürst. Es schwang etwas zwischen den einzelnen Worten, das Tamara aufhorchen ließ. Es schien, als würde er es tatsächlich ernst meinen.

»Dann lass sie doch in Frieden gehen«, bat sie ihn, wusste aber, dass ihr Flehen ohne Wirkung bleiben würde.

»Wie gerne würde ich das tun, Heilerin. Aber ich kann es nicht. Schon lange herrsche ich, schon sehr lange. Das verdanke ich nicht meiner Güte, sondern meiner Wehrhaftigkeit. Überall lauern Wesen, die mich sofort töten würden, wenn sie nur könnten. Schwäche wird ausgenutzt, unbarmherzig. Überleben bedeutet manchmal auch Opfer bringen. Du weißt, wen ich suche, und du weißt auch, warum.« Seine Stimme hatte etwas Schneidendes an sich. Vergiftet von bösen Gedanken.

»Steve?«, kam die Frage beinahe zärtlich über ihre Lippen. Er hatte auch ihr Schmerzen bereitet und doch liebte sie ihn.

»Ja. Doch du weißt nicht, wer er ist«, antwortete der Dunkle Fürst hart. »Er hat sich nicht als würdig erwiesen.

Mir gegenüber nicht und dir auch nicht. Tamara, das junge, verliebte und naive Mädchen. Geschwängert und verlassen hat er dich. Träume hattest du. Pläne für ein frohes Familienglück. Doch was hat er dir angetan? Warum willst du so einen Mann schützen? Stattdessen müsste dich dein Hass verzehren und ihn austilgen wollen.«

Im Geiste schloss Tamara die Augen. Bilder stiegen in ihr auf. Erinnerungen, die so süß waren, dass sie beinahe schmerzten. Ja, Steve hatte sie im Stich gelassen. Warum, das wusste sie nicht, denn in seine Augen lag damals nur Güte und Liebe. Wie viele Tränen hatte sie damals vergossen und vergeblich auf seine Rückkehr gewartet. Und doch, der Dunkle Fürst hatte nicht das Recht, so zu handeln.

»Tamara, sei nicht dumm. Du liebst deinen Sohn. Du liebst dein Dorf und auch deine Arbeit. Hilf mir, Mark und das Mädchen zu finden.«

»Warum sollte ich das tun?«, fragte sie.

»Als Lohn für deine Dienste garantiere ich dir Marks Leben und deine Gesundheit. Ist das nicht ein gutes Angebot?«, fragte er.

Ja, es war ein gutes Angebot. Ein sehr gutes.

»Denk darüber nach. Aber warte nicht zu lange, Tamara. Die Zeit kann nichts Gutes bringen.«

Der Dunkle Fürst betrachtete Tamara noch für einen Moment. Er labte sich an der Verzweiflung, die er in ihr gesät hatte. Ein böses Grinsen legte sich auf seine Lippen, als er sie endlich verließ. Vielleicht würde sie ihm ja doch noch dienen.

VIII

Mitten in der Nacht wachte Mark aus einem kurzen und unruhigen Schlaf auf. Der kleine Lavastrom verbreitete nicht nur Wärme, sondern tauchte die Umgebung auch in warmes, rötliches Licht. Die Ruhe und wohlige Atmosphäre dieses Ortes bot das Gefühl, beschützt zu sein. Ein Gefühl, keine Angst haben zu müssen. Und doch war die Entscheidung, die im Raume stand, erschreckend für ihn. Er sollte alleine zurückbleiben. Warum gerade er? Und was meinte der Lichtkegel bezüglich seiner Zauberkräfte? Er wollte schon immer Magier werden, doch seine Mutter hatte für ihn die Laufbahn eines Heilers geplant. Immer wieder hatten sie deswegen gestritten. Doch tief in seinem Inneren fühlte er diese Kraft und dieses Verlangen, von dem er nicht wusste, woher es kam. Jetzt lag er da und spürte diese Macht in sich, ohne zu wissen, was er damit anstellen sollte. In den letzten Wochen hatte er einiges gelernt. Manches kam aus ihm selbst, doch bei anderem wusste er einfach nicht, woher es kam. Es war ein Gefühl, als würde ihm ein unsichtbarer Geist Dinge zuflüstern. Zaubersprüche und Ideen, die er dann umsetzen sollte. Ein kaum wahrnehmbares, sanftes Raunen ließ ihn plötzlich hellhörig werden.

»Mark, komm.«

»*Wer ruft mich?*«, dachte Mark und kroch unter seiner Decke hervor. Als er vor der Pyramide stand, erschien vor ihm ein gedämpft glimmernder Lichtkegel.

»Mark«, sprach es leise aus dem Kegel. »Du weißt, warum wir dich rufen?« Mark stand einige Sekunden still, die Augen verträumt auf den Lichtkegel gerichtet, dann nickte er.

»Ich denke, ihr wollt, dass ich mit euch komme, um den Zauber vorzubereiten, oder?«

»Ja, das stimmt. Du weißt, dass es notwendig ist. Synthia weiß es und Torfmuff weiß es auch, aber eure Freundschaft verleitet euch, aneinander festzuhalten zu wollen. Ihr wollt nicht loslassen. Euch fehlt Vertrauen in das Schicksal. Es ist das Herz *Falba*, das Synthia nun erlangen muss. Wenn sie erst das Notwendige erkennt und in den Vordergrund stellt, wenn sie sich endlich dem Schicksal unterordnet und wenn sie all ihr Vertrauen in sich und andere setzt, erst dann wird sie das Herz erringen. Und das braucht sie für den Kampf gegen den Dunklen Fürsten.«

»Werde ich meine Freunde jemals wiedersehen?«, fragte Mark. Auch er sprach leise, da er seine Freunde nicht wecken wollte.

Der Lichtkegel flackerte kurz, bevor eine sanfte Stimme antwortete. »Das wissen wir nicht, aber es verbindet euch ein besonderes Band. Die Zukunft vorauszusagen steht uns nicht zu. Zu viele Räder bilden ständig neue Möglichkeiten, neue Wege.«

»Was soll ich jetzt tun?« Unschlüssig stand Mark da. Wohin sollte er jetzt gehen? Noch höher auf den Berg? Alleine?

»Tritt in den Kegel. Wir werden dich mitnehmen, an den Ort, an dem der Zauber vorbereitet und zelebriert werden muss. An die Stelle, die kaum ein Sterblicher jemals gesehen, geschweige denn betreten hat«, kam die Antwort. Mark drehte sich nochmals um und betrachtete wehmütig seine schlafenden Freunde. Vielleicht war es gut, dass sie noch tief und fest schliefen. Sicherlich hätte er geheult, wenn er sich verabschieden müsste.

Dann schritt er in den Kegel und verschwand in dem Licht. Er begann zu schweben und seine Sinne vernebelten sich, so wie ein Volltrunkener nicht mehr klar denken konnte. Er hörte Stimmen, während er wie von vielen Händen getragen durch einen hellen Raum glitt.

Synthia muss lernen, raunte es in der Ferne. Es waren viele helle Stimmen, die an sein Ohr drangen. Verwirrt verlor er kurze Zeit danach den Faden und ließ sich einfach treiben. Das Letzte, das er noch wahrnahm, hallte noch lange in seinen Ohren wider: *Synthia muss lernen, sie muss glauben. Sie ist so nah. Du musst ihr helfen. Du, mein Kind, hast die Gabe des Vaters geerbt. Nutze sie.*

IX

Als Synthia am nächsten Morgen erwachte, blickte sie in einen wolkenverhangenen Himmel, der nichts Gutes verhieß. Als sie sich umschaute, sah sie Torfmuff auf einem Felsen sitzen.

»Guten Morgen, Torfmuff, auch schon wach?«, fragte sie ihn, doch er reagierte nicht.

Erst als sie ihn das zweite Mal rief, zuckte er zusammen und drehte sich traurig zu Synthia.

»Torfmuff? Ist etwas passiert?«

»Mpfff, Mark weg«, antwortete er leise und wandte sich wieder ab. »Mpffff, einfach weg.«

Fassungslos blieb Synthia sitzen. Sie ahnte, was das zu bedeuten hatte; die Entscheidung war getroffen.

»Ach Torfmuff«, seufzte sie und stand auf. In diesem Augenblick erschien wieder der Lichtkegel. Gespannt blickte sie in das helle Licht und wartete. Auch Torfmuff stand auf und blickte wehmütig hinüber.

»Guten Morgen, Synthia, guten Morgen, Torfmuff. Habt ihr gut geschlafen?«,

»Kommt doch gleich zur Sache. Ihr habt uns Mark weggenommen«, klagte Synthia verärgert.

»Mark wird das Notwendige tun und ihr das eure. Nicht immer geht es nach den Wünschen der Wesen.« Die Stimme der vielen Wesen klang ruhig und unbeeindruckt. »Du musst lernen, zu glauben, zu vertrauen und auch bestimmte Dinge zu akzeptieren, sonst wirst du versagen, Synthia. Dein Glaube, Mut und die Einsicht, dass es Unabwendbares gibt, entscheidet darüber, welchen Weg du gehst. Diese Eigenschaften bestimmen den Ausgang des Kampfes. Ihr beide solltet jetzt weiterziehen. Mark wird hierbleiben und seine Aufgabe erfüllen.«

In Synthias Mimik spiegelten sich ihre Gedanken und ihre verletzten Gefühle. Es war eine Trennung ohne Abschied, aber sie hoffte, dass es zu einem Wiedersehen kommen würde.

»Synthia, sei nicht traurig. Eure Geschichte ist noch nicht zu Ende geschrieben und alles ist noch offen. Wir haben hier ein Kolcho für dich, das dir helfen wird. Es ist das Herz *Falba*. An einer Kette getragen verhilft es dem Träger zu unendlichem Vertrauen, zur Verbundenheit mit dem *Alldasein*. Es verbindet mit den höchsten Wesen und schenkt Inspiration, Weisheit, Vertrauen. Aber es ist nicht leicht zu erringen, denn auch dieses Kolcho entscheidet selbst, welchem Träger es sich öffnet und Kraft verleiht. Nur wer schon ein Mindestmaß an Vertrauen zu einer höheren Instanz hat, nur dem wird sich das Herz auch wirklich öffnen«, warnte der Lichtkegel. »Also, gehe in dich und sei ehrlich zu dir selbst.«

Synthia hatte Vertrauen. Es war nicht so, dass sie egoistisch etwas haben wollte, was ihr nicht zustand. Sie wollte einfach nicht einen Freund, der ihr so nahe stand, wieder verlieren.

»Was soll ich tun?«, fragte sie schließlich kleinlaut.

»Komm, tritt in unser Licht, wir bringen dich an die Stelle, wo du dieses Kraftelement bekommen kannst. Du, Torfmuff, wartest bitte hier.«

Synthia zögerte keine Sekunde. Ohne weiter nachzudenken oder zu fragen, trat sie in den Schein und verschwand darin, um im selben Augenblick auf einem kleinen Felsvorsprung zu stehen. Erschrocken schaute sie sich um. »Wow, das ging ja schnell«, resümierte sie trocken. Im Rücken hatte sie nur den nackten Felsen, der steil nach oben verlief und keinen Ausweg bot. Links und rechts daneben fiel der Fels hunderte von Metern senkrecht ins Bodenlose. Vor ihr, in einem Abstand von vielleicht zwanzig Metern schwebte eine Kristallschale und in ihr lag ein Gegenstand, eingewickelt in ein samtig glänzendes Tuch. Zwischen ihr und der Schale befand sich eine tiefe Kluft, deren Boden sie nicht sehen konnte. Sie ahnte, was sie nun tun sollte, konnte es aber nicht glauben.

»Und wie soll ich jetzt da rüberkommen? Soll ich mir vielleicht Flügel wachsen lassen?« Synthias Knie knickten leicht ein und wurden weich. Instinktiv drückte sie sich fest an den Felsen und schaute ängstlich umher. »Oje, ist das tief!« Ängstlich schloss sie die Augen und wusste nicht, was sie nun machen sollte. Sie merkte nicht, wie neben ihr der Lichtkegel erschien. Erst als er sprach, schaute sie vorsichtig hin.

»So, Synthia, du stehst hier auf einer besonderen Steinplatte. Sie wird die Gottesstufe genannt. Vor dir schwebt die Schale, in der sich das Herz *Falba* befindet.«

»Ich nehme an, ich soll mir das Herz jetzt holen. Oder?«, fragte sie verzweifelt.

»Du möchtest das Kolcho haben und *Falba* ist bereit, dich zu empfangen. Bist auch du bereit? Hast du genug Vertrauen, um zu der Schale zu gehen? Wenn du an deine Bestimmung glaubst, dann schreite auf die Schale zu. Ist dein Glaube zu schwach, dann musst du ohne das Herz weiterziehen«, erläuterte der Lichtkegel. »Wir lassen dich jetzt alleine und wünschen dir von ganzem Herzen Erfolg.« In dem Augenblick verschwand der Lichtkegel und Synthia stand alleine auf dem Felsvorsprung.

Bestürzt schaute Synthia in den Abgrund. »Solche Aufgaben liebe ich. Paps, jetzt könnte dich deine Hilfe gut brauchen. Die glauben wirklich, dass ich so blöd bin und mich da runterstürze. Hiiiiiiilfe«, schrie sie hysterisch, doch nur das Echo ihres Hilferufs kam als Antwort zu ihr zurück. Vorsichtig glitt sie mit dem Rücken an der Bergwand hinunter bis sie saß. »Keinen Schritt werde ich machen«, jammerte sie. So saß sie mehrere Stunden und blickte voller Angst um sich. Weder konnte sie flüchten, noch half ihr jemand. Sie war alleine.

»Ach Paps, manchmal könnte ich dich verfluchen. Aber ich weiß, dass du an mich glaubst und ich weiß, dass du gerade jetzt meine Hilfe brauchst.« Langsam stand sie wieder auf und blickte zu der Schale hinüber, die unverändert vor ihr schwebte. Mit Cordawalk wäre es wohl leicht gewesen dorthin zu gelangen, aber das würde zu lange dauern. »Ich muss unbedingt da rüber und wenn ich mit Flügel wachsen lassen muss«, sprach sie sich Mut zu und machte einen zaghaften Schritt in Richtung Abgrund.

In diesem Moment hörte sie wildes Geflatter und eine helle Stimme.

»Ah, ein kleines Mädchen ohne Flügel will fliegen lernen«, rief es ihr entgegen. Ein kleiner, gelber Vogel mit weißen Schwanzfedern, ließ sich von oben herabgleiten und landete auf Synthias Schulter.

»Fliegen nicht, aber ich brauche dieses Kolcho«, antwortete sie überrascht.

»Na, dann hole es dir doch. Soll ich deinen Begleitern noch eine Nachricht überbringen, wenn du abgestürzt bist?«, fragte der Vogel frech.

»Hey, du hast aber einen großen Schnabel für einen so kleinen Vogel.«

»Du auch. Große Sprüche kann jeder klopfen. Aber es kommt auf die Taten an«, wies der Vogel sie zurecht. »Ich habe wenigstens Flügel.«

»Weißt du was? Wenn du es besser kannst, dann fliege du doch rüber und hole es mir.« Herausfordernd schaute Synthia in die kleinen dunklen Augen des Vogels und glaubte in ihnen eine gewisse Schadenfreude aufblitzen zu sehen. In diesem Augenblick ahnte sie bereits, dass der kleine, freche Vogel nicht einmal daran dachte, ihr zu helfen. Er blieb einfach auf ihrer Schulter sitzen.

»Kleines, faules Mädchen, das ist deine Aufgabe. Davon abgesehen, solltest du dir mal die Haare kämmen. Sie sind völlig durcheinander.«

»Ich kämme dir gleich DEINE Haare.«

»Ach, kleines, dummes Mädchen, ich habe doch keine Haare. Aber das ist ja auch egal.« Wie konnte ein so kleiner Vogel nur so vorlaut und unverschämt sein? Es war eine eigenartige Welt, in der so viele Tiere sprechen konnten. Synthia atmete einige Male tief durch und versuchte, sich zu beruhigen. Sich mit einem Vogel anzulegen, brachte sie keinen Millimeter weiter.

»Wie heißt du eigentlich?«, wollte Synthia wissen.

»Pipi. Was so viel bedeutet wie *phantastisch-intelligentes-Pracht-Vögelchen*«, antwortete der Vogel verschmitzt.

»Hmmm, das passt aber gar nicht. Du müsstest dann Pipv heißen. Oder?«

»Ich sehe, du bist auch noch ein kleines Klugscheißerchen. Nun gut. Jetzt solltest du dich aber auf etwas anderes konzentrieren. Oder?«

Pipi hatte recht. Synthia musste sich das Kolcho holen, ohne das sie ihr Ziel nicht erreichen konnte. Zumindest, wenn die Lichtsäule die Wahrheit gesagt hatte.

»Aber wie soll ich zu dieser blöden Schale kommen?«, fragte Synthia resigniert.

»Also gut, ich gebe dir einen Tipp. Meinst du, dass man dir eine unlösbare Aufgabe stellen würde? Und du weißt genau, wofür das Herz steht.«

Danach blickte der Vogel gen Himmel und begann vergnügt zu zwitschern. Wenn Synthia Flügel gehabt hätte, hätte sie sich ihm angeschlossen. Es war kaum anzunehmen, dass die wohlwollenden Stimmen aus dem Licht sie in den sicheren Tod schickten. Fliegen konnte sie nicht, rüberspringen auch nicht und zaubern erst recht nicht. Als sie grübelnd zu der schwebenden Schale hinausschaute, kam ihr eine Idee. Angenommen zwischen ihr und der Schale befände sich ein Steg. Nicht sichtbar, weil er auf Vertrauen gebaut war. Und trotzdem tragend.

»Paps würde ganz bestimmt nicht aufgeben, und es MUSS eine Lösung geben. Ich muss meinem Schicksal vertrauen.« Dann ließ sie sich auf die Knie nieder und krabbelte bis zum Rand des Vorsprungs. Dort tastete sie mit der Hand ins Leere, doch bereits nach fünf Zentimetern spürte sie Widerstand.

»Ah, da ist doch etwas, auch wenn ich es nicht sehen kann.« Aller Ärger und Anspannung fielen auf einen Schlag von ihr ab. Hastig strich sie über die Felsplatte und fegte mit der Hand Staub und Sand zusammen, den sie dann über den Vorsprung hinauswarf. Wie von Zauberhand heraufbeschworen, zeigte sich plötzlich ein transparenter Steg, der vom Vorsprung zu der Schale mit dem Herz führte.

»Yippie«, schrie Synthia laut und ließ ihrer Anspannung freien Lauf. Sie holte noch einmal tief Luft und trat an den Rand der Klippe. Mit einem langen Schritt betrat sie den sichtbar gewordenen Steg. Es war eine schwindelerregende Höhe und selbst jetzt jagte ihr der Blick nach unten Angst ein. Aber es gab kein Zurück. Als sie die schwebende Schale endlich erreicht hatte, ergriff sie hastig den eingewickelten Gegenstand und eilte vorsichtig wieder zurück. Als sie die Klippe wieder erreichte, sackte sie von der Anspannung erschöpft zusammen.

Pipi indes schaute sie interessiert an.

»Na also, mutiges Mädchen. Bist nicht dumm, musst aber noch viel lernen.« Oh ja, das musste sie in der Tat. Vorsichtig wickelte sie das Herz aus und betrachtete es von allen Seiten.

In diesem Augenblick erschien wieder der Lichtkegel neben ihr.

»Sehr gut, Synthia, wir werde Dir den Weg zum Dunklen Fürsten zeigen. Er lebt auf einer Insel in seinem mächtigen Schloss. Es wird nicht leicht werden unbemerkt dorthin zu gelangen, aber es bleibt Dir nichts anderes übrig es zu wagen. Nun tritt wieder in uns hinein.« Synthia ließ sich dies nicht zweimal sagen und im nächsten Moment stand sie wieder auf der Plattform, auf der sie am Morgen Torfmuff zurückgelassen hatte.

»Piep«, hörte sie den Vogel auf ihrer Schulter. Bei all der Aufregung hatte sie ihn beinahe vergessen.

»Oh, du bist auch hier?«, fragte sie ihn, erhielt als Antwort jedoch nur ein abermaliges *Piep*.

»Mpfff, endlich«, beschwerte sich Torfmuff. Alleine gelassen hatte er ratlos das Panorama der Bergkette betrachtet. Erst war Mark verschwunden und dann auch noch Synthia. Und beide hatten sich nicht verabschiedet. Sie hatten wahrlich viel gemeinsam.

»Was heißt hier endlich? Das war alles andere als ein Spaziergang.«

Torfmuffs Kommentar ärgerte Synthia ein wenig. Gerne hätte sie gewusst, wie er sich auf der Klippe verhalten hätte..

»Mpfff, sehe. Vogel neu?« Mit einer leichten Kopfbewegung zeigte er auf Pipi, der desinteressiert schien.

»Der kann übrigens reden«, antwortete sie trotzig.

»Mpfff, klar.« Torfmuff grinste nur und schaute Synthia herausfordernd an.

»Es ist so! Och, warte nur ab. Ich beweise es dir.« Dann schaute sie den Vogel streng und gebieterisch an. »Los, beweise es dem Dickschädel. Sage ihm irgendetwas.«

»Piep.«

»Nein, etwas anderes. Er glaubt mir sonst nicht«, befahl Synthia.

»Piep, piep.«

»Ich glaube es nicht. Du bist genauso stur wie Torfmuff. Ihr beide werdet bestimmt die besten Freunde«, schimpfte Synthia, doch Pipi reagierte nicht.

»Mpfff.«

»Glaube, was du willst. Es ist mir wirklich piepschnurzegal. Schuld an allem, ist nur der Dunkle Fürst. Diese feige Kreatur. Ich bin doch nur ein Mädchen und er jagt mich, als wäre ich eine Bestie. Es ist zum aus der Haut fahren. Jetzt muss ich mich schon mit durchsichtigen Pfaden beschäftigen und mit Vögeln, die manchmal sprechen und dann wieder nicht. Ich bin ein armes, kleines Mädchen«, schnaubte sie weinerlich. Synthia trat zu dem Felsen, über dem noch immer der Lichtkegel schimmerte und blieb davor stehen.

»Ich wünsche dir viel Erfolg, Synthia. Lass den Groll hinter dir, es gab keine Alternative, zumindest keine, die besser gewesen wäre. Und nun geht.«

Nachdem der Lichtkegel verschwunden war, machten sie sich an den Abstieg. Was sich beim Hochgehen als anstrengend erwiesen hatte, wurde beim Hinabgehen zusätzlich zur Gefahr. Immer wieder mussten sie sich festklammern oder nachfassen, wenn sie den Halt zu verlieren drohten. Als Synthia in Gedanken vertieft an einer steilen Stelle unachtsam über einen rutschigen Felsen stieg, schlitterten ihre Beine unter ihr weg, als stünde sie auf Schmierseife. Sie stieß einen schrillen Schrei aus, ruderte hilflos mit den Armen und purzelte über Steine, Geröll, Erde und Sträucher nach unten. Erst nach gut zwanzig Metern kam ihr Sturz zu einem jähen Ende. Hart schlug sie mit dem Körper gegen einen Felsen und ein unangenehmes Knacken ließ Schlimmes befürchten. Ein stechender Schmerz durchzuckte ihr Bein und sie verlor beinahe das Bewusstsein.

»Ahhh ...«, heulte sie schrill auf. »So ein Mist, verdammt noch mal.« Fluchend blieb sie auf dem Rücken liegen. Trofmuff war flink herbeigeeilt und kniete sich zu ihr.

»Mpfff, Schmerz?«, fragte er besorgt und untersuchte ihre Schürfwunden. Synthia verzog als Antwort lediglich das Gesicht.

»Mir geht es echt super«, log sie und stöhnte leise vor sich hin. Ihr linkes Bein war noch immer verdreht, und sie versuchte, es wieder auszustrecken. Jeder Millimeter schien einen Schwall von Schmerzen zu erzeugen. Noch schlimmer als der Schmerz war die Befürchtung, es könnte etwas gebrochen sein. Als das Bein ausgestreckt war, hielt Torfmuff ihren Unterschenkel hoch.

»Mpfff, bewege langsam.« Angestrengt beugte Synthia das Bein wieder ein, um es danach wieder auszustrecken. Danach drehte sie ihr Bein, so gut sie es vermochte, in verschiedene Stellungen. Zwar tat jede Bewegung höllisch weh, aber zumindest war es möglich.

»Mpfff, kein Bruch«, diagnostizierte Torfmuff.

»Na toll, und wie soll ich jetzt laufen?«, entgegnete Synthia trotzig und blickte sich dann suchend um.

»Mein Vogel ist weg. Hast du ihn gesehen?«

»Mpfff, ja«, antwortete Torfmuff und schaute verschmitzt auf ihren Kopf.

»Ja, ja, schon gut. Es war eine ernsthafte Frage.«

In diesem Moment piepste es hinter ihr und sie wusste, dass es Pipi war. Sicherlich lachte er sich jetzt krumm. Aber das würde er bereuen. So wahr sie Synthia Hollowan hieß. Schließlich entdeckte sie den Vogel auf einem nahe stehenden Baum.

»Hat dir das gefallen?«, fragte sie gereizt. Sie hatte das Gefühl, er machte sich über sie lustig. In diesem Augenblick flog er los, ließ sich zu Synthia gleiten und landete auf ihrer Schulter.

»Ungeschicktes, kleines Mädchen. Tststs«, hörte sie ihn leise zwitschern.

»Du redest wieder?« Sie bekam jedoch keine Antwort auf ihre Frage.

Auf Torfmuff gestützt, hangelte sie sich den restlichen Weg vom Berg hinunter. Zum Glück hatten sie den größten Teil der Strecke schon hinter sich. Wie von den Lichtwesen geraten, nahmen sie danach einen kleinen Pfad, der sich ein Stück um den Berg zog. Noch vor Einbruch der Dunkelheit konnten sie an einer geschützten Stelle den letzten Teil des Berges absteigen. Völlig erschöpft errichteten sie ihr Lager zwischen hohen Felsen. Sie mussten unbedingt wieder zu Kräften kommen und Synthias Bein bedurfte der Ruhe.

»Ich hoffe so sehr, dass wir Mark bald wieder sehen«, seufzte Synthia. »Und ich hoffe sehr, dass ihm der Zauber gelingt.«

Torfmuff kauerte sich in seine Ecke und blickte auf den Berg empor, als könnte er in der Ferne Mark bei seinen Zaubereien beobachten.

»Mpfff, Mark schafft bestimmt. Ganz bestimmt.«

Kapitel IV
Felswanderung

I

Bodennebel lag wie milchige Suppe in dem ruhigen Seitental und verdeckte alles, was sich darin befand. Alles wirkte auf unnatürliche Weise sauber und friedlich. Eine schwarze Krähe saß auf einem knorrigen Ast und blickte hinab in das schwimmende Grau unter ihr, als eine zweite Krähe angeflattert kam und sich zu ihr setzte.

»Kräh«, warnte sie den Neuankömmling mit weit aufgerissenem Schnabel, da sie lieber alleine bleiben wollte.

»Was heißt hier *kräh?* Ich weiß genau, dass du sprechen kannst«, antwortete die andere scharf. Sie waren kaum voneinander zu unterscheiden. Dunkel gefiedert, schwarze, spitz zulaufende Schnäbel und dunkle, keine Augen. Zwar hatte die eine Krähe ein etwas helleres Gefieder, doch für die meisten Kreaturen am Boden waren sie nur eines: Krähen.

»Auch wenn ich sprechen kann, so muss ich mich nicht mit jedem neu angekommenen Federvieh unterhalten. Aber gut. Wie heißt du?«

»Ich?«, fragte der Neuankömmling.

Wie ruhig es doch gewesen war, dachte sich die erste Krähe und schaute weiter gedankenverloren in den Nebel. Im Einklang mit der Natur alleine zu sitzen und still sein zu dürfen. Es war kein aufregender Morgen gewesen, aber der Zauber der langsam dahingleitenden Nebelschwaden hatte es ihr schon immer angetan. Besonders genoss sie den Moment, wenn sich der Nebel auflöste. Darauf wartete sie nun schon den ganzen Morgen sehnsuchtsvoll. Sie konnte nur hoffen, dass sie bald wieder alleine wäre und diesen wunderbaren nicht verpasste. Jetzt aber saß ein Störenfried neben ihr, ein Eindringling. »Ja, du. Oder siehst du hier noch eine andere Krähe?«

»Ah, stimmt ja«, antwortete die zweite Krähe und nickte. »Man nennt mich Teufelskralle.«

»Teufelskralle? Dich?« Ungläubig blickte die erste Krähe zu ihr und musterte sie von Kopf bis zur Kralle, konnte aber nichts Auffälliges entdecken.

»Ja. Ich bin gefährlich, schlau und weit gereist.« Teufelskralle plusterte sich ein wenig auf, aber schnell fiel ihr Gefieder wieder zu ihrer gewohnten Größe zusammen.

»So?« Etwas Gefährliches hatte die erste Krähe nicht entdecken können. Ungläubig schaute sie nun ihrem Gegenüber in die Augen, aber etwas Schlaues konnte sie darin ebenfalls nicht sehen. Im Gegenteil.

»Also gut, Teufelskralle. Mich nennt man einfach nur Schwarzkrähe. Das sollte also genügen. Wie ich sehe, bist du auf der Reise und jetzt machst du eine Pause hier bei mir auf MEINEM Ast. Ich hoffe, dass es nur eine kurze…«

»Ja, ja, schon gut. Ich bleibe in der Tat nicht lange, da ich eine sehr wichtige Nachricht zu überbringen habe.«

»So? Für wen?«

»Ich bin zum Dunklen Fürsten unterwegs. Er wird mich fürstlich entlohnen, für das, was ich ihm mitzuteilen habe«, protzte Teufelskralle.

Als sie den Namen hörte, zuckte Schwarzkrähe erschrocken zusammen. Sie wusste, dass viele ihrer Artgenossen für diesen Schurken unterwegs waren. Natürlich wurde oft Blödsinn erzählt und sicherlich wurden Geschichten mit Übertreibungen garniert, um sie interessanter zu machen, aber wo Rauch war, da loderte in der Regel irgendwo auch Feuer.

»Ich habe gehört, dass der Dunkle Fürst dunkle, böse Augen hat, mit denen er töten kann. Stimmt das?«, fragte Schwarzkrähe.

Unerschrocken blickte sie der Neuankömmling an.

»Blödsinn. Ich habe doch auch dunkle Augen. Nette, kluge, dunkle Augen.«

»So?«

»Was heißt hier schon wieder *so*? Willst du damit etwa sagen, ich hätte dunkle, böse Augen?«

»Dunkle, ja, aber nicht böse. Eher etwas …Na ja…«

»Sprich nur. Ich höre gespannt zu«, antwortete Teufelskralle leicht gereizt.

»Na ja, sie wirken eher abwesend.« Dümmlich wollte sie eigentlich sagen, traute sich dann aber doch nicht.

»Abwesend? Ich glaube bei dir piept es. Das kommt von deiner Einsamkeit hier. Du bist schon sonderbar. Ich werde jetzt weiterfliegen, denn ICH habe eine wichtige Aufgabe. Vielleicht sieht man sich ja irgendwann einmal wieder.«

Ohne eine Antwort abzuwarten spreizte Teufelskrähe ihre Flügel und flog davon. Schwarzkrähe blickte ihr noch eine Zeit lang nach, bevor sie ihren Blick wieder den langsam dahinschwebenden Nebelschwaden zuwandte.

»Ich, für meinen Teil hoffe, wir sehen uns nicht mehr.« Niemand hörte sie das sagen, aber das war auch nicht nötig. Sie würde Teufelskralle nie mehr zu Gesicht bekommen und deshalb auch nicht erfahren, dass sie tatsächlich beim Dunklen Fürsten ankam und ihm von ihrer Entdeckung berichtete. Teufelskralle hatte Synthia und Torfmuff gefunden und würde sie beim Dunklen Fürst denunzieren. Als die dumme Krähe jedoch ihre Belohnung forderte, die ihrer Meinung nach dem Wert der Nachricht entsprach, bedachte der Dunkle Fürst sie mit einer ganz besonderen Entlohnung: einem glühend heißen Feuerstrahl. Arme, weit gereiste, kluge, gefährliche Krähe.

II

Torfmuff war sehr früh am nächsten Morgen wach geworden, während sich Synthia noch unruhig von einer Seite zur anderen wälzte. Irgendetwas hatte ihn aufgeschreckt. Zwar konnte er nichts Verdächtiges entdecken, aber sein Bauch sagte ihm, dass von irgendwoher Gefahr drohte. Leise schlich er zu Synthia und berührte sie sanft an ihrer Schulter. Eine Hand hielt er über ihren Mund, für den Fall, dass sie erschrecken sollte. Doch Synthia schlug ruhig die Augen auf und blickte Torfmuff fragend an.

»Mpfff, leise«, flüsterte er, den Finger vor den Mund haltend. Dann stand er auf und schlich um den Felsen, der ihnen in der Nacht Schutz geboten hatte. Synthia erhob sich und packte geräuschlos ihre Sachen zusammen. Seitdem sie hier in dieser Welt lebte, hatte sie vieles gelernt, was sie vorher nicht kannte. Hauptsächlich Dinge, die man für das Überleben in der freien Natur benötigte. Eines davon war, sich leise zu bewegen. Noch immer schmerzte ihr Bein, das sie bei dem Abstieg am Vortag verletzt hatte. Es dauerte lange, bis Torfmuff endlich wieder zurückkam.

»Mpfff, seltsam. Spaltanolager, leer. Mpfff, verstehe nicht.«

Synthia hingegen war erleichtert. »Sei doch froh, dass uns wenigstens der Rücken ein wenig frei bleibt.«

»Mpfff, vielleicht.«

Nach einem kurzen Frühstück, das aus kleinen Feuerquenglern bestand, machten sie sich auf den Weg. Feuerquengler sind ungefähr so groß wie kleine Hasen und sehen ein wenig aus wie Eidechsen, deren Bauch und Rücken von Fell überzogen ist. Sie sind sehr schnell und um sie zu erwischen, braucht es einen geübten Jäger. Torfmuff hatte Synthia gewarnt, einen Feuerquengler zu berühren, solange er lebendig war, oder ihn gar in die Hand zu nehmen, da sie einem mit ihrem kleinen Maul bösartige Wunden zufügen konnten. Den Namen haben sie von dem Sekret, das bei einem Biss in die Wunde dringt. Das Opfer leidet dann unter Lähmungen und Übelkeit, und nach ein paar Tagen brennt die Wunde wie Feuer. Doch gut gegrillt waren sie eine Delikatesse.

»Wir müssen an die Küste und ein Boot finden, das uns auf die Insel übersetzt«, überlegte Synthia. »Nur leider haben wir nichts, mit dem wir eine solche Passage bezahlen könnten und ich glaube kaum, dass man uns unserer blauen Augen wegen hinüberbringen wird.«

»Mpfff, abwarten.«

Sie entschieden sich für den Weg durch die Wüste, da sie davon ausgingen, dass die Verbindungsstraße zwischen Galamed und der Hafenstadt, bewacht war. Den ganzen Morgen hielt Synthia Ausschau nach ihrem neuen Freund Pipi. Erst als sie schon einige Kilometer gelaufen waren, kam er angeflogen und landete zielsicher auf ihrer Schulter.

»Oh, ich hab dich schon vermisst«, sagte sie zu ihm.

»Mpfff, spricht wieder mit Vogel.« Torfmuff schüttelte ungläubig den Kopf.

»Pipi kann sprechen, auch wenn du mir nicht glaubst«, erklärte Synthia.

»Mpfff, Pipi? PIPI?« Torfmuff begann leise zu kichern.

»Warum lacht der haarige Esel«, äußerte sich der Vogel endlich und schaute missbilligend zu Torfmuff.

»Hast du gehört? Er kann sprechen!«

Torfmuff hatte es gehört und blieb erstaunt stehen.

»Mpfff, Esel?«

»Ja, du bist ein Esel. Pipi ist ein schöner Name«, wehrte sich Pipi energisch. Noch nie hatte Synthia einen Vogel böse schauen sehen, doch Pipi konnte dies sehr eindrucksvoll.

Torfmuff betrachtete den Vogel eine Zeit lang und blickt dann ein wenig ratlos zu Synthia, die ebenfalls nicht wusste, was sie sagen sollte. Dann zuckte er mit den Schultern und setzte seinen Weg fort. Je weiter sie in die Felsenwüste eindrangen, umso spärlicher wurde die Vegetation. Die Farben der Natur wechselten von saftigem Grün zu verbranntem Gelb und kargen Böden.

»Das ist ja echt irre. Hier wächst überhaupt nichts. So heiß ist es doch gar nicht.«

»Ach kleines, dummes Mädchen. Dies hier nennt man die Felsenwüste. Du kannst dir sicherlich vorstellen, woher die Gegend ihren Namen hat. Hier wachsen Felsen«, erklärte ihr Pipi.

Synthia musste lachen bei dem Gedanken, dass Felsen wachsen könnten, was Pipi wiederum nicht so lustig fand und verstummte. Humpelnd versuchte sie mit Torfmuff Schritt zu halten, was ihr aber immer weniger gelang. Ihr Bein schmerzte zunehmend.

»Torfmuff, mach doch bitte mal langsamer.«

»Mpfff, in Wüste übernachten nicht gut.«

Synthia blieb kurz stehen und rieb sich das Bein.

»Es tut mir leid, aber ich kann bald nicht mehr. Es ist wirklich blöd, dass mir das passiert ist, aber es war keine Absicht.«

»Mpfff, weiß. Noch eine Stunde, dann Pause.«

Wortlos wanderten sie durch die gelbe, von kargen Gewächsen dominierte Landschaft. Immer wieder mussten sie große Felsen umgehen, die sich auf ihrem Weg dem Himmel entgegenreckten. Vom Wind geformt, streckten sie sich wie poliert der Sonne entgegen. Selten nur fand man raue oder kantige Stellen an diesen Gesteinsformationen.

Der Tag neigte sich bereits langsam dem Ende entgegen, als Synthia aus dem Augenwinkel eine Bewegung wahrnahm. Schnell drehte sie sich in die entsprechende Richtung, konnte jedoch nichts erkennen.

»Pst«, meldete sich Pipi leise zu Wort. »Wir sind nicht alleine.«

»Werden wir überfallen?«, fragte Synthia.

»Nein. Einfach weitergehen«, empfahl Pipi.

Torfmuff schien nichts bemerkt zu haben. Doch dann blieb er abrupt stehen und griff nach seinem Messer.

»Lass gut sein, Eselchen«, wies Pipi ihn zurecht. »Das sind keine Feinde.

Plötzlich begann eine helle Stimme vergnüglich zu lachen.

»Verzeiht, dass ich lache, aber euer Vogel hat recht.« Wie vom Schlag getroffen drehten sich Synthia und Torfmuff zu der Stimme um, aber sie konnten nichts erkennen.

»Ihr seid soooo komisch.« Wieder kicherte es »Hier oben, schaut, ich stehe hier oben auf dem Felsen.« Erst jetzt erkannten sie das Wesen, das sich lachend den Bauch hielt und dabei wie eine Schaukel vor und zurückwippte. Es war nicht größer als zehn Zentimeter, hatte mehrere Beine und Arme, wobei die genaue Anzahl der Gliedmaßen gegen die blendende Sonne nicht genau erkennbar war. Der kleine, gelbliche Körper passte sich farblich beinahe perfekt der Umgebung an. Auf den dünnen, stelzenartigen Beinen lag ein aufgesetzter rundlicher Körper, auf dem wiederum ein kleiner Kopf thronte. Einige borstenartige Haare, die man hätte problemlos zählen können, ragten fast senkrecht in die Höhe. Sie hatten dieselbe Farbe wie der gesamte Körper. Insgesamt sah dieses Wesen zwar hässlich, aber dennoch irgendwie drollig und gutmütig aus.

»Verzeiht. Es tut mir wirklich leid, wenn ich euch mit meinem Lachen beleidigt haben sollte. Wir beobachten euch nun bereits seit einiger Zeit und irgendwie passt ihr nicht in diese Gegend. Versteht ihr, was ich meine? Ihr seid einfach nicht für diese Gegend geschaffen. Davon abgesehen, seid ihr nicht gerade gut ausgerüstet, um länger hier zu bleiben.«

»Mpfff, nicht lustig. Wollen zum Meer. Mpfff, alles hier trostlos.« Torfmuff ärgerte sich über die Sticheleien.

»Ach, bist du niedlich. Du hast so eine süße Aussprache. Das gefällt mir«, frotzelte das kleine Wesen. »Sei nicht verärgert. Wie ich bereits sagte, ich hatte nicht vor, euch zu beleidigen. Im Gegenteil, wir freuen uns sehr über euren Besuch in unserem schönen Land, auch wenn IHR hässlich seid. Oh, verzeiht, das soll nicht heißen, dass wir euch nicht mögen, denn ihr könnt ja nichts für euer Aussehen.« Ein breites Grinsen überzog das kleine, rundliche Gesicht. »Aber vielleicht sollte ich mich zunächst vorstellen.« Theatralisch klatschte das kleine Wesen einen seiner Arme an die eigene Stirn. Dann holte es mit einem anderen Arm weit aus und vollführte eine geschwungene Bewegung, bei der es den Körper verneigte. »Mein Name ist Ghirtam, übersetzt würde man dazu *die strahlende Sonne* sagen. Ich bin der Anführer der Kikalis. Wir leben hier in der Felsenwüste, wie man sie meist nennt. Wir nennen sie Solanghart, was so viel heißt wie Steinblumengarten. Wir Kikalis lieben unser Land über alle Maßen, weil es so schön sonnig und gelb und friedlich und…«,s ein Blick schweifte mit einem tiefen Seufzer schwärmerisch über die Felslandschaft, »…und so perfekt ist.« Danach wurde der kleine Kikali ernst. »Ihr seid also nur auf der Durchreise. Dann genießt zumindest einen kurzen Aufenthalt in unserem paradiesisch schönen Garten der Harmonie. Bei eurem Tempo werdet ihr es vor Einbruch der Dunkelheit nicht bis zur Küste schaffen. Wisst ihr, bei uns wird es nachts etwas kühler, als es am Tage ist, was wir Kikalis sehr genießen. Ich bezweifle jedoch, dass ihr es ähnlich empfinden werdet.

Davon abgesehen erwacht hier nachts einiges, dem man in der Dunkelheit besser nicht begegnen sollte«. Mit einem selbstzufriedenen Lächeln stand Ghirtam auf dem Felsen, mit zwei seiner Arme über dem Bauch gefaltet und wartete auf eine Antwort.

»Ist das eine Einladung?«, fragte Pipi selbstsicher.

»So könnte man es sehen.«

»Mein Name ist Synthia, mein Begleiter heißt Torfmuff und mein, ähm, Vogel heißt Pipi«, stellte Synthia sich nun vor.

»Oh, du hast einen Vogel?«, kam prompt die süffisante Frage.

»Ja, ähm, aber nicht so, wie du jetzt denkst.« Verlegen zeigte sie mit dem Finger auf ihre Schulter. »Du verstehst.«

»Na klar. Wollt Ihr nun bleiben?«, fragte der Kikali.

»Ja, sogar sehr gerne.« Synthia war froh nicht in dieser Einöde nachts umherirren zu müssen.

»Das freut mich. Wir haben hier selten Gäste.«

»Mpfff, selten Gäste. Kann mir gut vorstellen«, hörte sie Torfmuff hinter sich frotzeln.

Ghirtam machte einen Freudesprung und kam von dem Felsen heruntergewuselt. »Dann folgt mir«, rief er ihnen vergnügt entgegen.

Er bewegte sich erstaunlich schnell, wobei Synthia mehrmals vergeblich versuchte, die Anzahl seiner Beine zu zählen. Schließlich gab sie sich mit einer groben Schätzung zufrieden, die zwischen fünfzehn und zwanzig lag. Arme hatte Ghirtam vielleicht sieben oder acht, und die waren ständig in Bewegung. Immer wieder blieb das kleine Wesen stehen und erzählte Geschichten über die Felsenwüste oder stellte Fragen, deren Antworten er meist mit hellem Gekicher quittierte, bis sie endlich vor der Siedlung der Kikalis stehen blieben. Die Siedlung bestand aus einer großen Zahl von kleinen Erdbauten, die Maulwurfhügeln glichen. Erst bei näherem Hinsehen konnten sie die aufwendige Bauweise bestaunen. Hunderte kleiner Kikalis bewegten sich kreuz und quer, ohne erkennbares Ziel. Zwischen den Erdhügeln waren kleine Miniaturwasserläufe angelegt, von denen ausgehend Minikanäle in den Hütten verschwanden. So erhielten wahrscheinlich alle Behausungen frisches Wasser. Woher das Wasser kam, konnte Synthia jedoch nicht erkennen.

»Wir sind angekommen«, erklärte ihnen Ghirtam stolz. »Hier leben wir zusammen in Harmonie und Freude. Wir lachen gerne und freuen uns auf jeden neuen Tag, den wir gemeinsam in dieser von der Sonne verwöhnten Region leben dürfen.«

»Piep, der hat wohl eine Meise unterm Dach. *Von der Sonne verwöhnte Region.* Ich würde eher *von der Sonne verbrannter Aschenhaufen* sagen.« Pipi blickte sich eher desinteressiert um.

»Bitte lasst euch hier am Rande unserer Siedlung nieder. Es dauert nicht mehr lange und die Nacht bricht herein. Dann werden wir euch zu Ehren ein wärmendes Feuer entfachen und uns zu euch gesellen. Aber zuerst müssen wir noch unsere täglichen Arbeiten verrichten.«

Verschmitzt blickte sich der kleine Kikali nach Torfmuff um. »Aber schaut bitte nicht zu sehr unseren Weibchen hinterher, auch wenn es euch schwerfällt, die Augen von unseren Schönheiten zu lassen.«

Synthia und Torfmuff schauten sich entgeistert an, konnten jedoch nicht feststellen, ob es sich um einen Witz handelte oder ernst gemeint war.

»Ich verspreche euch, dass ich ein Auge auf meinen Freund hier haben werde. Er wird sich anständig benehmen. Versprochen«, versicherte ihm Synthia schnell, bevor Torfmuff den Mund aufbekam. Daraufhin ließ Ghirtam sie alleine zurück.

»Mpfff, vielen Dank, Synthia. Aufpassen auf mich.« Torfmuff schüttelte den Kopf.

»Tja, der Kikali hat anscheinend ein Funkeln in deinen Augen bemerkt.« Synthia musste herzhaft lachen, das hatte sie seit der Trennung von Mark nicht mehr gemacht und es wirkte befreiend. Es dauerte nicht lange, und die Sonne versank langsam am Horizont und so wie die Sonne an Kraft verlor, hielt eisige Kälte Einzug. Synthia und Torfmuff saßen mit angezogenen Beinen zusammengekauert am Rande der Siedlung und froren. Nur Pipi schien die Kälte nichts auszumachen.

Sie waren froh, als die Kikalis endlich mit Holz ankamen und ein Lagerfeuer entzündeten. Langsam wärmten sie sich wieder auf. Gefolgt von einer kleinen Gruppe kam Ghirtam zu ihnen und hob gebieterisch die Arme empor. Augenblicklich verstummten die Gespräche seiner Artgenossen.

»Meine lieben Brüder und Schwestern, wir haben heute Gäste unter uns, die den Abend bei uns verbringen und unser Mahl mit uns teilen wollen. Unsere Schwestern kann ich beruhigen, da sie versprochen haben, sich den guten Sitten gemäß zu verhalten.« Ein leises Kichern ertönte von vielen Seiten, und Torfmuff blickte beschämt Boden. »Wir Kikalis leben hier bereits seit vielen, vielen Generationen und unsere Geschichten werden von den Älteren an die Jüngeren weitergegeben. So erhalten wir unsere Vergangenheit lebendig. Dies ist für uns sehr wichtig, denn nur so wissen wir, woher wir kommen, wer wir sind und wohin es uns treibt.« Sich nun an sein Völkchen wendend eröffnete er den geselligen Abend. Sofort begann wieder das Leben in der Gemeinschaft zu pulsieren. Einige Kikalis, die nahe dem Feuer saßen, nahmen Instrumente zur Hand und spielten Musik. Die schwungvolle Melodie sorgte schnell für gute Stimmung unter den Anwesenden. Überall zuckten die Beinchen und wippten die kugeligen Körper. Die meisten sangen und tanzten um das Feuer, und der Funke der Zufriedenheit schien fröhlich vom einen zum anderen zu springen.

»Was denkst du, wie es Mark geht?«, fragte Synthia plötzlich. »Das hier würde ihm bestimmt gut gefallen.«

»Mpfff, würde mit Weibchen tanzen. Kikalis dann sehr traurig.«

Mit leiser Stimme machte ein Kikali, der sich neben Synthia gesetzt hatte, auf sich aufmerksam. »Ich freue mich, euch kennenzulernen. Mein Name ist Wandelbach, doch meine Freunde nennen mich Waba. Ich würde mich gerne mit euch unterhalten.«

»Gerne, mein Name ist Synthia«, erwiderte sie freundlich.

»Was sucht ihr hier in der Felsenwüste, wenn ich fragen darf?«, wollte der Kikali wissen. Synthia überlegte kurz, wie viel sie erzählen sollte. Immerhin wusste sie nicht, wer die Kikalis waren und selbst Torfmuff schien noch nie etwas von ihnen gehört zu haben.

»Wir waren in den Bergen und wollen an die Küste nach Fischfang«, antwortete sie zurückhaltend, aber ehrlich auf die Frage.

»Warum habt ihr dann nicht den Hauptweg nach Fischfang genommen, der ist doch wesentlich einfacher begehbar und ungefährlicher? Ich verstehe nicht eure Beweggründe, aber ich gehe davon aus, dass es einen guten Grund für eure Entscheidung gibt. Bitte verzeih meine Offenheit, bei uns ist es üblich, offen und ehrlich über alles zu sprechen, was wir denken. Das erspart uns viel Ärger und Missverständnisse. Solltet ihr etwas zu verbergen haben und nicht darüber reden wollen, dann akzeptieren wir das selbstverständlich. Ich möchte aber auch, dass ihr wisst, was ich denke.«

Verlegen schaute Synthia zu Boden. »Verstehe mich bitte nicht falsch, ich möchte wirklich nicht eure Gastfreundschaft verletzen, aber wir haben gute Gründe, den Hauptweg nach Fischfang zu meiden. Viel mehr möchte ich dazu nicht sagen und ich hoffe, dass ihr dafür Verständnis habt«.

Synthia lehnte sich zurück und musterte den Kikali eingehend. Auch er hatte einige wenige Haare, die borstenartig in die Höhe standen. Er wirkte älter als Ghirtam, aber sicher war sich Synthia nicht. Seine kleinen, spitz nach hinten verlaufenden Ohren zuckten in unregelmäßigen Abständen und Synthia hatte das Gefühl, als würde er sich neue Fragen überlegen.

»Ich habe auch eine Frage, Waba. Ich bin zwar noch nicht lange in diesem Land oder besser gesagt in dieser Region, aber mein Begleiter, der eigentlich sehr bewandert ist, hat auch noch nie etwas von euch gehört. Wie kommt es, dass ihr hier ein so abgeschiedenes Leben führen könnt? Liegt es an eurer Tarnung?«

Über das Gesicht des Kikali huschte ein verschmitztes Lächeln, und während er antwortete, spitzte er immer wieder den kleinen Mund und gab dazu ein schmatzendes Geräusch von sich.

»Vor vielen Jahren lebten wir in einem kleinen lieblichen Wald, in Eintracht mit den Tieren um uns herum. Bäche mit frischem Wasser versorgten uns und die Natur bot uns im Überfluss Beeren, Wurzeln und Kräuter in einer fantastischen Vielfalt. Wir schätzten die Sonne und den Regen, den Schnee und die Trockenheit. Wir liebten die uns umgebenden Düfte des Waldes und alles, was darin lebte. Wir waren glücklich und zufrieden und hatten keine Sorgen. Die Älteren und die Kinder bildeten die Eckpfeiler unserer Gemeinschaft, in der die Eltern der Kinder das Bindeglied waren, als Garanten eines reibungslosen

Zusammenlebens. Morgens ging jeder seiner Tätigkeit nach, die er für das Wohl der Gemeinschaft erfüllte, und den Abend verbrachten wir zusammen, so wie du es heute hier erlebst.« Mit einem seiner Arme zeigte der Kikali zu seinen tanzenden Freunden. »Schau, wie ausgelassen und lustig wir sein können. Doch das, was du heute hier siehst, ist leider inzwischen eine Ausnahme. Wir freuen uns sehr über euren Besuch, und das hat uns veranlasst, endlich wieder ein Fest zu feiern«, seufzte er wehmütig und machte eine kleine Pause. Tiefe Trauer verfinsterte sein kleines Gesicht, als er weitersprach. »Auch hatten wir nicht immer dieses Aussehen, das du hier heute wahrnimmst. Wir waren schöne Geschöpfe, wahrscheinlich die Schönsten überhaupt und das sollte unser Schicksal bestimmen. Eines Tages hegten einige unseres Volkes den Wunsch, Schönheit nicht mehr als gegeben und allumfassend zu definieren, sondern begannen festzulegen, was schön und schöner sein soll. Die Schönheit jedoch ist eine nicht festlegbare Eigenschaft, die nicht nur von dem äußeren Erscheinungsbild abhängt, sondern vielen Einflüssen unterliegt. Davon abgesehen kann man nicht *schöner als* festlegen wollen, da jeder Einzelne etwas anderes sieht und wahrnimmt. Aber wie dem auch sei, einige hegten jedenfalls den Wunsch, Unterschiede herauszustellen, weil sie glaubten, etwas Besonders zu sein und entsprechende Beachtung zu verdienen. Anfangs versuchten sie, mittels Gesprächen die Andersdenkenden zu überzeugen, bis sie merkten, dass sie für ihre Ideen kein Verständnis fanden. Und so wurden sie selbst verschuldet nach und nach zu Außenseitern, was sie nicht verstanden und was sie zutiefst kränkte, waren sie doch so sehr von sich überzeugt. An einem kalten Herbsttag verließen sie schließlich unsere Gemeinschaft und schlossen sich den Erdwichteln an, die sie ihrer Schönheit wegen verehrten. Die Erdwichtel sind ein feistes Völkchen, die selbst von sich glaubten, hässlich zu sein. Aber du weißt ja inzwischen, was ich davon halte. Sie jedenfalls waren fest davon überzeugt und bauten auf diesem Glauben ihre Religion auf, die darauf abzielte, Schönes zu verehren oder zu vernichten. Sie waren geübt in schwarzer Erdmagie, mit der sie ihren Widersachern schwer zusetzen konnten. Fest davon überzeugt, selbst schlecht zu sein, richteten sie ihre kleine Welt danach aus. Als sie dann mit den Abtrünnigen unseres Volkes zusammentrafen, deren Gesinnung sich in der Zwischenzeit ebenso dunkel gestaltete, waren sie von ihnen sehr angetan und fühlten sich zu ihnen hingezogen.« Die Stimme des Kikali verkrampfte sich merklich und Synthia spürte, dass es ihm nicht leichtfiel, darüber zu reden. »Ach, es ist wirklich traurig. Ihr Hass auf uns muss wirklich groß gewesen sein und ist es vielleicht noch. Jedenfalls sollte uns eines Tages ihr Groll in Form eines bösen Zaubers treffen. Was es für ein Ritual war, wissen wir nicht, aber sie nahmen uns mit einem Schlag sehr viel. Sie nahmen uns unsere Gestalt und unser Aussehen, aber unsere Gesinnung und unsere positive Einstellung konnten sie uns nicht nehmen. Sie verwüsteten unser Land und die Natur um uns her, aber wir lieben dieses Land dennoch, als würden überall die schönsten Blumen blühen. Im Grunde genommen ist ihr Plan fehlgeschlagen. Sie konnten uns nichts nehmen, denn das, was uns ausmacht, steckt tief in unserer Seele. Auch wenn wir nicht mehr so oft feiern und lustig miteinander scherzen, da die Trauer um unsere Brüder und Schwestern schwer auf unseren Schultern lastet, so lieben wir noch immer das Leben und schätzen noch immer unsere Gemeinschaft und die Natur um uns her. Die Trauer, die in uns ist, gilt denen, die von uns gegangen sind, denn wie sehr muss der Schmerz in ihrer Seele brennen und sie zu ewiger Qual verdammen, wenn sie sich so verhalten. Aber die Zeit wird auch dies regeln.«

Danach lehnte sich der Kikali zurück, indem er seine vielen Beine einknickte und sein fettes Leibchen zu Boden senkte.

»Piep, fettes kleines Spinnentierchen«, meldete sich Pipi leise zu Wort.

»Pst«, zischte Synthia energisch. Der Vogel schaute nur demonstrativ zur Seite, blieb aber wenigstens ruhig. Synthia hoffte, dass der kleine Kikali ihn nicht gehört hatte.

»Weißt du…«, unterbrach Synthia das Schweigen, »….ihr seid wirklich ein sehr seltsames Volk. Ich finde es bewundernswert, dass ihr so positiv denkt.« Der Kikali kicherte hell, als würden kleine Glöckchen im Winde klingen.

»Es ist schön, dass du es so siehst, denn es stimmt. Und ich bin dankbar dafür, dass ihr heute hier seid, so kommen wir wieder einmal zu einem lustigen Abend. Morgen werden uns allen vom vielen Tanzen die Beine wehtun.«

Waba blieb noch lange bei ihnen sitzen. Sie unterhielten sich über Belanglosigkeiten. Sie aßen und tranken zusammen und immer wieder kamen andere hinzu, die sich für die Gäste interessierten. So verging ein Abend in Eintracht. Bevor das Lagerfeuer seine letzten, tanzenden Flammen gen Himmel züngeln ließ, versorgten drei Kikali-Heiler nochmals Synthias Bein mit einer selbst hergestellten Heilsalbe, deren Bestandteile sie auf Synthias Nachfrage bereitwillig preisgaben. Danach wurde neben ihrem Nachtlager ein kleines Feuer entfacht, das sie bis zum Morgengrauen wärmen sollte. Wo am Tage noch die Sonne unbarmherzig auf sie herabgebrannt hatte, herrschte nun eine durchdringende, schneidende Kälte. Die Kikalis verschwanden nach und nach in ihren Behausungen unter der Erde und auch Synthia und Torfmuff legten sich schlafen.

III

»Was machen sie hier Mister?«, fragte Katrin, als sie den Fremden an der Hintertür zur Küche sah. Sie hatte ein Fenster geöffnet und sich leicht hinausgelehnt. Katrin war neun Jahre alt und wenn sie eines nicht hatte, so war es Angst. Ihr strenger, prüfender Blick irritierte sogar den Gestaltwandler, der bereits viele Kreaturen kennengelernt hatte.

»Ich bin ein sehr guter Freund von …« Irritiert musste er kurz überlegen. Dieses Kind hatte ihn doch tatsächlich verunsichert. »…von Steve Hollowan. Und ich wollte ihn besuchen.«

»So? Sind sie sicher, Mister?«

Wieder so eine Frage, mit der er nicht gerechnet hatte. Was war das nur für ein Mädchen? Vielleicht sollte er ihr einfach die Kehle durchschneiden und die Fragestunde beenden. Aber das war jetzt nicht klug. Sein Opfer würde zu früh erfahren, dass es gejagt wurde.

»Ja«, antwortete er dann schnell.

»Wir haben eine Vordertür. Ist Ihnen das nicht aufgefallen?«, trieb ihn Katrin in die Enge. Warum schleichen Sie hier im Garten herum und kommen zur Hintertür, wenn Sie ein Freund sind?«

Ja, das Mädchen konnte offenbar schnell denken.

»Ich wollte mir nur seinen Garten ansehen. Er ist sehr schön angelegt und ich…«

»Mister Fremder«, unterbrach ihn das Mädchen in einem schneidenden Ton, der selbst Eisenstangen durchtrennt hätte. »Dieser Garten ist nicht schön angelegt. Die Nachbargärten sind wesentlich besser gepflegt. Hier kümmert sich nämlich niemand um die Pflanzen, den Rasen und die Bäume. Steve hat einfach keine Zeit.

Davon abgesehen ist er nicht hier. Wussten Sie das nicht?«

»Nicht hier? Wo ist er?«, fragte der Jäger.

»Ich dachte Sie sind gute Freunde. Und Sie wissen nicht, wo er ist?« Katrin kniff die Augen zusammen und richtete sich zu ihrer vollen Größe auf. Sie strotzte nur so vor Misstrauen und Selbstsicherheit. Der Gestaltwandler merkte, wie glühende Wut in ihm aufstieg. Wie konnte es ein Kind nur wagen, so mit ihm zu sprechen? Langsam führte er seine rechte Hand hinter den Rücken und griff geschickt unter seine Jacke. Der Knauf seines Wurfmessers schmiegte sich wie angegossen in seine Faust und ein kurzes, für das Auge kaum merkliches Zucken würde genügen, um es zielsicher durch die Luft zu schleudern. Doch in diesem Augenblick erschien eine weitere Gestalt hinter dem Mädchen am Fenster, die ihr über die Schulter schaute und ihn musterte.

»Mit wem redest du da?«, fragte sie Katrin mit emotionsloser Miene.

»Keine Ahnung, Mama. Ich glaube der Fremde hat sich in unserem Garten verirrt. Habe ich recht, Mister?« Sie musterte ihn mit einem siegessicheren Lächeln. Sie hatte ihn eindeutig durchschaut. Einen so klaren Verstand in einem so kleinen Kopf. *Eins zu Null für dich,* dachte er und lächelte zurück.

»Vielleicht habe ich mich tatsächlich geirrt. Verzeihen Sie. Am besten ich gehe einfach wieder.«

Als er sich schon einige Schritte entfernt hatte, hörte er noch undeutlich die Worte »*Ist auch besser so*«. Freches Gör. Aber er drehte sich nicht um. Es blieb ihm nichts anderes übrig, als sich einen sicheren Ort zu suchen, von dem aus er das Haus beobachten konnte. Irgendwann würde sein Opfer wieder nach Hause kommen oder das Haus verlassen. Und dann musste er zur Stelle sein.

IV

Synthia schlief tief und fest, als jemand sie schmerzhaft ins Ohr biss. Mit einem unterdrückten Schrei fuhr sie hoch und schaute sich verschlafen um.

»Piep, hey, nicht so schnell. Halte deinen Schnabel.« Pipi flatterte wild umher und wartete, bis Synthia richtig wach war, bevor er sich wieder auf ihre Schulter setzte.

»Wecke alle, ihr werdet angegriffen.«

»Wir?«, fragte sie noch benommen.

»Ja, ihr, denn ich setze mich erst einmal ab. Aber ich bleibe in der Nähe.« Dann schwang er sich in die Luft und flatterte davon. Synthia rieb sich die Augen und sprang auf. Konnte das wirklich sein? Doch plötzlich hörte sie tumultartige Geräusche und Alarmrufe der Kikalis.

»Mist«, fluchte sie und schüttelte Torfmuff wach.

Die Kikalis flitzten aufgeregt umher, nach Auswegen suchend, um einer Gefahr zu entgehen, die Synthia und Torfmuff noch nicht erkennen konnten.

»Schnell, ihr müsst euch auf den Weg machen, wir werden angegriffen«, rief ihnen ein vorbeihuschender Kikali zu. Im selben Augenblick sprangen bereits mehrere Spaltanos herbei und zeigten mit ihren blanken Säbeln auf sie. Bevor sie reagieren konnten, waren sie umzingelt und fanden keinen Ausweg mehr. Zehn oder elf Spaltanos, mit Säbeln, Messern und anderen Schlag- und Stichinstrumenten bewaffnet, hatten sie umzingelt. Sie saßen in der Falle. Ein dicker, untersetzter, fies grinsender Spaltano trat aus der Gruppe hervor und stellte sich breitbeinig vor sie.

»Haaaa, schön, schön, kleines Määäädchen«, grunzte er, seinen Säbel wie einen Taktstock auf- und abschwingend. »Kleine Göre und ihr kleiner Kloakendiener.« Ein krächzendes Lachen offenbarte seinen Hass und seine Lust an der Erniedrigung anderer. »Schön, schön, wollt ihr euch wehren? Wenn ja, dann tut es jetzt, damit wir euch in kleine Stücke zerteilt zu unserem Anführer bringen können, ansonsten ...«, krächzte er wieder lachend, »... ansonsten kniet nieder und legt eure Hände auf den Rücken.«

Mit hektischen Blicken suchten sie nach einem Ausweg, aber es gab keinen. Aus der Ferne drangen die Rufe und Schreie der Kikalis zu ihnen herüber.

»Tu, was sie sagen«, zischte Synthia Torfmuff zu. Sie sah das Blitzen in seinen Augen und verstand, dass er zum Sterben bereit war. Er wollte sich nicht ergeben. »Bitte, tu was ich sage.« Sie hatte Angst, auch noch Torfmuff in einem Gemetzel zu verlieren, das sie nicht gewinnen konnten.

»Wir ergeben uns«, rief sie laut, kniete sich nieder und legte die Hände auf den Rücken. Sie spürte die zornigen Blicke von Torfmuff, ließ sich aber nicht beirren. Vielleicht bekämen sie irgendwann die Chance zur Flucht. Auf diesen Moment mussten sie warten.

»Torfmuff, bitte! Sei nicht dumm.« Ihre Blicke trafen sich und es dauerte eine Weile, bis Torfmuff sein Messer zu Boden warf und sich ebenfalls niederkniete. Bisher hatten sie immer von irgendwoher Hilfe bekommen. Sie mussten auf ihr Glück vertrauen. Sie ließen sich mit schweren Lederschellen fesseln, die sehr eng saßen, sodass das Leder in die Haut schnitt. Den Spaltanos war die unverhohlene Freude anzusehen, als sie ihre Opfer wehrlos vor sich knien sahen.

»Hoffentlich werden eure Fesseln nicht feucht, sonst ziehen sie sich noch enger«, grunzte der Anführer. »Habe schon welche gesehen, bei denen sich die Fesseln bis in die Knochen gefressen hatten.«

Kollektives, hämisches Gelächter ertönte. Mit Tritten und Hieben zwangen sie die beiden aufzustehen und ihnen zu folgen. Synthia versuchte, das ganze Ausmaß der Verwüstung, das die Spaltanos im Lager der Kikalis angerichtet hatten, zu erkennen, konnte jedoch in der Dunkelheit nur wenig ausmachen. Hier und da lagen verstümmelte Kikalis am Boden und aus einigen Behausungen quoll schwarzer Rauch. Zusammen mit einigen gefangen genommenen Kikalis, die die Spaltanos in einen Sack geworfen hatten, wurden sie in die dunkle Nacht getrieben. Immer mehr Spaltanos kamen aus der Dunkelheit herbei, sodass der Tross bald auf etwa zwanzig Spaltanos anwuchs. Als Synthia die Kräfte zu versagen begannen, wurde sie unsanft gepackt und wie ein Sack Reis über die Schulter eines Spaltanos geworfen, der schrecklich nach Schweiß stank. Dann setzte sich die Gruppe im Laufschritt in Bewegung – einer ungewissen Zukunft entgegen.

V

Kaum war Mark in den Lichtkegel getreten, umfing ihn das Leuchten warm und weich wie Watte. Er schien zu schweben und schwerelos dahinzugleiten. Wohin die Reise ging, konnte er nicht erkennen. Es dauerte nicht lange, bis er in der Ferne eine helle Gestalt wahrnahm, auf die er sich zu bewegte. Erst als er kurz davor zum Stillstand kam, sah er, dass es sich um einen Jungen in seinem Alter handelte. Er hatte lange, zu einem Zopf nach hinten gebundene Haare, die im Wind flatterten.

»Hallo«, grüßte Mark ihn überrascht. Er hatte eigentlich mit einem alten, weisen und mächtigen Magier gerechnet, der ihm bei seinem Zauber helfen würde. Einen Gleichaltrigen hatte er nicht erwartet.

»Mein Name ist Adramall, und ich bin hier der … Lehrer… könnte man sagen. Jedenfalls hat man mir aufgetragen, dir zu helfen und zur Seite zu stehen. Du sollst einen Zauber wirken, von dem du nichts verstehst. Na ja, wie auch. Du bist ja kein Zauberer.« Herablassend hob er eine Augenbraue und musterte Mark eingehend von Kopf bis Fuß. »Die Älteren haben gesagt, du wärst so eine Art Wunderknabe. Das sieht man dir überhaupt nicht an. Zeig' doch mal, was du kannst«, forderte er Mark auf und kam einen Schritt näher.

»Ich bin nicht hier, um mich mit dir zu duellieren oder zu messen. Ich habe eine Aufgabe, und entweder du hilfst mir, oder du lässt es. Aber beleidigen lasse ich mich von dir nicht.«, konterte Mark verärgert.

Adramall atmete tief durch, drehte sich dann um und winkte Mark, ihm zu folgen. »Spielverderber. Also gut, bringen wir es hinter uns, Memme!«

Am liebsten hätte ihm Mark einen Fußtritt verpasst, das

jedoch würde ihm sicher nur Ärger einbringen. Also folgte er dem Jungen trotzig auf das vor ihnen liegende Plateau, das von fernen, hohen Bergen umgeben war. Ein kalter Wind blies und Mark zog frierend seinen Umhang fester. Als sie beide in der Mitte des Plateaus standen, drehte sich Adramall wieder zu Mark .

»Hier ist es kalt! Als ich meinen ersten Zauber hier oben üben durfte, bin ich beinahe erfroren«, schrie er gegen den eisigen Sturm an. »Hierher dürfen nur wenige. Hier treffen sich die Gewalten der Zeit, die Elemente, aus denen alles besteht und die Kräfte des Irdischen.«

Mark blickte sich tief beeindruckt um. »Da brodelt es also richtig?«, schrie er zurück, woraufhin der Junge zum ersten Mal lachte.

»Ja, so kann man es nennen. Schau dich nur um, es ist hier oben wirklich beeindruckend. Muss aber gestehen, dass ich lieber im Warmen sitze.«

Das Plateau hatte einen Durchmesser von vielleicht fünfzig Metern und war vollkommen flach. An manchen Stellen spiegelte der Boden, als wäre er von Wind und Wetter geschliffen.

»Lass uns anfangen, sonst werden wir hier oben zu Eiskugeln«, drängte ihn Adramall fröstelnd.

Mark nahm seinen Beutel, holte das Zauberbuch heraus und legte es vor sich auf den Boden. Dann kniete er sich hin und schlug es vorsichtig auf. Der Sturm riss an den Seiten und Mark musste extrem vorsichtig sein, dass nichts zerstört wurde.

»Oh Mann, ist das windig hier«, fluchte er »Kannst du uns nicht etwas Schützendes herzaubern? Sonst wird das Zauberbuch vom Sturm zerrissen.«

Adramall überlegte angestrengt. »Ist nicht so einfach hier oben, aber ich will es versuchen«, schrie er. Dann streckte er seine Arme gen Himmel und sprach einen

Zauberspruch, den Mark nicht verstand. Es bildete sich eine helle Kugel um sie herum, in deren Mitte sie windgeschützt waren.

»Hey, super«, lobte ihn Mark, »echt gut, danke.«

»Ja, ich habe schon einiges gelernt.« Adramall lächelte stolz, doch sein Gesichtsausdruck verriet, dass es einen Haken hatte. »Da wäre nur ein ganz kleines Problem«, fuhr er kleinlaut fort.

»Welches?« Mark ahnte bereits, dass etwas nicht stimmte.

»Na ja, wir sollten uns beeilen, denn wir sitzen hier in einer ...Taucherglocke«, antwortete Adramall.

»Taucherglocke?«

»Ja. In so einer Glocke kann man unter Wasser tauchen, aber sie hat nur beschränkt Sauerstoff.«

Mark hatte verstanden. Er wollte noch fragen, wie lange sie Zeit hatten, doch er beließ es dabei. Schnell suchte er die Stelle, an der er den Zauberspruch zum Trennen des Schicksalsfadens vermutete.

»Hier ist der Zauber.« Mark zeigte auf die Seiten und begann zu lesen. Der Zauber erstreckte sich über vier Seiten, der auszusprechende Spruch hingegen bestand nur aus wenigen Zeilen.

»Also, ich muss den Nebel beschwören, dann ein geistiges Band zu Synthias Vater aufbauen, um dann dieses Band mit einem Flammenschwert, verstärkt durch diesen Spruch zu durchschlagen. Das ist alles. Ich hoffe, du weißt, wie wir das alles bewerkstelligen können.« Fragend blickte er zu Adramall hoch, der noch immer vor ihm stand. Doch Adramall schüttelte verlegen den Kopf.

»Ich ähm...bin erst seit drei Jahren in der Zauberschule. Tut mir leid.«

»Na toll.« Verzweifelt blätterte Mark in dem Zauberbuch, um einen Spruch zur Beschwörung eines Nebels zu finden. Doch dazu fand er keinen Eintrag. Und wo sollte er ein Flammenschwert herbekommen?

»Ich ... brauche ... Hilfe«, schrie Mark laut. »Adramall, überleg dir etwas. Sonst ersticken wir hier in der Kugel, dann finden sie nicht nur zwei Schneebälle, sondern zwei erstickte Schneebälle.«

Adramall überlegte kurz und nickte dann.

»Ich habe eine Idee«, verkündete Adramall schließlich freudestrahlend. Mark blieb in der Hocke sitzen und schaute ihn zweifelnd an.

»Bist du sicher?«

»Ähm...Na ja. Mal sehen.« Mit einer kurzen Handbewegung hob er den Hüllenzauber auf und der stürmende Wind erfasste sie wieder. Danach ließ er sich auf die Knie nieder und hämmerte mit seinen Fäusten auf den harten Boden des Plateaus.

»Geist der Magie, wir stehen am Rand, wir schaffen es nie, ohne helfende Hand«, donnerte er mit aller Kraft.

Mark schaute ihn entgeistert an. War das wirklich ein Zauberspruch, der etwas bewirken konnte? Aber es geschah nichts.

Adramall wiederholte seinen Spruch noch einige Male, ohne dass etwas passierte. Verzweifelt schloss Mark das Zauberbuch, um es wenigstens gegen den Sturm zu schützen. Er wollte gerade aufstehen und Adramall alleine dem Sturm überlassen, als plötzlich der Wind um sie her abflaute. Neben Adramall wuchs eine kleine, etwa dreißig Zentimeter große Figur aus dem Boden, die aus purem Quecksilber zu bestehen schien. Adramall wich erschrocken zurück und stellte sich hinter Mark.

»Unglaublich. Das ist wirklich unglaublich! Ein Zauberlehrling und einer der es werden will, auf dem Plateau der Magie. So viel Dummheit auf einem Haufen habe ich noch nie gesehen. Unglaubliche Dummheit.« Geschmeidig wie fließendes Wasser stemmte die kleine Figur die Arme in die Hüfte und schüttelte den Kopf. »So, so, Hilfe braucht ihr also?«

Mark blickte die schlanke Figur staunend an und nickte. Sie brauchten Hilfe und zwar dringend.

»Nicht zu fassen. *Geist der Magie, wir stehen am Rand, wir schaffen es nie, ohne helfende Hand.* So einen Blödsinn habe ich noch nie gehört. Und glaubt mir eines, es waren sicherlich schon schlimme Zauberer hier.« Fassungslos blickte das Wesen von Adramall zu Mark, der schützend sein Zauberbuch vor sich hielt.

»Man hat mich schon gewarnt, dass zwei glorreiche Helden hier herkämen, die wahrscheinlich Hilfe benötigen würden. Aber darauf hat man mich nicht vorbereitet. Nein, in der Tat, darauf hat man mich wirklich nicht vorbereitet.« Sein demonstrativer Blick gen Himmel verriet nur zu deutlich, was er von den beiden hielt.

»Also gut, wir helfen ja gerne. Besonders Kindern, die sich an Zaubersprüche wagen, die sie nicht verstehen. Oh ja, besonders denen!« Während die Figur sprach, straffte sie mit den Armen immer wieder nebenher ihre Kleidung, die aus einem Umhang bestand, der ebenfalls quecksilbrig glänzte. »Es gibt große Zauberer, denen würden wir gerne helfen. Aber die brauchen uns ja nicht. Nein, wir werden immer nur von kleinen Anfängern gerufen. Sie wollen zaubern und es ist ihnen egal, ob ein misslungener Zauber alle töten könnte. Aber Na ja. Wie gesagt, WIR helfen ja gerne. Aber egal, also was kann ich für euch tun?«, fragte die Figur dann abschließend zu Adramall gewandt.

»Ähm, ich brauche keine Hilfe, er braucht sie«, verwies er auf Mark.

»Hallo, Adramall hat recht. Ich benötige dringend Hilfe.« Mark stellte sich vor, woraufhin die kleine Figur ihr Gesicht verzog.

»Mark. So, so, meinst du, das wissen wir noch nicht? Meinst du, wir sind blind? Hallo, Mark, hallo, Adramall. Adramall, der Zauberer aller Zauberer. Pah. Können wir jetzt zur Sache kommen, nachdem wir den höflichen Krimskrams hinter uns gebracht haben?«, fragte die Figur und setzte sich gelangweilt auf den Boden, während Adramall verlegen zur Seite schaute.

»Und, wie heißt du?«, wollte Mark wissen. Die Figur zuckte nur mit den Schultern.

»Was soll dir das nutzen, wenn du meinen Namen kennst? Bist du deswegen hier?« Mark schüttelte langsam den Kopf.

»Nein, deswegen nicht. Ich muss hier einen Zauberspruch aussprechen und dazu sind bestimmte Vorbereitungen notwendig, die ich nicht verstehe. Ich muss jemandem helfen. Du hast natürlich recht, ich bin kein Zauberer. Vielleicht bin ich auch gar nicht dafür geeignet, aber ich muss es tun«, antwortete Mark energisch. Er hatte sich das alles nicht ausgesucht und er wollte nur helfen. Seine Freunde brauchten ihn jetzt und er durfte nicht versagen. Aber beleidigen wollte er sich auch nicht lassen.

»Schon gut, schon gut«, beruhigte ihn nun die kleine Quecksilberfigur mit einer beschwichtigenden Handbewegung. »Fühlst dich wohl auf den Schlips getreten, wie? Brauchst du aber nicht. Du glaubst gar nicht, wie enervierend es ist, dass wir immer nur zum Aushelfen hier sind. Aber was deine Begabung angeht, nun da irrst du dich. Du hast eine fürchterlich große Menge an Zauberenergie um dich herumschwirren. Ungenutzt und chaotisch. Wenn du einen guten Lehrmeister findest, kannst du einer der ganz Großen werden«, erklärte er und zwinkerte ihm zu. Nach einer kurzen Pause schnippte er mit den Fingern und vier Strahlen in unterschiedlichen Farben schossen in seine geöffnete Hand. »Seht ihr diese vier Farben? Das sind die

Energien, mit denen der Zauberer arbeiten kann. Sie stehen für die Erde, Luft, Feuer und Wasser. Aber es gibt noch eine fünfte Energie, die für euer Auge jedoch unsichtbar ist. Ich kann dir, Adramall, nur raten, fleißig zu lernen und zu üben. Viel üben. Sehr viel üben. Verstehst du? Nicht spielen, sondern lernen und ÜBEN.«

»Ja, ist ja schon gut.« Adramalls Blick wurde ernst. Das hatte er nicht verdient. Natürlich musste er noch viel lernen. Er wusste genau, dass er nicht immer der Fleißigste war.

»Gut. Ich hoffe, mein Ratschlag ist angekommen. Und dir, Mark, kann ich nur einen guten Rat geben. Suche dir eine gute Zauberschule, denn deine Kraft ist ungewöhnlich.« Die Energieblitze, die noch kurz in seiner Hand züngelten, verblassten, und es blieb nur noch eine kleine Rauchfahne übrig, die die Figur wegblies.

»So, das nur mal so nebenbei. Welchen Zauber wolltest du sprechen Mark?« Mark nahm wieder das Zauberbuch auf und blätterte darin, bis er die Stelle gefunden hatte. Dann legte er das Buch umgedreht auf den Boden vor die Figur, damit diese darin lesen konnte.

»Es ist ein Spruch, um einen Schicksalsfaden zu kappen, der vom Dunklen Fürsten geknüpft wurde.« Erschrocken wich die Figur zurück.

»Vom Dunklen Fürsten selbst? Bist du von Sinnen? Weißt du, was das bedeutet?«

»Nein, weiß ich nicht. Aber du wirst es mir wahrscheinlich gleich erklären, oder?« Das Wesen beruhigte sich ein wenig und setzte sich nun ebenfalls auf den Boden.

»Wenn du einen Gegenzauber aussprichst, dann gibt es immer eine Rückkopplung. Das heißt, dass derjenige, der den Zauber gewirkt hat, den du nun wieder auflösen möchtest, sofort davon erfährt. Doch nicht nur das, er weiß auch, wo du dich just in diesem Moment des Gegenzaubers befindest. Das aber ist noch nicht das Schlimmste. Wäre es ein Zauber von irgendeinem Magier, dann würde ich sagen, ... nun gut! Aber in diesem Fall ist es der Dunkle Fürst persönlich und seine Macht ist furchterregend groß. Er würde uns nach dem Spruch an Ort und Stelle zermalmen. Weißt du, was ich meine?«

»Hmm, nicht genau, aber ich kann es mir denken. Ich kann mir unter zermalmen wirklich und tatsächlich einiges Schlimmes vorstellen. Aber es hilft nichts, ich muss diesen Zauber brechen, koste es was es wolle, und sei es mein Leben.«

Verärgert sprang die Gestalt wieder auf. »So, so, koste es was es wolle. Dein Leben würdest du dafür opfern, hä? Ja, wenn es nur deines alleine wäre, würde ich sagen ... nur zu. Tu es, ist mir doch egal. Wenn ich dir aber helfe, dann wird es mich ebenso treffen. Und diesen Trottel neben dir auch. Ich jedenfalls hänge an meiner Existenz. Klar? Lass es sein und gehe wieder nach Hause.«

Mark schüttelte energisch den Kopf. »Nein und nochmals nein. Dann hilf mir eben nicht, aber ich muss und ich werde diesen Zauberspruch aussprechen.« Mit diesen Worten nahm er wieder das Zauberbuch zur Hand und begann, eifrig darin zu lesen. Adramall, der noch immer hinter Mark stand, wich einige Schritte zurück.

»Ähm, ich denke, dass ihr jetzt auf mich verzichten könnt. Aber meldet euch irgendwann, wenn alles vorbei ist, der Ausgang würde mich ehrlich interessieren.« Er wollte sich gerade umdrehen, als ihn die Quecksilberfigur verärgert aufhielt.

»Ahh, jetzt verdünnisieren wollen, wo es brenzlig wird, was? Wolltest du nicht ein wenig helfen? Noch einen Schritt und ich verwandle dich in ein kleines, sinnloses Staubkorn mit der Aufschrift: *Rennen wollt ich und nun lieg ich hier. Amen.* Verstehen wir uns?« Dann stampfte das

Geschöpf wütend auf und schaute Mark kopfschüttelnd an. »Also gut, du Dickkopf von einem Zauberanfänger. Ich werde dir helfen, aber glaube ja nicht, dass ich dies freiwillig tue. Alleine dass man dich hier hergelassen hat, ist für mich Verpflichtung zu helfen. Auch wenn es mir nicht gefällt. Also gib mir das Buch.« Mark legte es wieder auf den Boden und schob es dem Wesen hin. Dieses las den Spruch aufmerksam durch. Immer wieder nickte es und stieß kurze Wortfetzen hervor wie *Ahhh* oder *klar* oder *auch noch*. Dann schaute das Geschöpf hoch und musterte Mark.

»Wie ich eben schon sagte, müssen wir mit einer Rückkopplung rechnen, also werden wir uns neben dem Spruch auch darauf vorbereiten müssen. Ich werde mir Gedanken machen und komme in einer Stunde wieder. Du lernst den Spruch auswendig und versuchst, dich auf die Person einzustellen, deren Faden du lösen möchtest.«

Mark überlegte kurz. »Aber ich kenne die Person gar nicht. Es handelt sich um den Vater einer Freundin. Ich habe ihn nur ein einziges Mal in einem Traum getroffen, und das kann man sicherlich nicht *kennen* nennen.«

Das Wesen musterte Mark nun sehr konzentriert. »So, du kennst die Person nicht. Doch du kennst sie, auch wenn du sie nicht kennst. Na ja, vergiss einfach, was ich eben gesagt habe. Klingt nicht sehr logisch. Versuche dich auf diese Person in deinem Traum zu konzentrieren. Auch könntest du dich auf deine Freundin einstellen und versuchen, so ihren Vater zu imaginieren. Stelle dir dann vor, du würdest ein Band erst zu ihr und dann zu ihrem Vater knüpfen. Imaginativ eben, klar?«

Mark verstand zwar, was gemeint war, wusste aber nicht, wie er das anstellen sollte. »Ich werde es versuchen«, antwortete er skeptisch.

Daraufhin verschwand das Quecksilberwesen, indem

es sich in die vier Elementen Feuer, Wasser Luft und Erde auflöste, die in alle Richtung davonschossen.

»Und weg ist er. Lässt uns einfach alleine hier zurück.« Adramall schmollte und setzte sich neben Mark, der den Zauberspruch aufgeblättert hatte.

»Schicksal lösen, mit dem Schwert,
weg vom Bösen, ohne Wert.
Frei beginnen, auf neuen Wegen,
dem Feind entrinnen, mit höchstem Segen.
Schicksalsfaden nun zerschnitten, hast genug dabei gelitten«, las Mark laut vor und schaute dann zu Adramall. »So, so, ein Zauberlehrling im dritten Jahr. Du bist wirklich ein Angeber.«

»Ich? Ich gebe nicht an. Ich bin gut, nur… ähm…bin ich noch nicht so weit. Ich brauche noch ein wenig Zeit«, verteidigte sich Adramall.

»Oh ja. Ein Jahrhundert. Trommelst auf den Boden und schreist um Hilfe.« Mark schüttelte den Kopf, musste dann aber lachen.

»Ich weiß gar nicht was du hast. Es hat doch funktioniert. Oder?«, fragte Adramall und musste ebenfalls lachen.

Mark gab auf und widmete sich wieder seinem Spruch, den er so oft durchlas, bis er perfekt saß. Dann legte er sich auf den Rücken und stellte sich Synthia vor seinem geistigen Auge vor. Bilder flogen durch seinen Geist, erst wirr und unkontrollierbar, dann aber mit der Zeit immer klarer. Er versuchte, die Bilder zu sortieren, doch ein wenig beschlich ihn dabei die Trauer, dass er nun nicht mehr bei ihr und Torfmuff sein konnte. Immer wenn er merkte, wie seine Gedanken abzudriften drohten, konzentrierte er sich wieder auf das Bildnis von Synthia und ihrem Vater aus seinem Traum. Danach versuchte er das Band zu ihrem Vater direkt zu knüpfen. Mit der Zeit empfand er eine eigenartige Nähe zu Synthias Vater. Eine Nähe, die ihn beinahe erschreckte.

»Siehst du? Die Verbindung steht!.« Mark riss erschrocken die Augen auf und sah die Quecksilberkreatur grinsend neben sich stehen.

»Woher weißt du, an was ich ….«

»Frag nicht«, unterbrach ihn das Wesen. »Es kann beginnen. Höre mir jetzt genau zu und vergiss nichts. Also, steh auf und konzentriere dich abermals auf die zu rettende Person und vergiss den Zauberspruch nicht. Alles andere werde ich übernehmen. Wenn der Spruch gesprochen ist, zaubere ich dich an eine andere Stelle. Dort kann dich der Dunkle Fürst nicht so schnell finden.« Dann wandte er sich zu Adramall und drückte ihm ein kleines, braunes Säckchen in die Hand, das oben mit einem silbrigen Faden verschnürt war. »Du, Adramall, wirst dieses Säckchen öffnen und bereithalten. Sobald Mark verschwunden ist, wirfst du den ganzen Inhalt in die Luft und danach werde ich auch dich von hier wegzaubern. In diesem Säckchen befindet sich ein Pulver, das einen Ort wie diesen neutralisiert, sodass man hinterher nicht mehr ergründen kann, welche Zauber dort gewirkt worden sind. Na ja, und mit ein bisschen Glück auch nicht von wem. Zu guter Letzt werde ich mich schnellstens wieder verdrücken. Seid ihr bereit?«

Mark stellte sich hin und blickte die Figur an. »Danke«, sprach er leise.

»Wie gesagt, dafür sind wir ja da. Also konzentriere dich und schließe am besten die Augen. Sobald ich so weit bin, berühre ich dich leicht am Bein, woraufhin du den Spruch aufsagst. Verstanden?«

Mark stellte sich breitbeinig auf und schloss die Augen.

»Ich bin bereit.« Dann konzentrierte er sich auf Synthias Vater, so gut er konnte. Dabei wurde ihm sehr warm, als die intensive Verbindung entstand. Leise hörte er nun das fremde Wesen Zauberformeln sprechen. Um sich spürte er etwas Feuchtes, das er für Nebel hielt. Auch hörte er seltsame Geräusche, die er nicht zuordnen konnte und auch nicht wollte. Als er ein Tippen an seinem Hosenbein spürte, sagte er den Zauberspruch auf:

»Schicksal lösen, mit dem Schwert,
weg vom Bösen, ohne Wert.
Frei beginnen, auf neuen Wegen,
dem Feind entrinnen, mit höchstem Segen.
Schicksalsfaden nun zerschnitten, hast genug dabei gelitten.«

Er hörte ein Zischen gefolgt von einem fürchterlichen Knall. Mark riss die Augen auf und sah die kleine Gestalt mit einem flammenden Schwert in der Hand, das gut zwei Meter lang sein mochte. Feuer loderte wild um die Klinge und dahinter konnte er noch Funken in alle Richtungen davonstieben sehen, bevor sie sich wie kleine Sternschnuppen auflösten. Das Quecksilberwesen hatte den Schicksalsfaden durchtrennt. Vor seinen erstaunten Augen verwandelte sich das Flammenschwert wieder in einen kleinen, unscheinbaren Dolch.

»So, hier nimm deinen Dolch und komm bitte erst wieder hierher, wenn du ein sehr großer und überaus mächtiger Zauberer bist. Und noch etwas. Sollte dich der Dunkle Fürst erwischen, dann sage nichts von mir.«

Mark glaubte Belustigung in den silbrigen Augen der Kreatur erkennen zu können. Doch zu einer Erwiderung kam er nicht mehr. Der kleine Kerl breitete beide Arme aus, woraufhin ein heller Strahl vom Himmel herabsauste und Mark in helles Licht tauchte. Die Helligkeit blendete ihn, er schloss fest die Augen, und als er sie vorsichtig wieder öffnete, war der grelle Schein dem normalen Tageslicht gewichen. Er stand nicht mehr auf dem Plateau, sondern an der Stelle, an der er noch vor kurzer Zeit mit Synthia und Torfmuff zusammen gewesen war, und neben ihm leuchtete der Lichtkegel. Mark atmete erst einmal tief durch. »Wow, nicht schlecht.«

»Stimmt!«, erwiderte die Stimme aus dem Lichtkegel. »Aber du hast dir damit nicht nur Freunde gemacht. Jetzt ist es Zeit für dich, wieder zu gehen. Wir haben übrigens jemanden gefunden, der dich gerne begleiten wird. Das sind die Zufälle des Lebens oder man könnte es auch die Verquickungen des Schicksals nennen. Wie dem auch sei, dein Begleiter ist bereits hierher unterwegs. Bis er hier ist, kannst du gerne verweilen und dich an dem Lavastrom wärmen.«

Die Lichtsäule erlosch und Mark blieb alleine zurück.

»Wow, die kommen und gehen wirklich schnell«, wunderte er sich. Er wollte noch fragen, wer zu ihm kommen würde, aber dafür war es bereits zu spät. Hier stand er nun alleine und ohne seine Freunde. Aber er freute sich, dass der Zauber gelungen war und er hoffte, die anderen bald wieder zu treffen. Zufrieden legte er sich hin und schlief erschöpft ein.

Es war noch dämmrig, als er von einem starken Luftzug geweckt wurde.

»Ist ganz schön windig hier oben«, beschwerte er sich und wollte sich gerade umdrehen, als er aus halb geöffneten Augen etwas Großes und Schwarzes neben sich stehen sah. Erschrocken sprang er auf.

»Wer bist du? Komm mir ja nicht zu nahe, sonst werde ich dich töten. Ich bin ein mächtiger Zauberer«, schrie Mark energisch, beide Fäuste vor sich haltend. Er hoffte, die Kreatur würde ihn nicht zu genau mustern und stattdessen ihm abnehmen, was er gesagt hatte.

»*So, so …. Aha … du bist also ein großer Zauberer. Nun,*

dann will ich natürlich SEHR vorsichtig sein.« Die Kreatur beugte sich ein wenig näher, sodass ihr Kopf im Schein des Lavastroms besser erkennbar war. Als Mark erkannte, dass es Cordawalk war, ließ er erleichtert die Fäuste sinken.

»Oh Mann, hast du mich erschreckt. Wo kommst du denn her?«, frage er erfreut.

»Schön warm hast du es hier. Beim Fliegen war es richtig kalt. Hmm, ich wurde gerufen, weiß aber nicht, von wem. Jedenfalls wurde mir gesagt, ich solle dich hier abholen. Es ist schon seltsam, oder? Hast du eine Ahnung, wer es war?«

»Ich kann es mir zumindest vorstellen und es ist eine lange Geschichte. Gerne erzähle ich dir davon später mehr. Wirst du mich begleiten?«, fragte Mark.

»Ja, ich werde dich begleiten. Ich will ehrlich sein. Ich tue das nicht gerne, es ist sicherlich mehr als nur gefährlich. Was mich besonders beunruhigt ist, dass DIE wussten, wer ich bin. Wenn es also DIE es wissen, dann frage ich mich, was der Dunkle Fürst weiß.« Mark wusste, worauf Cordawalk hinauswollte. Sie konnten letztendlich nur hoffen, dass der Dunkle Fürst nicht zu viel wusste.

»Es tut mir wirklich leid, wenn wir dich in Gefahr bringen. Aber auch ich will ehrlich sein: Ich freue mich riesig, dich hier zu sehen und besonders, dass du mir helfen möchtest.«

»Diese Sache wird mir viel Ärger einbringen.« Cordawalk blickte Mark mit seinen dunklen Augen sehr ernst an. *»Ich denke, dass wir nicht zu lange hier bleiben sollten. Wo sind Synthia und der kleine Zottelmann?«*, wollte er wissen.

»Kennst du die Felsenwüste?«

»Ja. Sie ist heiß am Tag und kalt in der Nacht«, antwortete die Fledermaus.

»Na ja, die wollen sie durchqueren, um an die Küste zu kommen«, erzählte ihm Mark.

»Dann sollten wir besser aufbrechen, Schlaf nachholen kann

ich später immer noch. Steig' auf meinen Rücken und halt' dich gut fest.«

Mark riss die Augen auf und blickte Cordawalk erschrocken an.

»Fliegen? Ich soll auf deinem Rücken fliegen?«, fragte er ängstlich.

»*Nein. Du sollst auf meinem Rücken sitzen. ICH werde fliegen. Mit Schwimmen kommen wir hier nicht weit. Steig' auf und hab' keine Angst, es wird ganz sicher klappen*«, beruhigte ihn Cordawalk. »*Beeile dich*«, mahnte ihn die Fledermaus, da sich Mark nur zögerlich einen Schritt nach dem anderen näherte.

»Oh Mann, ich muss verrückt sein.« Mark nahm seinen ganzen Mut zusammen und stieg umständlich auf den Rücken der Fledermaus. Erst als er fest zu sitzen glaubte, tätschelte er sachte Cordawalks Hals. »Ich…ähm…bin so weit«, kam es kläglich über seine Lippen.

Auf dieses Signal stellte sich die Fledermaus hin und erhob sich dann mit einem gewaltigen Satz in die Lüfte. Mark schrie schrill auf und hielt sich krampfhaft an Cordawalks ledrigem Genick fest. Mit einigen kräftigen, schnellen Flügelschlägen erhob er sich gen Himmel. Der Aufstieg schien unendlich lange anzudauern, bis sie endlich auf gleichbleibender Höhe durch die Lüfte schossen. Der Anblick der Berge war schwindelerregend und schaurig schön zugleich. Kalte Luft blies Marks Haare aus seinem Gesicht und ließ ihn die Augen zusammenkneifen.

»Wow, das ist ja…fantastisch«, jubelte Mark, als er sich langsam an den wilden Ritt durch die Lüfte gewöhnt hatte. Als langsam die Angst von ihm wich, kam ein anderes Gefühl in ihm auf, wie er es noch nie erlebt hatte. Es war etwas ganz Besonderes, die Kraft des Körpers, der ihn trug, zu spüren und zugleich das Zerren des Windes zu erleben. Stunden verrannen wie Minuten und er war enttäuscht, als

Cordawalk seine Geschwindigkeit drosselte. In der Ferne stiegen dunkle Rauchschwaden empor, was schlechte Nachrichten befürchten ließ.

»Was ist das, Cordawalk?«, schrie Mark, so laut er konnte, gegen das Rauschen des Windes an.

Ich weiß es nicht, aber es sieht nicht gut aus«, erwiderte die Fledermaus. »*Du brauchst übrigens nicht zu schreien, Mark, ich verstehe doch deine Gedanken.*« Mark nickte, auch wenn Cordawalk dies nicht sehen konnte.

»Gewohnheit«, antwortete er dann.

Als sie bei den Rauchschwaden ankamen, setzte die Fledermaus zur Landung an. Je näher sie kamen, umso genauer konnten sie das Szenario eines Kampfes erkennen. Überall lagen verstümmelte kleine Spinnentierchen zwischen züngelnden Feuern. Erst als sie gelandet waren, erkannten sie das gesamte Ausmaß der Zerstörung. Vorsichtig suchten sie die Gegend ab, bis eine Gruppe verschiedener Kreaturen auf sie zukam. Sie waren sehr unterschiedlich in ihrer Art und bestanden aus kleinen, spinnenartigen Wesen, schlanken schön gewachsenen Gestalten und untersetzten Kreaturen mit dichtem Fell.

Eine seltsame Kombination, dachte Mark und auch Cordawalk musterte sie abwägend. Ein kleiner Wichtel trat aus der Gruppe hervor und blieb vor Cordawalk und Mark stehen.

»Werrrrr seid ihrrrrr?«, raunte die kleine, dunkle Gestalt. Der Wichtel war etwa einen Meter groß und hatte zur Seite abstehende Ohren. Sein Gesicht war alt und von tiefen Falten zerfurcht. Im Allgemeinen waren Wichtel nicht gerade schöne Wesen, dieses Exemplar jedoch war besonders hässlich. Eine knorrige, dicke Nase thronte unübersehbar über den ledernen, dicken Lippen. Seine rötlich leuchtenden Augen blickten Mark abschätzig und grimmig an. Mark hatte schon die eine oder andere

Geschichte über Wichtel erzählt bekommen. Sie waren flink wie Wiesel, klug und hatten magische Talente, die den meisten Völkern abgingen. Es gab verschiedene Arten von Wichteln, von denen nicht alle freundlich gesinnt waren. Kobolde, Klabautermänner, Waldwichtel, Pixies und Erdwichtel. Alle waren sie der Natur sehr verbunden und so war es nicht weiter verwunderlich, dass ihre Zauber sich beinahe alle auf Naturzauber beschränkten. Mark nahm an, das es sich um einen Erdwichtel handelte, sicher war er sich jedoch nicht. Erdwichtel jedenfalls waren gefürchtet und wurden meist gemieden.

»Mein Name ist Mark und mein Begleiter nennt sich Cordawalk. Unsere Freunde sind in Gefahr und wir suchen nach ihnen. Vielleicht habt ihr sie gesehen?« Mark beschrieb Synthia und Torfmuff, so genau er konnte. Die Gestalten schauten sich gegenseitig an und Mark spürte, wie die Spannung nachließ.

»Man nennt mich Bimbel, Bimbel, der Grrroße. Das kommt daher, dass ich sehr grrroß bin«, dabei schielte er verunsichert zu Cordawalk. »Nun, zumindest bei unserrrem Volk. Wir sind Errrdwichtel und eigentlich geht uns das alles hierrr nichts an«, sagte er abfällig und verzog dabei seine haarigen Lippen. »Doch einige unseres Volkes sind voll derrr Trrrauer um das, was hierrr geschehen ist. Ihre Arrrtverwandten wurrrden von Spaltanos überfallen und einige entführrrt.«

Hinter Bimbel stand eine in einen Umhang gehüllte Gestalt, die nun ebenfalls nach vorne trat und sich neben ihn stellte. Dabei schob sie langsam die Kapuze zurück und entblößte ein wunderschönes, makelloses Gesicht. Ebenmäßig und erhaben, gepaart mit einer Spur grausamer Kälte und einer Brise Trauer. Sie war etwa einen Kopf größer als Mark und es war schwer, den Blick von ihr zu lösen.

»Mein Name ist Ghorith, ich bin vom Volk der Kikali. Die Kleinen ....« Dabei zeigte er mit einer Hand auf eines der angekohlten Spinnentierchen am Boden und sein Blick verdüsterte sich. »Wir sind vom gleichen Volk. Aber das ist eine lange Geschichte, die ein anderes Mal erzählt werden kann. Unsere Späher haben erst von dem Überfall erfahren, als dieser schon vorüber war. Wir konnten nicht rechtzeitig einschreiten, haben aber inzwischen erfahren, dass sich die Angreifer in Richtung Meer bewegen. Unter den Entführten befinden sich auch die von euch Beschriebenen. Wir werden nicht zulassen, dass man unser Volk schadlos überfällt, also werden wir nun losziehen, um die Gefangenen zu befreien. Wenn ihr möchtet, dann könnt ihr uns folgen, haltet euch aber zurück. Angsthasen brauchen wir nicht.«

»Wir sind keine Angsthasen und wir bestehen darauf, mit euch zu kämpfen«, wehrte sich Mark und blickte ebenso grimmig zurück.

»Ah, du hast etwas von uns Wichteln. Das ist gut«, sagte Bimbel mit erhobenem Kopf.

»*Ha, ha, bestimmt meint er dein Aussehen*«, ergänzte Cordawalk verschmitzt.

»Ja, mach du nur Witze. Also, wir kommen mit und helfen euch.«

»Gut, die Spaltanos flüchten in Rrrichtung Meerr, wo einige Boote auf sie warrrten. Wirrr haben gesehen, wie du auf derrr Flederrrmaus gerrrritten bist. Wirrr bitten dich, einen unserrrerrr Prrriester auf derrr Fledermaus in Rrrichtung Meerrr rrreiten zu lassen. Der Priester muss vorrr den Spaltanos dorrrt ankommen, damit errr das Meer so aufwühlen kann, dass eine Flucht vorrrerrrst unmöglich ist. Und dirrr bieten wir an, dich uns anzuschließen, um gemeinsam die Spaltanos zu jagen.«

»Meint er das ernst?«, fragte Cordawalk an Mark

gewandt. Alleine der Gedanke mit einem Wichtel auf dem Rücken, der nur böse Zauber kannte, nach Süden zu fliegen, ließ ihn frösteln.

»Ja, er meint es ernst. Und ich glaube, es ist eine gute Idee, auch wenn lieber ich auf deinem Rücken weiterfliegen würde. Synthia und Torfmuff brauchen Hilfe. Und zwar schnell.«

»Also gut«, antwortete Cordawalk widerwillig und beugte sich nach unten. Mark stieg ab und der Wichtelpriester stieg mit größter Mühe und der Hilfe seiner Kameraden auf. Als sich Cordawalk in die Lüfte schwang und davonflog, hörten sie noch einen verzweifelnden Schrei des Wichtels, der jedoch bald nicht mehr zu hören war. Cordawalk würde ihn sicherlich schnell zur Küste bringen, einen angenehmen Flug jedoch würde er ihm nicht gönnen.

Bereits nach zwei Stunden hatte Cordawalk die Gruppe der Spaltanos erreicht. Er glaubte nicht, dass sie ihn bemerkt hatten, da er sich in sehr großer Höhe befand. Doch letztendlich spielte dies auch keine Rolle. In sicherem Abstand von den Booten landete Cordawalk am Strand und der Wichtel begann unvermittelt mit seinem Werk. Wild in Richtung Meer gestikulierend und unverständliche Worte ausrufend, sprang er auf und nieder. Lief zum Meer hin und kam wieder zurück. Holte Gegenstände aus seinen Taschen, die er ebenfalls wild hin- und herwedelte oder brachte Pulver, Kräuter und andere Dinge zum Vorschein, die er ins Meer warf. Der Zauber schien von Minute zu Minute stärker zu werden. Cordawalk hatte einige Geschichten über Wichtel gehört. Man sagte ihnen nach, dass sie eine sehr dunkle und gefährliche Gesinnung hatten und über magische Begabungen verfügten, die niemand wirklich erleben wollte. Dass sie aber das

Meer aufwühlen konnten, erstaunte Cordawalk dennoch. Elemente dieser Art zu beeinflussen, kostete sicherlich viel Energie. Der anfangs noch ruhige und verträumt wirkende Wellenschlag am Strand nahm mehr und mehr zu. Immer höher bäumten sich die Wellen auf und ein eisiger Wind streifte plötzlich vom Meer kommend ins Landesinnere. Der Wichtelpriester wusste scheinbar genau, was er tat, denn das Meer reagierte auf seine Beschwörungen. Mit sich zufrieden hielt der Wichtel nach getaner Arbeit inne und setzte sich neben die Fledermaus.

»Ha, denen wirrrd das Schipperrrn verrrgehen«, lachte er böse. »Jetzt warrrten wirrr.«

VI

Synthia schaukelte hilflos auf dem Rücken des Spaltanos, eingelullt von Schweißgeruch und sonstigem Gestank. Pausen schienen die Spaltanos nicht zu kennen. Angetrieben von Furcht rannten sie stundenlang, bis sie gegen Mittag einen kleinen Hügel überquerten und das Rauschen des Meeres hören konnten. Es dauerte nicht mehr lange und sie hatten ihr Ziel erreicht, denn wie auf Kommando blieb die Gruppe stehen

»Stell die kleine faule Göre wieder auf ihre Beinchen«, brüllte es von irgendwoher, woraufhin ihr Träger sie unsanft auf den Boden fallen ließ. Vor ihnen lag das raue Meer und kühle Luft wehte um ihre Nasen. Der salzige Geruch war erfrischend und vertrieb den unangenehmen Schweißgeruch der Spaltanos. Torfmuff wurde neben sie geschubst und brach völlig erschöpft zusammen. Alles war so schnell gegangen, sie hatten keine Zeit zum Nachdenken gehabt.

»Ist alles okay?«, fragte ihn Synthia.

»Mpfff, nein. Hatte keine Träger.«

Sei froh, dachte Synthia nur und beobachtete das chaotische Treiben ihrer Entführer. Nicht weit von ihnen entfernt lagen drei Boote am Strand, die von zwei Spaltanos bewacht wurden.

Der Anführer lief aufgebracht auf die Wachen zu und schrie sie an: »Warum habt ihr Faulpelze die Boote nicht bereitgemacht?« Synthia konnte die Unterhaltung nicht genau verfolgen, da viele Worte von den tosenden Wellen verschlungen wurden. Das Einzige, das sie heraushören konnte, war, dass sie ein herannahendes Unwetter befürchteten. Ohne Vorwarnung zog der Anführer seinen Säbel und schlitzte einem der Wächter den Bauch auf.

Noch während das überraschte Opfers hinfiel, setzte der Anführer nach und durchschnitt in Rage dessen Kehle. Der Sand färbte sich rot, und nur mit großer Mühe konnte sich der Anführer beruhigen.

»Wir müssen hierbleiben, bis der Sturm abklingt. Aber haltet euch bereit!« Synthia verstand die Aufregung der Spaltanos nicht, die sich scheinbar äußerst unwohl in ihrer Haut fühlten. Irgendetwas schien vorgefallen zu sein, was sie sehr beunruhigte und sich ihren Plänen entgegenzustellen drohte. Jedoch traute sich keiner, ein Wort darüber zu verlieren. Hier und da konnte man manchmal zwei oder drei beieinander stehende Spaltanos sehen, die vorsichtig tuschelten, jedoch schnell verstummten, wenn der Anführer in ihre Nähe kam. Der Getötete wurde wie eine Warnung am Rumpf des Bootes liegen gelassen.

Während die Zeit dahinschlich und das Meer immer höhere Wellen aufwarf, wuchs in Synthia eine seltsame Gewissheit. Ein Quell des Vertrauens, so wie sie es bisher nicht gekannt hatte. Sie hatte das Gefühl, dass ihr nichts geschehen und dass sich alles zum Guten wenden würde. Diese Gewissheit fühlte sich wie warme, pulsierende Energie an, die sie körperlich wie geistig durchflutete.

VII

Mark und seine Begleiter kamen nur langsam voran. Gelegentlich machten sie eine Pause, vermieden jedoch Gespräche. Gegen Abend blieben sie auf Kommando eines Wichtels plötzlich stehen.

»Hinterrr diesem Hügel weilen die von uns gesuchten Mistkerrle, also verhaltet euch absolut rrruhig. Wirrr werrrden das nun erledigen. Diese Spaltanos sind sehrrr jähzorrrnig und gewalttätig«, flüsterte Bimbel.

Besorgt fragte Mark, ob sie selbst denn keine Angst hätten, was er mit einem hämischen Grinsen quittiert bekam.

»Angst vorrr den Spaltanos? Die sind schnellerrr tot, als sie Luft holen können.« Dann wandte sich der Wichtel ab und traf, wie die anderen Wichtel, Vorbereitungen für die kommenden Kampf. Lange Stäbe kamen zum Vorschein, die sie ehrerbietig behandelten und vor sich hielten. Dann krochen sie leise den Hügel empor. Oben angekommen konnten sie das Lager gefahrlos bobachten. Der Anführer gab einige Anweisungen und alle setzten sich in Bewegung. Mark blieb ruhig liegen, um zu sehen, was die Wichtel vorhatten. Und was er zu sehen bekam, war erstaunlich. Kaum waren die Wichtel nahe genug an die Spaltanos herangekommen, standen sie auf und zielten mit ihren Stäben auf die Wachen. Feuerstrahlen züngelten auf Kommando aus ihnen heraus und schossen direkt auf die Spaltanos zu, die keine Chance hatten, ihnen auszuweichen. Der Gestank verschmorten Fleisches erfüllte die Luft und die Spaltanos fielen reihenweise tot in den Sand. Das Meer klatschte wütend an den Strand und der Sturm trug den Geruch zu Mark herüber. Hier und da hörte er die aufgeregten Schreie der Spaltanos, und einige versuchten, panisch zu flüchten. Doch alle Fluchtversuche waren vergebens. Zischend und fauchend bohrten sich die Flammenspeere durch die Dunkelheit in die Körper der Spaltanos. Dort, wo sie trafen, klafften große, verbrannte Wunden. Der Anführer der Spaltanos rannte in Richtung Meer und wollte sich in die Fluten retten, aber auch er wurde von einem Feuerstrahl regelrecht durchbohrt. Wie ein nasser Sack fiel er in sich zusammen. Als alle Spaltanos erledigt waren, erhob sich Mark und rannte zum Strand. Eilig rannte er zu Synthia und Torfmuff, die noch immer gefesselt dasaßen und stellte sich hinter sie, sodass sie ihn nicht bemerkten.

»So,so, faules Gesindel, während wir euch hier unter Einsatz unseres Lebens befreien müssen, ruht ihr euch aus«, pfiff er sie streng an.

Sowohl Synthia als auch Torfmuff fuhren erschrocken, mit weit aufgerissenen Augen, herum.

»Mark«, schrie Synthia ungläubig und begann vor lauter Freude zu lachen. »Wie kommst du denn hierher?«

»Mpfff, egal, wie gekommen. Mpfff, Fessel schneiden wichtig.«

»Ja, mein lieber Torfmuff. Kaum lässt man euch mal kurz aus den Augen, schon lasst ihr euch gefangen nehmen, tststs«, tadelte sie Mark liebevoll.

»Mpfff«, antwortete Torfmuff lediglich mit ernster Miene.

»Ich verstehe.« Dann zog Mark eine kleine Klinge aus dem Gürtel und zerschnitt nacheinander die Lederfesseln. Synthia und Torfmuff stöhnten kurz auf und rieben sich die schmerzenden Handgelenke. Das Leder hatte sich tatsächlich bereits in das Fleisch gegraben, selbst ohne Regen und Nässe.

»Mpfff, spät, aber da.« Torfmuff umfing Mark mit seinen kurzen Armen und drückte ihn fest an sich. Inzwischen waren auch die anderen der Gruppe angekommen, um die gefangen genommenen Kikalis zu befreien. Synthia, Mark und Torfmuff jedoch standen glücklich, sich wieder gefunden zu haben, abseits.

»Ich habe übrigens noch einen Freund dabei«, flüsterte Mark geheimnisvoll. »Ohne ihn hätte ich euch nicht so schnell erreichen können.« Torfmuff und Synthia blickten sich fragend an.

»So? Wen denn?«, fragte Synthia schließlich, als sie die Spannung nicht mehr aushielt.

»Kommt mit!«, antwortete Mark trocken und schritt voran. Als sie einen weiteren Sandhügel überquerten, sahen sie weiter unten eine große schwarze Gestalt sitzen und sich umsehen.

»Cordawalk?« Überrascht blickte Synthia über das ganze Gesicht strahlend zu ihm herab. »Cordawalk«, schrie sie ihm dann entgegen und winkte. »Ich bin total baff. Was machst du denn hier?«

»*Hmmm, Urlaub am Strand, kleines Mädchen.*«

»Ah, ich sehe, dass du eine vorlaute Fledermaus bist«, tadelte ihn Synthia kichernd. Und so standen sie alle vier beieinander und berichteten, was sie erlebt hatten. Auch Mark erzählte, was sich auf dem Berg zugetragen hatte. Von der Quecksilbergestalt, dem Zauberspruch und auch von Adramall, den er dort kennengelernt hatte.

»Dann ist Paps jetzt geheilt?«, wollte Synthia wissen.

»Ich denke, ja. Der Zauber jedenfalls hat geklappt«, bestätigte Mark.

Synthia hatte noch viele Fragen, wurde allerdings von Bimbel unterbrochen, der alle zusammenrief.

»Da wirrr unserrre Aufgabe errrfüllt haben, werrrden wirrr euch nun verrrlassen. Bimbel, derrr Grrroße, hat sein Wort gehalten, und wie es aussieht, wirrrd unserrr Volk in naherrr Zukunft vielleicht grrrößerrr werrrden«, dabei huschte sein Blick zu den kleinen spinnenartigen Kikalis. Nach einer herzlichen Verabschiedung brachen sie noch in der Nacht im Schlepptau der Erdwichtel auf, um bald wieder mit ihren Freunden vereint sein zu können. Synthia, Torfmuff, Mark und Cordawalk jedoch standen noch einige Zeit zusammen und schauten dem Tross nach.

Kapitel V
Die Seereise

I

»Endlich…«, stieß der Dunkle Fürst aus, als er davon erfuhr, dass die Spaltanos Synthia und Torfmuff gefangen genommen hatten. Wo aber war nur dieser Junge? Es war nicht gut, dass sie ihn nicht erwischt hatten. Sicher würde er nicht so einfach aufgeben und versuchen, das Mädchen zu befreien. Seit dem Morgen war zudem die Verbindung zu dem kleinen Trupp Idioten abgerissen, der die Gefangenen zu ihm bringen sollte. Warum? Fragen, auf die er keine Antworten fand.

»Endlich habe ich sie … und doch quält mich ein ungutes Gefühl«, beendete er den angefangenen Satz. Ja, sein Bauch sagte ihm, dass er nicht das erreicht hatte, was er eigentlich wollte. Irgendein Räderwerk machte seine Pläne zunichte, obwohl sie so gut gesponnen schienen.

Unruhig schritt er auf und ab. Immer die gleiche Strecke. Wut und Unrast ließen ihn hin- und herstampfen und beinahe wahnsinnig werden. Seiner Macht zum Trotze stand er hier wie ein dummer, machtloser Flegel, der nicht wusste, was er noch tun sollte. Die Spaltanos dienten ihm schon lange, aber so sehr versagt hatten sie noch nie. Und da gab es noch etwas, das er nicht verstand. Eine alte Energiequelle, die er schon lange nicht mehr gespürt hatte, befand sich in seinem Land. Eine gegen ihn selbst gerichtete Kraft, die nur einen Ursprung haben konnte: Steve. Der Dunkle Fürst wusste, dass Steve nicht hier in seinem Reich sein konnte. Zudem hatte er einen verlässlichen Killer nach ihm ausgeschickt. Was also hatte dies zu bedeuten? Er wusste es nicht. Seit Tagen zerbrach er sich den Kopf, sendete seine Energie aus, um das fremde Wesen zu ertasten, doch all seine Bemühungen schlugen fehl. Es schien beinahe, als ob sich alles gegen ihn verschworen hatte. Erst an diesem Morgen hatte ihn ein starker Schwall aus Energie getroffen, der ihn mehrere Stunden förmlich paralysiert hatte. Die Energie kam aus dem Norden und war gewaltig. Doch war sie hervorragend verwischt worden, sodass er den Ursprung nicht erkennen konnte. Seitdem hatte er die Verbindung zu Steve völlig verloren.

»NEIN!«, schrie er vor Wut förmlich schäumend aus. »Nein, das kann nicht sein!«

Erschöpft blieb er vor dem Kamin stehen und stützte sich mit beiden Händen auf die schwere Marmorplatte, die aus der Wand ragte. Tief zog er kühle Luft in seine Lungen, um sich zu beruhigen. Er musste unbedingt einen klaren Kopf behalten. Er musste siegen. Koste es, was es wolle.

»ICH MUSS!«, brüllte er in den Raum. Nur langsam kam wieder Ruhe in seine Gedanken. Eines war sicher, sein Vorhaben stand auf Messers Schneide. Steve kam wieder zu Kräften und das war gefährlich. Warum nur hatte Steve sich nicht ihm angeschlossen? Alles, was Steve wusste und gelernt hatte, hatte er von ihm gelernt. <

»Schicksalsrad, warum bist du gegen mich?«, beklagte sich der Dunkle Fürst über sein schweres Los. Doch er wusste, dass sich das Schicksal nicht wirklich gegen ihn wandte. Es musste einen anderen Grund geben. Nicht er selbst war die Ursache, denn Gut und Böse waren nicht real, sondern abhängig vom Betrachter. Es musste um etwas anderes gehen.

»Was ist hier los?«, fragte er in die Stille der Nacht. Die Sterne standen hell leuchtend über der Glaskuppel seines Gemachs. Rätselnd blickte er empor und verlor sich in der unendlichen Zahl flackernder und blitzender Himmelskörper, die stumm auf ihn herabschauten. »Um was geht es hier nur?«

II

»Cordawalk, du bist eine treue Seele. Schön, dass du uns nun doch noch zur Seite stehst, das ist wirklich toll.« Synthia konnte es kaum fassen.

Cordawalk blickte in die Runde und schüttelte langsam den spitz zulaufenden Kopf.

»Mir ist noch immer nicht recht klar, warum ich nun bei euch bin. Ich halte mich normalerweise aus solchen Sachen heraus und jetzt sitze ich hier, um einer Gruppe zu helfen, die sich mit dem Dunklen Fürsten anlegen möchte. Wenn meine Familie davon erfährt, dann wird sie mich für verrückt halten. Wahrscheinlich werden sie mich aus ihrer Mitte ausschließen und als Außenseiter und Verräter abstempeln. Entweder ist inzwischen mein Geist verwirrt oder das Schicksal spielt mir einen bösen Streich. Egal wie, sicher ist nur, dass irgendwo, irgendwelche Götter sitzen und sich über mich krummlachen.«

Es war in der Tat eigenartig, dass gerade die Fledermaus herbeigeeilt war und Mark zu ihnen gebracht hatte. Mark stand plötzlich auf und zeigte auf das offene Meer hinaus: »Da draußen, irgendwo, wartet eine Insel auf uns und auf dieser Insel ist der, den wir bekämpfen sollen.«

»Mpffff, irgendwo. Leicht finden.« Torfmuff musste kurz lachen, wurde aber schnell wieder ernst, als er Marks strengen Blick sah.

»Cordawalk, es wäre sicherlich eine große Hilfe, wenn du unsere Seereise von oben leiten und überwachen könntest. Wir kennen uns auf dem Meer nicht aus. Gerne kannst du Torfmuff mitnehmen und oben abwerfen«, scherzte Mark und blickte zu Torfmuff. »Ich glaube er könnte eine Abkühlung gut gebrauchen.«

Torfmuff machte große Augen und schüttelte dann

mit abwehrenden Händen den Kopf. »Mpfff, mache alles. Aber nicht fliegen!«, wehrte er sich energisch.

»*Ihr seid Kindsköpfe. Sobald wir aufbrechen, schwinge ich mich in die Höhe und leite euch, aber das Pelztierchen nehmt ihr selbst mit*«, antwortete Cordawalk trocken und zog sich zurück. Wahrscheinlich wollte sich die Fledermaus vor dem langen Flug ausruhen.

»Jetzt muss nur noch mein Bein verheilen und dann ist alles wieder gut.« Synthia setzte sich in den Sand und dachte an ihren Vater, der nun endlich wieder ganz genesen konnte. Mark gesellte sich zu ihr und untersuchte fachmännisch ihr Bein. Danach legte er seine Hand auf die Schwellung und murmelte einige unverständliche Worte. Die Schmerzen von ihrem Sturz hatten schon seit der Behandlung bei den Kikalis merklich nachgelassen. Trotzdem pochte es noch immer in ihrem Fußgelenk. Nachdem Mark seine Behandlung beendet hatte, lehnte er sich zufrieden zurück.

»So, das wär's. Viel mehr kann ich leider nicht machen.«

Synthia blickte erst Mark, dann ihr Bein an. »Was hast du eben gemacht? Gezaubert? Nicht dass es mir jetzt abfault«, protestierte sie.

»Abfault? Ist das der Dank eines Patienten?«, fragte Mark entrüstet.

»Und was hast du eben gemacht?« Synthia bestand auf einer Erklärung. Sie hatte noch einige von Marks Experimente in Erinnerung, die längst nicht immer wie geplant verlaufen waren.

»Na ja, ich habe einen Heilzauber …ähm …ausprobiert«, rechtfertigte er sich hüstelnd.

»Ausprobiert? Hast du ihn jemals vorher angewendet?«

»Nun, nein, Sonst hätte ich sicherlich nicht *ausprobiert* gesagt, oder? Aber was soll schon passieren. Okay, vielleicht leichte Lähmungserscheinungen oder so. Wenn das

Bein zu stinken beginnt und schwarz wird, dann lass es mich bitte rechtzeitig wissen. Das würde dann tatsächlich darauf hinweisen, dass es fault.« Mark musste laut lachen, als er Synthias bestürzte Miene sah.

»Danke Mark! VIELEN herzlichen Dank! Ich werde es dich dann wissen lassen.« Sie wandte sich ab und verschränkte die Arme vor der Brust. Dabei schaute sie starr aufs Meer.

»War doch nur Spaß«, verteidigte sich Mark und klopfte Synthia sachte auf den Rücken. »Lasst uns die Spaltanos durchsuchen. Vielleicht finden wir etwas Brauchbares. Danach sollten wir uns mit einem der Boote auf den Weg machen. Vielleicht finden wir einen Kompass oder etwas in dieser Richtung. Die Lichtwesen haben Dir zwar gezeigt, wo sich die Insel befindet, auf dem Meer jedoch ist es nicht einfach sie zu finden.«

Überall am Strand lagen tote Spaltanos. Ihre verdrehten und noch immer dampfenden Körper zeugten von der Gewalt der Feuerlanzen, die sie durchbohrt hatten. Angeekelt von dem Gestank und dem Anblick suchten die drei Freunde dennoch nach Indizien, die auf den Dunklen Fürsten hinwiesen. Neben einem Kompass, den sie für ihre Fahrt brauchten, fanden sie jedoch nur Waffen, ein wenig Gold und unwichtige Utensilien. Einer der Spaltanos trug einen aus Fischgräten gefertigten Kamm bei sich, für den er jedoch nicht allzu große Verwendung gehabt haben dürfte, da sein Kopf glatt wie eine Bowlingkugel war.

»Wozu braucht ein kahlköpfiger Spaltano einen Kamm?«, wunderte sich Synthia. Eines war sicher, das Wesen der Spaltanos würde sie nicht so schnell verstehen lernen. Während Synthia und Torfmuff die Spaltanos durchsuchten, inspizierte Mark die Boote. Sie waren in einem tadellosen Zustand, was ihn sehr erleichterte. Nach einer kurzen Rast brachen sie auf. Cordawalk flatterte einige Male mit den Flügeln, als ob er sich langsam für den Flug warm machen müsste.

»Ich werde dann mal losfliegen und Ausschau halten. Sollte ich irgendetwas Verdächtiges entdecken, dann melde ich mich bei euch.«

Mark zeigte auf eines der Boote. »Das hier nehmen wir. Es liegt am nächsten zum Wasser und scheint in einem sehr guten Zustand zu sein.« Gemeinsam schoben sie es mit dem Rumpf voran durch den Sand zum Wasser. Als es ganz im Wasser lag, schwangen sie sich hinein und begannen zu rudern. Der Wellengang war nur schwach und so erreichten sie mühelos das offene Meer. Das Wetter zeigte sich zunehmend von seiner tristen Seite. Dichtes, dunkles Grau bedeckte den Himmel, und ein leichter Nieselregen ließ sie frösteln. Als die Dunkelheit hereinbrach, vergruben sie sich in mitgebrachte Decken unterhalb der Bootswand.

»Armer Cordawalk«, murmelte Synthia leise.

»Mpfff, armer Torfmuff. Meer nicht gut.«

»Ja,ja, armer, armer Tormuff.« Mark musste kichern, als er mitleidig seine Schultern tätschelte. »Mir ist in den vergangenen Tagen so einiges durch den Kopf gegangen.«

»Mpffff, mir auch! Wo Essen?«

Mark schaute ihn verwundert an und schüttelte den Kopf.

»Weißt du, Synthia , ich musste mich für den Zauber auf deinen Vater konzentrieren, aber ich weiß so gut wie nichts von ihm. Einmal nur habe ich ihn in einem Traum gesehen. Trotzdem spürte ich eine Vertrautheit, die ich mir nicht erklären kann. Wie ist dein Vater so? Ist er streng oder eher nachgiebig? Und was mich auch interessieren würde – was weißt du eigentlich über deine Mutter?«

Synthia überlegte und wollte gleich zu einer spontanen Antwort ansetzen, merkte dann aber, dass es gar nicht so einfach war.

»Von meiner Mutter weiß ich so gut wie gar nichts«, antwortete Synthia zögerlich. »Als ich zur Welt kam, starb sie kurz darauf. Zumindest hat mir das mein Vater so erzählt. Aber jetzt, da ich so viel Neues über ihn erfahren habe, weiß ich natürlich nicht, ob das die Wahrheit ist.«

Ihr Vater hatte ihr in so vieler Hinsicht etwas vorgespielt. »Was Paps angeht, nun ... er ist eben Paps. Er ist nicht streng im eigentlichen Sinne. Er lässt mir wirklich sehr viele Freiheiten. Aber er hat auch seine Prinzipien und Marotten. Wenn man sich nicht danach richtet, dann kann er ziemlich sauer werden. Er ist der beste Paps der Welt, Mark. Er fehlt mir sehr. Er war viel geschäftlich unterwegs und so hatten wir auch selten viel Zeit miteinander. Jetzt weiß ich auch, was ER unter geschäftlich verstand.«

Mark schaute sie weiter fragend an.

»Aha«, kommentierte er kurz, nachdem Synthia nichts mehr sagte. »Das ist nicht viel, was du über deinen Vater erzählen kannst.«

»Na ja, es ist seltsam. Ich weiß nicht, was ich dir noch erzählen könnte. Ich weiß im Grunde genommen sehr wenig von ihm. Er ist sehr intelligent, er liest viel, treibt Sport, er ist aufmerksam auf der einen Seite und doch mit seinen Gedanken immer woanders. Was soll ich sagen? Er ist eben mein Vater. Weißt du, ich war in meiner Schule in einer Theater AG und immer, wenn wir Vorführungen hatten, waren die Eltern eingeladen. Von den meisten waren die Eltern auch da, nur Paps nicht. Immer hatte er etwas anderes zu tun. Manchmal kam er kurz dazu, konnte dann aber nie lange bleiben. Er hat es immer auf die Arbeit geschoben. Jetzt aber bin ich mir nicht mehr sicher, ob das stimmt. Wenn ich ihm Fragen gestellt habe, dann nahm er sich Zeit, aber davon abgesehen lebte er immer sein eigenes Leben. Hmm, in dieser anderen Welt ist mir dann irgendwann klar geworden, dass er nie ganz da sein konnte. Er lebte in beiden Realitäten und hatte nie die volle Aufmerksamkeit für nur die eine Welt.«

Synthia und Mark lagen noch lange wach und hingen ihren Gedanken nach, bis auch sie im schaukelnden Boot einschliefen.

Es war eine unruhige Nacht, in der Torfmuff Wache hielt. Obwohl die Wellen nicht hoch waren, schlugen sie dennoch unentwegt an die hölzerne Bordwand. Als sie am nächsten Morgen aufwachten, fühlten sie sich, als hätte man sie auf einer Streckbank gefoltert. Die Küste war nicht mehr zu sehen, also mussten sie schon recht weit ins Meer hinausgetrieben worden sein.

»Guten Morgen.« Mark gähnte und setze sich auf. »Habt ihr beiden gut geschlafen?« Während Synthia sich nochmals zur Seite drehte, stemmte sich Torfmuff mit grimmiger Miene hoch.

»Mpfff«, grunzte Torfmuff nur mürrisch, was darauf schließen ließ, dass auch er eine unruhige Nacht gehabt hatte.

»*Ich bin ein Stückchen vorausgeflogen. Gut, dass ihr wach seid. Ich habe keine gute Nachricht. Ihr müsst euch etwas überlegen. Ein Piratenschiff fährt in eure Richtung und was die Sache nicht gerade vereinfacht, ist, dass sich unter ihnen Spaltanos befinden*«. Cordawalk musse die ganze Nach über wach gewesen sein. Er hatte recht; es war in der Tat keine gute Nachricht. Wie vom Blitz getroffen schauten sie sich an.

»Mpfff, Zufall?« Doch an Zufälle wollte keiner mehr glauben. »Mpfff, kein Zufall. Haben gewartet. Richtig?«

»*Das denke ich auch*«, antwortete Cordawalk. »*Sie wissen, dass ihr kommt. Die Mannschaft besteht hauptsächlich aus Ostländern. Sie sind sehr misstrauisch, was man sich bei ihrem Lebenswandel wohl gut vorstellen kann. Und die*

Tatsache, dass Spaltanos unter ihnen sind, kann nachdenklich machen. Ich gehe davon aus, dass der Dunkle Fürst viele Wege kennt, seine Ziele zu erreichen.«

»Können wir ihnen irgendwie ausweichen?«, fragte Mark.

»Es ist nicht gerade leicht, sich auf dem Meer zu verstecken und bei eurer Geschwindigkeit wird euch keine Flucht gelingen.« Cordawalk hatte auf den Punkt gebracht, was alle befürchteten.

»Also bleibt uns nichts anderes übrig als abzuwarten, was passiert. Es hat keinen Sinn, sich gegen das Unausweichliche zu wehren. Bleib in der Nähe Cordawalk, aber fliege ein Stück außer Sichtweite. So haben wir wenigstens einen kleinen Trumpf im Ärmel.« Synthia seufzte nochmals laut und machte es sich im Boot bequem.

»Einen kleinen Trumpf nennt man mich jetzt schon. Nun denn, ich werde jedenfalls in der Nähe bleiben. Passt auf euch auf, ich habe mich schon ein wenig an euch gewöhnt und möchte noch nicht so schnell auf eure Kameradschaft verzichten.«

»Oh Mist«, fluchte Synthia plötzlich, als ihr siedend heiß einfiel, dass sie noch die Kolchos bei sich trug. Cordawalk war bereits zu weit entfernt, um sie ihm geben zu können und sie auf dem kleinen Boot zu verstecken, würde kaum etwas helfen. »Was machen wir mit den Kolchos?«

»Ich habe eine Idee«, rief Mark und nahm sie an sich. Dann legte er sie auf den Schiffsrumpf, hob seine Hand darüber und schloss die Augen. »Ding, das du da sichtbar bist, verschwinde aus dem Augenlicht.«

Vorsichtig legte Mark seine rechte Hand darüber. Doch leider setzte nicht das erwartete Resultat ein. Die Kolchos lagen nach wie vor sichtbar vor ihnen.

»Mist, also noch mal.« Wieder schloss Mark die Augen und legte seine rechte Hand auf die Gegenstände.

»Ding, das du da sichtbar bist, verschwinde aus dem Augenlicht.«

Auch diesmal lagen die Gegenstände unverändert vor ihnen und Mark seufzte enttäuscht.

»Mpfff, große Magie.«

»Es sieht so aus, als wenn ich doch noch ein wenig üben müsste«, antwortete Mark kleinlaut.

»Mpfff, verstehe«, resümierte Torfmuff, nahm die Kolchos, wickelte sie in einen alten Lappen und legte das Bündel im Boot hinter eine Planke. Mehr konnten sie im Moment nicht tun.

Es dauerte nicht lange, da konnten sie auch schon in der Ferne das Piratenschiff ausmachen. Es hatte zwar keine Flagge mit einem Totenkopf, so wie es Synthia aus den Geschichten in ihrer Welt kannte, aber am Bug des Schiffes befand sich ein riesiger Galgen, an dem jemand stranguliert von einer Seite zur anderen baumelte.

»Oje, ich fürchte, dass sie wegen uns hier kreuzen und uns suchen. Seht ihr auch den Galgen? Ich hoffe, dass das gut ausgeht.« Auf Synthias Gesicht standen tiefe Sorgenfalten.

»Mpfff, gut ausgeht?« Torfmuff blickte in Richtung des immer größer werdenden Schiffes. »Mpfff, Galgen nicht gut.«

Synthia stellte sich vor, dass das Schiff von einem grimmigen, brutalen Kapitän mit Holzbein, Augenklappe und Haken als Armersatz befehligt wurde. Säbelschwingend würde er sie in eine dunkle Luke im Boden des Schiffes werfen lassen und sie den dort herumlaufenden Ratten überlassen. Dieser Gedanke jagte ihr einen Schauer über den Rücken. Als das Schiff nur noch rund hundert Meter entfernt war, drehte es seitlich leicht ab und die Segel wurden eingeholt. Ein groß gewachsener Mann, der eine grünlich schimmernde Mütze als Kopfbedeckung trug, winkte ihnen zu.

»Rudert heran«, donnerte seine kräftige Stimme zu ihnen herüber, »oder wir versenken eure kleine Nussschale.« Ein kollektives Lachen schallte gehässig zu ihnen herüber. Es blieb ihnen nichts anderes übrig, als der Aufforderung zu folgen, und so drehten sie widerwillig bei. Beim Schiff angekommen, wurde eine grobe, ausgefranste Strickleiter zu ihnen heruntergeworfen, die sie nacheinander hinaufkletterten. Oben angekommen wurden sie unsanft zur Seite gestoßen. Zwei Piraten durchsuchten sie und stießen sie zu Boden.

»Bleibt da sitzen«, befahl ihnen der Kapitän. »Und du kletterst runter und durchsuchst das Boot«, befahl er einem seiner Leute. Es dauerte nicht lange, bis der Pirat wieder zurückkam. Alles, was er gefunden hatte, warf er auf den Boden und der Kapitän wühlte mit seinem Fuß darin. Auch die in Lumpen eingepackten Gegenstände lagen auf den Planken vor ihnen. Synthia dachte schon, sie wären nicht bemerkt worden, als sich der Kapitän plötzlich danach bückte und den Lappen in die Hand nahm und hineinsah.

»Nichts als modriger Dreck«, brüllte er plötzlich und warf das offene Bündel einem seiner Piraten zu. »Bringt alles unter Deck und werft es in ein leeres Fass. Mit dem Schund kann man eh nichts anfangen.« Dann schaute er sich nochmals um und kappte die Leine, an der ihr Boot hing. Schnell schaukelte ihr kleines Boot davon und mit ihm ihre Chance, auf die Insel des Dunklen Fürsten zu gelangen. Der Kapitän flüsterte dem Piraten, dem er das Bündel zugeworfen hatte, etwas ins Ohr und ging davon. Ohne sich nochmals nach ihnen umzusehen, gab er nun in ruhigerem Ton Befehle. Im Gegensatz zu Synthias Vorstellungen, war er ein hochgewachsener, braun gebrannter und kräftiger Mann ohne jeden Makel. Er hatte noch beide Augen, beide Arme und beide Beine. Wenigstens glich die Seemannskleidung der aus den Filmen. Bunte Hosen, lederne Gürtel und meist ärmellose Hemden. Synthia nahm gerade ihre beiden Bewacher in Augenschein, als sich plötzlich die Gruppe der Seeleute teilte und sich zwei grimmig dreinschauende Spaltanos zu ihnen drängten.

»Legt diese elenden Gestalten endlich in Ketten. Ihr wisst, dass der Dunkle Fürst sie haben möchte.« Ihre hasserfüllten Mienen sprachen Bände. Sie würden sie lieber tot sehen, waren aber gebunden an ihren Befehl. Wahrscheinlich hatten sie bereits von dem Schicksal der Spaltanos an Land erfahren, was ihre Laune nicht gerade hob.

»Habt ihr sie durchsucht? Haben sie etwas bei sich, das wir brauchen können?«, fuhr der Spaltano die Matrosen an. Einige Seeleute schauten sich an, andere blickten zu Boden und wieder andere schüttelten den Kopf.

»Was ist los? Habt ihr nichts gefunden? Das glaube ich euch nicht, ihr diebische Hohlköpfe. Was habt ihr gefunden?«

Obwohl die Matrosen über zwei Kopf größer waren, packte einer der Spaltanos einen von ihnen am Kragen und drückte ihn mühelos gegen den Hauptmast. »Na? Soll ich dir helfen, dich zu erinnern?« Dann zog er ein Messer aus dem Gürtel und drückte es an die Kehle des Matrosen.

»Halt!«, schrie jemand. Von einem seiner Leute informiert, kam der Kapitän aus seiner Kajüte auf sie zu gestürmt. »Lass ihn sofort los. Wenn du etwas wissen willst, dann frag mich.« Nur widerwillig ließ der Spaltano von dem Matrosen ab, der erleichtert durchatmete und sich davonmachte.

»Wir suchen verschiedene Gegenstände, von denen wir wissen, dass sie sie dabeihaben. Sie gehören dem Dunklen Fürsten. Es ist ein kleiner wertloser Dolch, eine Kette mit einem Herzmedaillon und ein Steinchen. Ach ja, auch müssten sie ein großes Buch bei sich tragen.« Der Spaltano baute sich vor dem Kapitän auf, als wäre er drei Meter groß. Ein wildes Muskelspiel wütete im Gesicht des Kapitäns und seine Augen funkelten wütend.

»Wir haben nur Plunder gefunden. Alles, was sie dabeihatten, habe ich in ein Fass unter Deck werfen lassen. Geht und schaut, ob die von euch gesuchten Sachen darunter sind, aber lasst meine Männer in Ruhe.«

Der Spaltano wusste nicht genau, wie er nun reagieren sollte, entschied sich dann aber doch nachzugeben. »Wir werden nachsehen, ob sich das Gesuchte darunter befindet. Unser Meister wird es euch danken«, giftete er schließlich und wandte sich zu Mark. »Und nun zu dir.« Ohne Vorwarnung schlug er mit geballter Faust in Marks Bauch, der unter der Wucht zusammenbrach. Der zweite Spaltano kam von hinten, griff ihm ins Haar und riss seinen Kopf nach hinten. Blitzschnell hatte er ein scharfes Messer in der Hand und setzte es an Marks Kehle.

»Ich schneide deinen Kopf ab und werfe ihn den Haien zum Fraß vor«, drohte er bösartig. Mark spürte, wie die Klinge bereits langsam in seine Haut schnitt und ein dünnes Rinnsal aus Blut an seinem Hals hinunterlief.

»Noch nicht«, befahl ihm der erste Spaltano. »Er soll lebend vorgeführt werden.«

»Er braucht doch nicht alle drei. Einer kann doch aus Versehen gestorben sein«, bettelte der Spaltano förmlich danach, Marks Leben ein Ende bereiten zu dürfen.

»Idiot«, schrie der Spaltano den anderen an: »Aus Versehen, ha. Denkst du der Dunkle Fürst lässt sich täuschen? Du weißt genau, dass er alles weiß. Er würde uns beide in siedendem Öl schmoren lassen, bis zu Isigards Untergang.« Widerwillig ließ sein Kumpan von Mark ab und stieß ihn unsanft zu Boden.

»Ihr Piratenpack, nehmt das Gesindel und verwahrt

es gut.« Mit diesen Worten drehte sich auch der andere Spaltano um und folgte dem ersten. Die Piraten waren alle verstummt. Es war ihnen anzusehen, dass sie die Spaltanos nicht mochten, aber der Dunkle Fürst hatte sie ihnen zugeordnet. Als sie verschwunden waren, trat ein stämmiger sehr muskulöser Pirat zu Mark und Synthia und half ihnen auf.

»Kommt, ich bringe euch zu unserem Kapitän.«

»Ist alles okay mit dir?«, fragte Synthia besorgt. Mark nickte und rieb sich den Bauch. Daraufhin folgten sie schweigend dem Matrosen, der sie in eine erstaunlich große Kajüte unter Deck führte. Zwei Matrosen standen hinter ihnen und der Matrose, der sie gebracht hatte, postierte sich seitlich von ihnen. Wie Schulkinder standen sie mitten im Raum vor einer großen, hölzernen, spiegelblank polierten Tischplatte. Doch was der Kapitän von ihnen wollte oder was sie erwartete, wussten sie nicht.

III

Steve hingegen war klar, was ihn in seinem Haus erwartete, aber er musste hinein, um zu dem Tor zu gelangen. Die Zeit in der Kirche hatte er genutzt, um sich zu erholen, alles zu ertasten und sich mit neuer Energie aufzuladen. Seine Hände, Arme und Beine zitterten wie die eines alten Mannes. Es war nicht das Zittern der Schwäche, sondern im Gegenteil. Kraft durchströmte seinen ausgemergelten Körper und es war kaum auszuhalten, wie gewaltig die Energie in ihn einströmte. Schnell verließ er die Straße und versteckte sich hinter einem schützenden Busch. Er wollte nicht von Passanten gesehen werden, wenn er womöglich die Kontrolle über seine Gliedmaßen verlor. Es dauerte gut eine Stunde, bis der Energiestrom langsam nachließ und er erschöpft zusammenbrach. Schwer atmend lag er auf dem Rücken und betrachtete durch die Äste die vorbeiziehenden Wolken.

»Mein Gott, was ist das für ein Gefühl.« Wie lange hatte er unter dem Bann des Dunklen Fürsten gelitten? Zu lange. Ohne jegliche Energie, dem langsamen Verfall geweiht. Und jetzt? Jetzt hatte sich das Blatt gewendet. Bestimmt hatte auch der Dunkle Fürst längst bemerkt, was hier geschehen war. Der Schicksalsfaden war durchtrennt und Steve war endlich wieder frei. »Du Bastard wirst das alles bereuen. Das schwöre ich dir.« Seine Gedanken waren weit weg in einer anderen Welt und er bekam von dem Treiben um ihn her nichts mit. Weder hörte er die laut scherzenden Passanten auf dem Gehweg noch den Straßenlärm. Steve schloss die Augen und konzentrierte sich.

»Steve?«, hörte er plötzlich die vertraute Stimme seines Freundes.

»Ja, ich bin es. Wie geht es meiner Tochter?«, kam er gleich zur Sache.

»Na ja, es geht wohl so. Ich musste mich absetzen, nachdem sie von Piraten gefangen genommen wurde.

»Piraten?«, fragte Steve ungläubig.

»Ja. Sie segeln unter der Flagge des Dunklen Fürsten. Er kontrolliert die Straßen und auch die See.«

»Verstehe. Weiß Synthia, dass ich dich geschickt hatte?«

»Piep, nein«, antwortete Pipi und begann wild zu zwitschern.

Steve kannte den kleinen Vogel schon sehr lange. Er hatte ihn vor vielen Jahren auf einer Mauer der Zauberschule in Galamed kennengelernt. Er hatte ihm erzählt, wie ihn ein fehlgeleiteter Magiestrahl von einem der großen Magier getroffen hatte, und dass er seitdem reden konnte. Aber er hatte auch viele Fähigkeiten gewonnen, über die er nicht so gerne sprach. So besaß er die Gabe des Gedankenlesens, was viele als unangenehm empfanden. Auch konnte er mit seinem Schnabel jedes Schloss öffnen und er konnte sich zu jeder Zeit unsichtbar machen.

»Hör zu, Pipi. Ich brauche noch mal deine Hilfe. Suche das Piratenschiff und gib mir Bescheid, sobald du den Kapitän gefunden hast. Piraten lieben sprechende Vögel, du brauchst also keine Angst zu haben«, erklärte ihm Steve.

»Ich habe keine Angst«, versetzte Pipi empört.

»Na ja, das sagen sie alle.« Steve musste lachen. »Setze dich auf seine Schulter und sprich folgende Worte: Balkaradim, dein Freund ich bin. Öffne deinen Geist ganz weit, sei für die ferne Botschaft bereit.«

»Du meinst, er lässt mich auf seiner Schulter landen?« Die Skepsis in den kleinen, dunklen Vogelaugen war unübersehbar.

»Ich denke schon. Ich würde den Spruch an deiner Stelle jedoch sicherheitshalber ganz schnell sprechen.«

»Piep, und warum ganz schnell?«

»Nur für den Fall, dass der Pirat doch nicht so glücklich über deinen Landeort sein sollte.« Steve grinste.

»So, so, verstehe. Piep. Verstehe sehr gut. Ich riskiere mein zartes Vogelleben und was bekomme ich dafür? Nur Hohn.« Eingeschnappt drehte Pipi seinen Kopf um fast 180 Grad nach hinten.

»Ach, komm. Du hast meine Freudschaft. Das weißt du genau. Es wird schon klappen. Vertrau mir.« Steve lag noch einige Minuten schweigend auf dem Rücken. Es war Erholung pur. Einfach so dazuliegen, ohne etwas tun zu müssen. Doch ganz stimmte das natürlich nicht. Er musste sehr wohl etwas erledigen. Langsam stand er wieder auf und zupfte seine Kleidung zurecht. Was er jetzt zu tun hatte, war der schwierige Teil. Aber es musste getan werden.

IV

Es dauerte nicht lange, bis auch der Kapitän in die Kajüte kam und sich geschmeidig auf die andere Seite des Tisches begab. Sein Gang war kräftig und federnd. Sein Blick schweifte einige Male zwischen ihnen hin und her, als überlegte er, was er nun tun sollte. Als Synthia den Vogel auf seiner Schulter sitzen sah, blieb ihr kurz die Luft weg. War das nicht Pipi? Seit ihrem Überfall hatte sie ihn nicht mehr zu Gesicht bekommen. Aber das konnte nicht sein. Wie sollte er hierher gekommen sein und dann auch noch auf die Schulter dieses Mannes?

»Piep«, machte der Vogel kurz und zwickte den Kapitän ins Ohr.

»Verdammt, die Meereswellen sollen euch verschlingen«, fluchte er leise und seine Gesichtszüge entspannten sich. »Was soll ich nur mit euch machen?« Ein leichtes Lächeln huschte über sein Gesicht. Dann schüttelte er den Kopf und blickte sie ernst an. Seine von Wind und Wetter gegerbte Haut war von tiefen Furchen durchzogen.

»Ich will euch eine kleine Geschichte erzählen, begann er schließlich, ohne seinen Zuhörern jedoch einen Platz anzubieten. »Ich war noch ein kleiner Junge, als mich mein Vater mit zur See nahm. Wir hatten viel Spaß zusammen und er sah in mir einen würdigen Nachfolger. Mein Vater, müsst ihr wissen, war ein einfacher und redlicher Fischer, der mit seinem Boot jeden Morgen in See stach, um spät abends zurückzuschippern. Er sorgte für mich und Mutter. Er lehrte mich, das Meer zu lieben, es zu fürchten und demütig die Launen der Gezeiten zu ertragen. Er zeigte mir, wie man Fische jagen musste, auf was man zu achten hatte und die Wendungen des Wetters rechtzeitig einzuschätzen. Und so wuchs in mir der verfluchte Wunsch, ebenfalls das Meer zu bereisen. Aber Fischer wollte ich nicht werden.« Trauer und Sehnsucht mischten sich in seine Stimme.

Synthia überlegte, wie alt der Kapitän wohl sein mochte. Das Leben auf dem Meer musste hart sein, nicht nur sein wettergegerbtes Gesicht zeugte davon, sondern auch die vielen Narben.

»Ich hatte eigentlich keine klare Vorstellung davon, was ich suchte, aber das Abenteuer, das Wasser, die Sonne und die Ferne lockten mich. Wie der Ruf einer Meerjungfrau zog es mich weg von zu Hause und weg von meiner Familie. Eines Tages lag ein großes Schiff im Hafen vor Anker, mit riesigen schwarzen Segeln und einer feuerroten Flagge. Ich war fasziniert und konnte kaum meinen Blick davon abwenden. Ich Narr hätte flüchten müssen, als wären die Klabautermänner hinter meiner Seele her. Aber ich rannte nicht davon. Das war ein Fehler. Man hat mich schnell bemerkt, wie ich das Schiff staunend anblickte, und eine hagere Gestalt kam auf mich zu. Ich sah das Unheil kommen. Ich sah den feurigen Blick, der mich bis ins Mark erschütterte und ahnte, dass es nun für mich zu spät war. Ich hätte nicht mehr davonrennen können, selbst wenn ich es gewollt hätte. Zäh wie Blei wurde das Blut in meinen Adern und schwere Bleikugeln schienen an meinen Beinen zu hängen. Der Mann sprach kein Wort, schaute mich einfach nur an und ich spürte seinen Blick bis in die Tiefe meiner Seele. Er veränderte alles, all meine Pläne und Wünsche. Er beherrschte mich.« Schwermütig sah der Kapitän hinaus aufs Meer. »Ja, ich folgte ihm. Jedenfalls packte ich noch in derselben Nacht mein armseliges Bündel und schlich mich aus dem Haus meiner Eltern. Als ich am Steg ankam, erwartete er mich bereits und so reiste ich mit ihm. Meine Familie sollte ich nie wiedersehen.« Wieder hielt der Kapitän inne, schaute diesmal aber verwundert den Vogel auf seiner Schulter an. »Ich glaubte, all das hinter mir gelassen zu haben, vergessen im Treiben der Zeit. Als aber sich dieser kleine Vogel vorhin auf meine Schulter setzte, kamen all meine Erinnerung zurück. Ist das nicht seltsam?«

Synthia musste schmunzeln, da sie zu verstehen begann. Pipi war ein besonderer Vogel, auch wenn sie sein Geheimnis noch nicht ergründet hatte. Der Kapitän schüttelte irritiert den Kopf und sprach weiter.

»Nach einigen Jahren hatte ich schließlich endlich mein eigenes Schiff, mit dem ich die Meere bereiste und Schätze raubte, die ich IHM geben musste. Nun, eines immerhin hat er mich gelehrt. Er zeigte mir den Reichtum des Armen und die Armut der Reichen. Das ist doch immerhin etwas, oder?«

Synthia, Mark und Torfmuff standen schweigend in dem leicht schwankenden Schiff und trauten sich nicht, ihm zu antworten. Doch der Kapitän grinste verschmitzt und schlug fest mit der Faust auf die Tischplatte.

»Ich könnte ja mal meinen Vater zu besuchen. Vielleicht lebt er noch.« Ein freudig wildes Glühen brannte in seinen Augen, und seine Stimme klang fest und zielstrebig. Dann umrundete er den Tisch und packte Synthia rau am Kragen. »Ich werde dem Dunklen Fürsten ein kleines Geschenk machen, über das er sich nicht freuen wird.« Er lachte verschwörerisch und ließ sie los. »Das wird ihm nicht gefallen. Ich werde euch zu seiner Insel bringen, euch aber nicht ausliefern. Es gibt dort eine Höhle, und ich vermute, dass von dort ein Stollen zu seinem Schloss führt. Aber versteht mich richtig, IHR seid mir dabei eigentlich egal.« Mit seiner riesigen Pranke packte er Synthias Kopf und drehte ihn wie einen Spielzeugkreisel, bis ihr Ohr nah an seinem Mund war. »Sagt ihm, dass ich euch habe laufen lassen. Er hat Angst vor euch. Ihr habt irgendetwas, wovor er sich fürchtet, also könnt ihr ihm auch etwas antun, was er nicht will. Tut es.« Schroff stieß er Synthia von sich und setzte sich auf die Tischplatte. »Ah, noch etwas.« Er lehnte sich nach hinten und griff nach einem kleinen Bündel. »Hier habt ihr die Sachen, die die kleinen Spaltköpfe unbedingt haben wollten. Ich habe sie mir vorhin angesehen, muss aber gestehen, dass ich nicht weiß, wofür sie gut sein sollen und ich will es auch gar nicht wissen.« Dann drückte er das Bündel Synthia in die Hand.

»Hör zu, Gomc«, rief er einem der Matrosen zu, der mit verschränkten Armen neben der Tür zur Kajüte lehnte. »Nimm dir einige Männer und beseitige diese Schweineköpfe.« Gomc schien die rechte Hand des Kapitäns zu sein, da eine gewisse Vertrautheit zwischen ihnen zu spüren war. Er versuchte erst gar nicht, seine Freude über diesen Auftrag zu verheimlichen und bleckte genüsslich die Zähne.

»Sollen wir es langsam und … .« Der Kapitän schnitt ihm jedoch schnell das Wort ab

»Nein, schnell und leise. Tötet sie und werft sie über Bord. Und dann nimm Kurs auf die Schwarze Insel. Wir landen an der vom Hafen abgewandten Seite.«

Gomc wusste, was er zu tun hatte, und stellte keine weiteren Fragen.

»Bringe die drei Gefangenen hier in eine Kajüte und lass sie bewachen. Und nun geh.« Gomc tat wie ihm geheißen, brachte die drei in eine andere Kajüte und ließ sie dort zurück. Von der Beseitigung der Spaltanos bekamen sie nichts mit und den Kapitän sollten sie nie wieder zu Gesicht bekommen. Sie machten es sich in ihrer Zelle so gemütlich, wie es eben möglich war. Torfmuff blickte oft durch die kleine Luke auf das offene Meer hinaus.

»Mpfff, nicht meine Welt. Keine Bäume, keine Tiere, kein…Walrund. Mpfff« Mark schaute ihn an und ein

Schatten der Trauer streifte auch sein Gesicht. Auch Mark wünschte sich die sicheren Tage zurück, als alles noch so einfach erschienen war. Aber es gab kein Zurück und dort, wo sie nun hingebracht wurden, war sicherlich der dunkelste Ort dieser Welt.

Gute Winde ermöglichten ihnen anfangs ein schnelles Vorankommen, doch am nächsten Abend zogen dicke, Unheil verkündende Wolken über ihnen auf. Sie waren der Schwarzen Insel schon sehr nahe und als wäre dies alleine bereits ein Omen, sollten sie eine stürmische Nacht erleben, wie sie Synthia und ihre Begleiter nie wieder vergessen würden. Aus der Ferne entdeckten sie die noch klein und harmlos wirkende Insel, die ihr Ziel war. Dunkle Wolken rankten sich über ihr in kreisförmigen Spiralen, als wäre in der Mitte ein Sog zur Unterwelt. Grelle Blitze zuckten vom Himmel wie Peitschenhiebe und erhellten immer nur kurzzeitig ihr Ziel. So hatte sich Synthia immer die Pforte zur Hölle vorgestellt. Der Wind peitschte die Wellen an die Bordwand und alles verschlingende Gischt schäumte auf das Schiff. Plötzlich krachte es an ihrer Tür und ein Matrose kam aufgeregt herein.

»Macht euch bereit, wir sind bald da. Es muss schnell gehen, denn wir dürfen nicht gesehen werden!« Angst stand in seinen Augen. Es war nur allzu deutlich, dass er, genau wie seine Kameraden, so schnell wie möglich wieder hier wegwollte.

Wortlos folgten Sie ihm hinaus aus der schützenden Koje. Ihre Knie zitterten als sie die volle Wucht des Sturms zu spüren bekamen. Hier wollte man sie aussetzen? Alleine zurücklassen? Auf was hatten sie sich da nur eingelassen!

»Haltet euch an dem Reep da fest«, schrie der Matrose gegen das ohrenbetäubende Tosen des wütenden Meeres. Sie griffen danach und hielten sich krampfhaft fest. Immer wieder schlugen kräftige Wellen wie Krakenarme über die Planken, um ein Opfer zu finden, das sie mit in die Tiefen des Meeres reißen konnten. Je näher sie an die Insel herankamen, desto mehr wuchs die Spannung an Bord. Panik stand in den Augen der Matrosen, die wortlos ihren Tätigkeiten nachgingen. Wie eine kleine hilflose Nussschale wurde das Schiff von einer Seite auf die andere geworfen. Synthia glaubte schon, dass nun ihre letzte Stunde geschlagen hätte, doch die Seeleute verstanden ihr Handwerk und hielten unbeirrt Kurs. Immer wieder hallten Schreie und Anweisungen zu ihnen herüber, deren Quelle sie meist nur erahnen konnten. Zu dunkel war es inzwischen geworden. Immer wieder schlossen sie die Augen gegen den Regen und die schäumenden Wellen, die über das Schiff fegten. Angestrengt versuchten sie zu erkennen, was an Bord geschah, doch es wurde zunehmend schwieriger. Als sie schon sehr nah bei der Insel waren, kam Gomc triefend nass auf sie zugewankt und blieb wie eine Eiche im Sturm vor ihnen stehen.

»Wir sind da«, brüllte er und blickte von Einem zum Anderen. »Näher können wir nicht heran, es sind überall Klippen. Es gibt nur eine sichere Zufahrt, aber die können wir nicht nehmen, da der dunkle Fürst dann sofort weiß, dass wir da sind. Macht euch also bereit. In zehn Minuten werden wir ein Beiboot herunter lassen, mit dem ihr zur Insel rudern könnt. Zwei meiner besten Leute werden euch dort absetzen.« Ohne eine Antwort abzuwarten, drehte er sich wieder um und verschwand.

»Oh, oh«, seufzte Synthia. Wie sollten sie mit einem kleinen Boot bis an den Strand gelangen? Manche der Wellen türmten sich vier bis fünf Meter hoch auf, wie gefräßige und schäumende Monster, bevor sie dann krachend auf die Klippen oder das Schiff schlugen. Es war einfach Wahnsinn mit dem kleinen Beiboot zu versuchen, die Insel zu erreichen. Synthia erinnerte sich plötzlich an eine Mutprobe, die sie in ihrer Jugend hatte ablegen sollen.

In ihrer Schule gab es eine Gruppe von Mädchen, zu der sie unbedingt dazugehören wollte. Heute konnte sie nicht mehr verstehen, was sie an den kichernden und gehässigen Weibern so toll gefunden hatte. Die Anführerin, ein ziemlich hübsches, aber fieses Miststück, kam dann eines Tages auf sie zu und forderte eine Mutprobe ein, die ihr die Tür zur Gruppe öffnen sollte. Das Mädchen hatte lange blonde Haare, die sie meist zu einem Zopf nach hinten geflochten trug, was ihr den Ausdruck von Strenge verlieh. Immer hatte sie zwei oder drei weitere Mädchen im Schlepptau, sodass man sie niemals alleine antraf. Ihre Lieblingsbeschäftigung war das Aushecken von hinterhältigen Gemeinheiten. Jedenfalls sollte Synthia eine ganze Nacht in einer alten verfallenen Ruine am Rande der Stadt verbringen. Über die Ruine erzählte man sich schaurige Geschichten, obwohl bis auf die Grundmauern kaum etwas davon übrig war. Diese thronten auf einer kleinen Anhöhe, und warum das Gebäude zerstört worden war, wusste inzwischen keiner mehr. Schwarze Rußreste zeugten davon, dass es gebrannt haben musste. Nicht dass Synthia alles glaubte, was man sich hinter vorgehaltener Hand darüber erzählte, aber einiges davon hielt sie dennoch für möglich. Es waren Geschichten, die von einem alten Mann handelten, der hier einst gewohnt haben sollte. Nachts hätte er Streifzüge durch die dunklen Gassen der Stadt unternommen, um Opfer zu finden. Angeblich hätte er sich von Blut ernährt. Aber das waren eben Geschichten, die Menschen gerne hörten. Wahrscheinlich war das alles frei erfunden. Synthia wollte unbedingt zu der Mädchengang dazugehören, und so ging sie widerwillig auf die Forderung ein und schlich sich eines Abends aus ihrem Haus, um die Nacht in besagtem Gebäude zu verbringen.

Ausgerüstet mit einer großen Taschenlampe von ihrem Vater und zwei Reservebatterien, schlich sie zu der Ruine. An diesem Tag war zwar der Himmel wolkenverhangen, aber wenigstens regnete es nicht. Die Ruine hatte kein Dach mehr, worüber Synthia froh war, da sie so wenigstens nicht das Gefühl hatte, in einer Falle zu sitzen. Sie setzte sich direkt vor den ehemaligen Eingang, da sie das Innere der Ruine nicht betreten wollte. Aber das war ja auch nicht Bedingung gewesen. Hier wollte sie abwarten, bis die morgendliche Sonne ihre Aufgabe beendete. Sie wickelte sich in eine Decke, holte heißen Tee und Kekse aus ihrem Rucksack und blickte sich aufmerksam um. Sie konnte jedoch nichts Ungewöhnliches oder Erschreckendes entdecken und so schlief sie nach einigen Stunden völlig übermüdet ein, obwohl sie in dieser Nacht unbedingt hatte wach bleiben wollen.

Plötzlich wurde sie von einem Geräusch geweckt. Schnell griff sie nach der Taschenlampe. Mit dem Lichtkegel leuchtete sie die Umgebung ab und versuchte herauszufinden, woher das Geräusch kam. Als sie sich umdrehte, stand plötzlich eine dunkle Gestalt vor ihr. Sie musste zwei Meter groß sein oder sogar noch größer. Starr vor Schreck ließ Synthia die Taschenlampe fallen und stand wie festgefroren da. Das Gesicht war nicht zu erkennen, dazu war es viel zu dunkel.

»Schön dass wir uns kennenlernen«, hatte der Fremde sie freundlich angesprochen. Obwohl Synthia seine Augen nicht sehen konnte, hatte sie das mulmige Gefühl, von seinen Blicken durchbohrt zu werden.

»Ich habe dich erwartet«, fuhr er fort. »Du kannst gehen, wenn du möchtest. Keiner wird dir hier etwas zuleide tun. Wir werden uns wiedersehen, glaube mir.« Und mit diesen Worten war der Fremde damals verschwunden. Er ging nicht etwa weg, sondern er verschwand einfach, als hätte er sich in Luft aufgelöst. Wie angewurzelt war sie dagestanden. Hatte ihr ihre Fantasie einen Streich gespielt? Mit Sicherheit, denn nur so konnte es gewesen sein.

Synthia erinnerte sich, wie sie damals aufgeregt nach Hause gerannt war. Sie rannte durch die ganze Stadt ohne Halt. Die Worte des Fremden hallten noch lange in ihrer Erinnerung wider: *Wir werden und wiedersehen, glaube mir.*

Warum fiel ihr diese Geschichte jetzt wieder ein? Sie hatte diese Begebenheit beinahe vergessen und jetzt war sie plötzlich so wichtig. Endlich wusste sie, wer der Fremde gewesen war: der Dunkle Fürst. Aber wie konnte das sein? Bald würde sie ihm tatsächlich und leibhaftig gegenüberstehen. Was damals noch so prophetisch und unwirklich geklungen hatte, wurde nun Wirklichkeit. Zumindest wenn das Meer sie nicht vorher verschlang.

Als Gomc ein Zeichen gab, schwankten sie über die nassen und glitschigen Holzplanken des Schiffes hinunter auf das Beiboot.

»Viel Glück«, schrie er ihnen nach, als sie einstiegen. Sie klammerten sich an allem fest, was ein wenig Halt bot. Die beiden Matrosen, die bereits im Boot saßen, lösten die Taue und ruderten mit kräftigen Schlägen der Insel entgegen. Regen peitschte ihnen ins Gesicht und nahm ihnen die Sicht. Das kleine Beiboot wurde in die Luft gehoben, wie ein dünnes Blatt, das vom Wind weggeblasen wurde. Klatschend fiel es danach wieder in das aufgewühlte Wasser. Es war eine Horrorfahrt, zwischen bedrohlich spitzen Felsen, die tödlich aus dem Meer ragten. Wenn das Boot hier kenterte, dann würden sie unweigerlich von den hohen Wellen gegen die messerscharfen Klippen geschleudert und getötet. Wahrscheinlich hatten die Matrosen die gleichen Gedanken, da sie tapfer und mit aller Kraft gegen die Gewalt des Meeres ankämpften. An einer kleinen Bucht, die nicht breiter als drei Meter sein mochte, fanden sie eine Stelle, an der sie endlich an Land gehen konnten. Einer der Matrosen wandte sich an Mark und hielt ihm ein Pergament hin.

»Das hat mir der Kapitän mitgegeben. Ich soll es euch hier aushändigen«, schrie er.

»Was ist das?«, wollte Mark wissen, doch die Matrosen stiegen ohne weitere Erklärung in das Boot und ließen sie alleine zurück.

»Mpfff, alleine.«

»Oh ja. Das kann man wohl sagen. Mann, ist das ein scheußliches Wetter «, beschwerte sich Mark.

Torfmuff klopfte Mark wohlwollend auf die Schulter und grinste: »Mpfff, zaubere gutes Wetter. Du doch Magier.«

»Ja, ja, mach du nur Witze. Muss dir aber recht geben, das würde ich jetzt gerne herbeizaubern. Wenn wir das alles hier überleben, und es sieht momentan nicht danach aus, dann werde ich eine Zauberschule besuchen. Zumindest würde ich das dann gerne tun«, überlegte Mark. Doch im Moment waren solche Überlegungen überflüssig. Sie saßen auf der Insel des Bösen – nass, frierend und ohne weitere Unterstützung. Sie mussten sich einem Gegner stellen, der ihnen weit überlegen war und den sie nun überraschen sollten. Aber wie? Neugierig rollte Mark das Pergament auf und legte es vor sich auf den Boden.

»Hmmm, mal sehen, was sie uns gegeben haben.« Es war eine Karte der Insel. Mit einem Finger zeichnete Mark die Küstenlinie auf der Karte nach. »Also, das scheint der Hafen zu sein, den wir nicht angefahren haben.« Sein Finger ruhte auf einer Stelle der Skizze, die eine Bucht zeigte, in deren Mitte ein Steg eingezeichnet war. Von diesem Steg aus, führte ein breit markierter Weg zu einem

Schloss. »Und da müssen wir wohl hin. Auf dieser Seite der Insel sind viele Klippen. Wahrscheinlich befinden wir uns irgendwo da.« Mit dem Finger tippte er auf die Karte. »Hier ist eine rot gestrichelte Linie eingezeichnet, die ebenfalls zum Schloss führt.«

»Mpffff, schmaler Pfad. Sehr schmaler Pfad.«

»Wie könnte es auch anders sein. Also lasst uns den Pfad finden.«

Sie mussten nicht lange suchen, bis sie zwei riesige Felsen entdeckten, die auch in der Karte eingezeichnet waren. Mark zeigte Torfmuff auf der Karte, wo er den Weg vermutete, und die Stelle, wo er glaubte, dass sie sich befanden. Dann streckte er ihm die Karte entgegen und bat ihn voranzugehen.

»Mpfff, danke«, grunzte Torfmuff. »Mpfff, Freunde etwas Tolles«, brummte er und ging widerwillig los. Immer wieder mussten sie riesige Felsen umrunden, die sich ihnen wie Türme in den Weg stellten. Auch wenn es lästig erschien, so boten diese Felsen doch eine perfekte Tarnung. So hatten sie eventuell eine Chance, tatsächlich unbemerkt in das Schloss einzudringen. Schließlich kletterten sie über eine Anhöhe und sahen endlich ihr Ziel vor sich: eine aus geschwärzten Steinen gemauerte Burg mit Zinnen, die wie faule Zähne in die Höhe ragten. Sie hatten ein unangenehmes Gefühl, als würden sie aus einem der dunklen Fenster der Burg beobachtet. Trotz des Schutzes, den ihnen die Felsen boten, sträubten sich ihnen die Nackenhaare. Sollte der Dunkle Fürst wissen, dass sie hier waren, dann wären ihre Landung auf dieser Seite der Insel und die damit verbundenen Gefahren vergebens gewesen. Schließlich endete der Weg unerwartet vor einer großen Höhle. Der Eingang war weder verdeckt noch sonst in irgendeiner Weise geschützt. Wie ein offenes Maul reckte sich der Stollen ihnen entgegen.

»Oh, ich dachte es wäre ein Pfad«, stellte Synthia überrascht fest.

»Das dachte ich auch. Eigentlich habe ich nach dem Erlebnis mit Grisam die Nase voll von Höhlen«, antwortete Mark und ließ eine kleine Lichtquelle in seiner Hand entstehen. »Möchtest du wieder voraus Torfmuff?«, fragte er, aber Torfmuff schüttelte schnell den Kopf.

»Mpfff, du geh. Du Licht, du geh!«

»Erst sich über Zauberer lustig machen und sie dann an der nächsten Ecke opfern.«

Torfmuff schaute Mark grinsend an. »Mpfff, nicht nächste Ecke...«, und Synthia beendete den Satz »... sondern in der nächsten Höhle.«

Das Licht in Marks Hand erhellte die Höhle und warf bizarre Bilder an die Wand. Immer tiefer drangen sie in die Dunkelheit und bald war auch der immer kleiner werdende Lichtkegel am Eingang verschwunden. An jeder Biegung blieben sie stehen und lauschten in die Tiefe, aber es blieb absolut still. Das Einzige, was sie hörten, war ihr Atem und manchmal auch das Klopfen ihrer Herzen. Als sie wieder um eine Biegung schlichen, standen sie vor einer Grotte, aus der keine weiteren Gänge herauszuführen schienen. Sie wechselten fragende Blicke und traten vorsichtig ein. Was sich ihnen dort jedoch bot, ließ das Blut in ihren Adern gefrieren. Überall an den Wänden prangten schaurige Zeichnungen in roter Farbe und auf dem glatt polierten Boden in der Mitte war ein Zeichen in den Felsen eingekerbt, das Synthia schon kannte.

»Mpfff, nicht gut.«

»Na toll, Torfmuff! Spare dir deine Kommentare. Mir stellen sich schon die ganze Zeit die Nackenhaare auf. Hier ist Magie pur«, erwiderte Mark.

»Weiß einer von euch, was das für ein Zeichen auf dem

Boden ist? Ich habe es schon einmal gesehen«, flüsterte Synthia.

»Das ist ein Pentagramm, ein Fünfeck«, antwortete Mark knapp. »Wo hast du es denn gesehen?«

»Das willst du bestimmt nicht wissen«, antwortete sie. Es war im Keller ihres Hauses gewesen und der Eingang in diese ihr neue Welt.

In diesem Moment begann das Pentagramm rot wie Feuer zu leuchten und ein dumpfes Donnern hinter ihnen ließ sie zusammenfahren. Ein Felsen hatte ihnen den Ausweg blockiert und sie saßen wieder einmal in einer Falle.

»Oh Mist«, fluchte Synthia laut, »ich glaube, wir haben ein Problem.« Dann ertönte ein gurgelndes, tiefes Grollen und die Felsen der Höhle bebten. In der Mitte des Pentagramms erschien eine dunkle Gestalt mit weißer Maske.

»Seid willkommen, meine Gäste«, begrüßte der Dunkle Fürst sie mit kalter Freundlichkeit. Synthia wusste genau, wer vor ihnen stand, da sie ihm schon einige Male begegnet war, wenn auch nur in ihren Träumen. Wie gerne hätte sie einen Blick hinter diese undurchdringliche Maske geworfen, die alle Emotionen verbarg. Der Dunkle Fürst hatte sie tatsächlich erwartet. Er hatte die ganze Zeit gewusst, wo sie sich befanden und sie hier abgepasst. All ihre Bemühungen ihn zu überraschen, waren vergebens gewesen. Starr vor Angst drückten sie sich mit dem Rücken gegen den harten Fels.

»Ich wollte euch nicht erschrecken. Ihr könnt euch also wieder entspannen. Ich freue mich sehr über nette Gäste, besonders wenn ich sie bereits so lange erwartet habe. Ihr hättet es wesentlich einfacher haben können. Auf der Nordseite meiner Insel befindet sich ein gut ausgebauter Hafen. Aber ich denke, ihr wolltet mir eine Freude bereiten und mich überraschen.«

»Mpfff, Freude bereiten. Hat Humor«, bemerkte Torfmuff trocken.

»Ah, ich sehe, wir haben einen kleinen Witzbold unter uns. Das weiß ich ganz besonders zu schätzen.« Seien Augen funkelten gefährlich hinter der Maske. Es war offensichtlich, dass er keinen Widerspruch duldete. »Nun denn, so kommt als Gäste mit in mein Schloss.« Er erhob die Hände und ein Schwall aus Energie flutete die Halle. Alle Konturen verschwammen und tiefe Dunkelheit hüllte sie ein. Mark spürte, wie die Leuchtkugel noch immer in seiner Hand pulsierte, aber diese körperliche Dunkelheit um sie her, verschlang selbst ihren Schimmer. Dann verloren sie alle das Bewusstsein.

V

Steve spürte die Anwesenheit der fremden Energie, als er bei seinem Haus ankam. Ein Lächeln huschte über seine Lippen, da er davon ausging, dass der Jäger, der hierher beordert worden war, nicht wusste, wie es um ihn stand. Bestimmt ging er noch davon aus, dass sich Steve im Bann des Dunklen Fürsten befand und keinerlei Kraft hatte. Das aber war ein Irrtum. Doch Steve wusste um die Gefährlichkeit dieses Wesens. Noch konnte er nicht genau fühlen, um was es sich hier handelte, aber es war ein mächtiges Wesen voller magischer Energie.

Als er dem schmalen Weg zu seiner Eingangstür folgte, spürte er die Blicke des Fremden in seinem Rücken. Er war nah und er wartete auf seine Chance, ihm den Todesstoß zu versetzen. Das war sicher. Er war nur noch wenige Meter von der Tür entfernt, als diese sich plötzlich öffnete und Katrin in der Tür stand.

»Oh, Mister Hollowan.« Sie blickte ihn überrascht an, als wär er ein Geist. So musste er ihr wahrscheinlich auch erscheinen, nachdem alle längst mit seinem Tod gerechnet hatten. Seit seiner Abwesenheit hatte sie hier mit Ihrer Mutter gewohnt, die für ihn als Haushälterin arbeitete und auf das Haus aufpasste.

»Hallo, Katrin«, begrüßte er sie lachend. »Wie geht es dir? Es freut mich…«

»Mister Hollowan«, unterbrach sie ihn bestimmt. »Wir sind nicht alleine. Hier war ein Fremder der behauptet hat, Sie seien Freunde. Aber das war gelogen.«

»Bist du sicher?«, hakte Steve nach.

»Und ob. Ich bin ein Mädchen, das sich mit solchen Dingen verdammt gut auskennt. Nicht dass ich es nötig hätte zu lügen, aber ich durchschaue solche Spiele. Und…«, fügte sie hinzu, hob ihre Augenbrauen und streckte lehrerhaft einen Zeigefinger in die Höhe, »…er ist bestimmt noch in der Nähe. Das machen böse Buben immer so.«

»Ah, danke, Katrin.« Fast hätte Steve gelächelt, doch die Situation war ernst.

»Wo könnte dieser Fremde denn sein?«, fragte er schließlich und stellte sich neben sie. In diesem Augenblick kam der Briefträger um die Ecke. Er lächelte und winkte ihnen freundlich entgegen.

»Mister Hollowan, das ist er.« Katrin kniff die Augen zu schmalen Schlitzen zusammen.

»Bist du sicher?«, fragte Steve, der aber zunehmend einen Druck auf der Brust empfand.

»Der Postbote um drei Uhr nachmittags. Pah. Das ist nicht logisch, Mister Hollowan.« Sie hatte recht. Wie konnte ein neunjähriges Mädchen nur so schlau sein? Irgendwann würde er sich Katrin mal genauer anschauen müssen. Jetzt aber musste er sich auf das Wesentliche konzentrieren. Wer auch immer auf sie zukam – das war nicht der Postbote, den sie kannten. Steve beobachtete jede Bewegung des Mannes, der so ungefährlich erschien. Als er in seinen Postbeutel griff, wusste Steve, dass es nicht um die Aushändigung eines Briefes ging. Blitzschnell schob er Katrin hinter sich und streckte die Hände aus. Die Luft um sie begann zu knistern. Wo vorher die Vögel munter ihr Lied gezwitschert hatten, verstummte nun alles wie auf Kommando. Die Natur horchte auf und hielt den Atem an. Der Duft von Vanille lag in der Luft – ein untrügliches Zeichen für eine große Menge an magischer Energie. Im selben Augenblick entstanden in Steves geöffneten Händen Feuerbälle, die er dem Fremden entgegenschleuderte. In den Händen des Jägers erschienen ebenso schnell zwei blitzende Messer, die er auf Steve feuerte, aber es war zu spät. Die Feuerbälle trafen den Fremden auf Stirn und Brust und schleuderten seinen Körper gut fünf Meter durch die Luft. Nur um Millimeter verfehlten die beiden Klingen ihr Ziel und Steve holte zu einem weiteren Schlag aus. Dieser musste er treffen. Während sich der Fremde benommen aufzurappeln versuchte, nahm Steve einen an der Wand angelehnten Spaten zur Hand. Dann ging er schnell auf den Gestaltwandler zu und stellte sich über ihn. Mit seiner geistigen Energie zwang er seinen Gegner wieder zu Boden und fixierte ihn dort. Doch Steve wusste, dass er ihn nicht lange würde festhalten können. Er spürte eine starke gegnerische Kraft, alt und gewaltig.

»Der Dunkle Fürst ist dein Auftraggeber. Habe ich recht?«, fragte er ihn. Die Kraftanstrengung war immens, und die Adern auf seiner Stirn schwollen an.

»Du bist des Todes«, spie ihm der Jäger lediglich entgegen.

Inzwischen umhüllte eine dunkle Wolke den Stiel des Spatens. Er war geladen zum tödlichen Stoß.

»Nein, nicht ich, dieses Los habe ich für dich vorgesehen.« In diesem Augenblick stieß Steve den Spaten tief in die Brust des Fremden, die wie faules Fleisch auseinanderklaffte. Ein markerschütternder Schrei ertönte und der Gestaltwandler bäumte sich vergeblich auf. Ein fürchterlicher Gestank erfüllte die Luft. Plötzlich zerfiel der Körper zu Staub und der Spuk nahm ein schnelles Ende.

»Wow, Mister Hollowan. Das war mal eine super Vorstellung«, piepste Katrins helle Stimme hinter ihm, begleitet von euphorischem Klatschen. Ja, das war in der Tat eine Vorstellung, und zwar eine tödliche.

Kapitel VI
Die Rückkehr

I

Mark erwachte mit einem Gefühl, als würde jemand mit einem Vorschlaghammer auf seinen Schädel einschlagen.

»Boah, ich habe solche Kopfschmerzen«, jammerte er leise. Es fiel ihm schwer, sich zu konzentrieren und sich an das erinnern, was geschehen war. »Der Dunkle Fürst. Verdammt.« Nur langsam kamen die Erinnerungen zurück. Er war ohnmächtig geworden. Vorher hatte sie eine enorme Energiewelle getroffen, wie er sie noch nie zuvor gespürt hatte. Stöhnend stemmte er sich hoch und blickte sich um. Er lag in einer kleinen Zelle ohne Fenster mit einer massiven Holztür. Tiefe Kerben im Holz zeugten davon, dass schon einige Gefangene vergeblich versucht hatten, von hier zu fliehen. Synthia lag zwei Meter von ihm entfernt, doch Torfmuff konnte er nirgends entdecken.

»Synthia«, versuchte er, sie zu wecken. Sein Kopf ließ nur langsame Bewegungen zu und so kroch er zu ihr hinüber und rüttelte an ihrer Schulter. »Synthia, ist alles okay?«, wollte er wissen. Nur widerstrebend öffnete sie die Augen und blickte Mark fragend an.

»Mark?«, fragte sie benommen. »Mir brummt der Schädel.«

»Nicht nur dir«, antwortete Mark. »Das war eine magische Druckwelle. Eine gewaltige. Danach habe ich das Bewusstsein verloren. Torfmuff ist nicht hier«, erklärte er.

Synthia setzte sich mühsam auf und lehnte sich an die Wand. »Der Dunkle Fürst hat die ganze Zeit gewusst, wo wir sind. Wir haben alles verloren. Auch die Kolchos sind weg. Ich könnte heulen, Mark.«

«Ja, Synthia, diesmal sitzen wir wirklich in der Falle. «

Zum ersten Mal hatten sie das dumpfe Gefühl, versagt zu haben. Was auch immer jetzt auf sie zukam, sie waren ihm hilflos ausgeliefert. Kein Überraschungsmoment, keine Waffen, rein gar nichts, was sie tun konnten.

II

Als Torfmuff aus seiner Ohnmacht erwachte, spürte er die Kälte des Bodens unter sich. Der Raum war absolut dunkel, sodass er nichts sehen konnte. Auch konnte er sich nicht bewegen, da seine Arme und Beine gefesselt waren.

»Mpfff, Mark?«, rief er leise in den Raum, erhielt jedoch keine Antwort..

»Mpfff, Synthia?« Vergeblich verhallte seine gedämpfte Frage im Nichts der Dunkelheit. Er war allein. Als er plötzlich ein fernes Rascheln aus Richtung seiner Füße hörte, befürchtete er das Schlimmste. Erst war es ganz leise und kaum hörbar, doch was immer es auch war, es näherte sich und wurde lauter.

»Mpfff, nicht gut.« Immer wilder zerrte er an seinen Fesseln, die jedoch keinen Millimeter nachgaben.

»Cordawalk«, rief er diesmal voller Panik laut aus. »Coooordaaawaaaalk.« Es war ihm inzwischen egal, wer ihn alles hören konnte. Je deutlicher die Geräusche wurden, umso mehr begann er sich zu fürchten. Es war ein Rascheln, Schaben und Knirschen, das ihm unter die Haut ging.

»Mpfff, Cordawalk. Hilfeeeee«, jammerte er und zerrte weiter hilflos an seinen Fesseln.

Torfmuff?, hörte er schließlich endlich die Fledermaus in seinen Gedanken. Am liebsten hätte Torfmuff einen Freudentanz veranstaltet, aber seine Fesseln ließen keine Bewegung zu.

»Mpfff, schnell. Etwas kommt.« Weder konnte er der Fledermaus sagen, wo er sich genau befand, noch was gerade geschah. Er wollte auch gar nicht genau wissen, was auf ihn zukam. Das Krabbeln und Schaben war nicht mehr weit entfernt. Es hörte sich an, als kämen tausende kleine Beinchen auf ihn zu. Über die Beinchen machte er sich wenig Gedanken, aber das, was die Füßchen trugen, bereitete ihm erhebliche Sorgen.

Beruhige dich, ich ahne wo du bist. Es kommt dir jemand zu Hilfe.

Torfmuff lachte trotzig auf. Er sollte sich beruhigen, was für eine komische Idee. Alle seine Haare hatten sich aufgestellt. Plötzlich sah er aus der Ferne einen Lichtschein, erst ganz klein, dann immer größer und heller werdend. Das Licht flackerte, also musste es eine Fackel sein.

»Mpfff, HIER«, schrie Torfmuff und hoffte dabei, dass es sich um seinen Retter handelte. Er spürte, wie sich etwas über seine Beine nach oben schob. Die nackte Panik ergriff seinen Körper und er zuckte wild. Er wollte das, was auf seinem Körper krabbelte, abschütteln, aber es ging nicht. Immer höher wuselte dieses Etwas seinem Gesicht entgegen. Dann hörte er undeutlich ein Murmeln und sah, wie ein grüner Energiestrahl auf ihn zuschoss. Das war das Ende. Aber besser von einer grünen Energielanze getötet werden, als lebendig verspeist zu werden von dem, was inzwischen auf ihm saß.

»Nicht atmen, sonst bist du im Reich der Toten«, hörte er die Warnung eines Fremden. Das musste man ihm nicht zweimal sagen. Er konnte gerade noch sehen, wie sich ein riesiger Käfer mit zwei messerscharfen Zangen durch sein dichtes Fell nach oben arbeitete, als er in dichten Nebel eingehüllt wurde. Er schloss die Augen und spürte, wie sich eine ganze Armee an ihm emporarbeitete. Das Wuseln verlangsamte sich und kam irgendwann ganz zum Stillstand. Er konnte kaum noch die Luft anhalten, als er endlich die erlösenden Worte hörte.

»Du hast Glück gehabt, kleiner Pelzmann. Du kannst wieder Luft holen.« Torfmuff riss die Augen auf und ließ neuen Sauerstoff in seine brennenden Lungen strömen.

»Die Feuerkäfer sind tot. Jemand hat sich für dich ein nettes Ende ausgedacht, fürchte ich.«

Neben Torfmuff kniete grinsend ein älterer Mann und wischte die toten Käfer von seinem Körper. »Sei froh, dass dich Cordawalk gehört hat und wir in unmittelbarer Nähe waren.«

Torfmuff wusste nicht, was er sagen sollte. »Mpfff, danke.«

»Du brauchst dich nicht zu bedanken«, antwortete der Fremde und lächelte. »Ich bin dir zu Dank verpflichtet, aber das erkläre ich Dir später. Jetzt werde ich dich erst mal von deinen Ketten befreien.« Er stand breitbeinig vor Torfmuff, hob die rechte Hand und zielte mit dem rechten Zeigefinger auf die metallenen Fesseln. Ein roter Strahl schoss aus seinem Finger und die Ketten schmolzen wie Butter. Torfmuff stand hastig auf und wischte die restlichen Käfer von seinem Körper.

»Mpfff, danke.«

»Nicht schon wieder *danke*«, antwortete der Mann lächelnd. «Lass uns jetzt besser schnell die Höhle verlassen.«

Torfmuff folgte dem Fremden bereitwillig. Vor der Höhle angekommen begrüßte ihn Cordawalk freundlich.

»*Hallo, kleiner Freund.*«

»Mpfff, Freund. Ja!« Beinahe euphorisch legte er seine kurzen Arme um den Hals der Fledermaus. Noch nie hatte er sich so erleichtert gefühlt wie jetzt.

»Hör zu. Wir haben kaum mehr Zeit. Ich bin Synthias Vater und …«, begann Steve und schaute die beiden an. »…und auch der Vater von Mark. Das ist eine lange Geschichte, zu lang, um sie jetzt zu erzählen. Dank Marks Zauber auf dem Schicksalsberg bin ich wieder frei vom Bann MEINES Vaters.«

»Mpfff, Dunkle Fürst Vater?« Ungläubig schaute ihn

Torfmuff an. Es schien sich um eine sehr verzwickte Familiengeschichte zu handeln.

»Ja, leider. Ich bin so schnell wie möglich gekommen. Ich hoffe, es ist noch nicht zu spät. Noch leben Synthia und Mark und noch sind die Würfel nicht gefallen.«

III

»Ich könnte heulen.« Mark schloss die Augen und senkte den Kopf. Er fühlte sich so schlecht wie noch nie. Alles war vergebens gewesen. Seine Mutter war dem Tode nahe, und ihr Plan, den Dunklen Fürsten zu überraschen, war gescheitert.

»Mark, wir haben unser Bestes gegeben. Wenn es ein Schicksal gibt, dann wird es das wissen.«

»Und? Was soll uns das bringen?« In diesem Augenblick hörten sie Schritte. »Ich glaube jetzt kommt der letzte Akt«, flüsterte Mark, als die Schritte vor der Zellentür verstummten. Als sich die schwere, eisenbeschlagene Holztür öffnete, stand ein etwa einsfünfzig hoher und beinahe ebenso breiter Wächter davor, der sie böse angrinste.

»Na? Wach? Kommt«, kam die knappste Anweisung, die jemals erhalten hatten. Synthia und Mark blickten sich kurz an. Sie wussten, dass es zwecklos war, sich dem Wächter zu widersetzen. Selbst wenn sie ihn überwältigen könnten, was unmöglich war, würden sie hilflos in einem Verlies herumirren, ohne zu wissen, wo sie sich befanden oder wohin sie gehen sollten.

»Los. Kommt endlich«, befahl der Wächter nun energisch und sein Grinsen verschwand. Sie standen auf und folgten ihm in gehörigem Abstand.

»Uhhhhh«, bemerkte Synthia angewidert und rümpfte die Nase. »Stinkt der.« Mark lachte kurz, setzte aber sofort wieder eine ernste Miene auf, als der Wächter sich kurz zu ihnen umdrehte. Sie folgten ihm durch ein Wirrwarr von Gängen und Treppen. Es ging rauf und runter, nach rechts und nach links, dann verzweigten sich die Gänge, um wieder an einer anderen Stelle in einen Hauptweg zu münden. Irgendwann kamen sie an eine breite, sehr massive Steintreppe, die spiralförmig nach oben führte. Es mussten hunderte von Stufen sein, bis sie endlich auf einen breiten, mit Fackeln erleuchteten Gang stießen. Sie atmeten schwer und waren froh, nicht weiter aufsteigen zu müssen. Auch hier befanden sich viele Abzweigungen und Seitengänge, aber sie wurden geradewegs auf eine sehr große und prunkvoll verzierte, schwarze Tür zugeführt. Offenbar war sie nicht aus Holz, wie die anderen Tore, die sie gesehen hatten. Das Material glänzte matt und hatte einen seltsamen Schimmer, als leuchtete es von innen heraus.

»Tor offen, dann rein. Klar?« Der ernste Blick des Wächters verriet, dass dies eine nicht zu missachtende Order war. Als wären sie leidiges Gras, das im Wege stand, bahnte er sich rücksichtslos einen Weg zwischen ihnen hindurch und verschwand in einem Seitengang.

»Ah, danke für den Hinweis«, seufzte Synthia, als der Wächter außer Sicht war. »Komisch, dass er uns hier alleine stehen lässt. Wir könnten doch auf den Gedanken kommen, uns zu verdrücken?«

»Wohin denn?«, bemerkte Mark »Wir würden noch nicht einmal zurück in unsere Zelle finden, geschweige denn in die Freiheit.«

Wie Schafe auf dem Weg zur Schlachtbank standen sie nun vor dem Tor zur Hölle. Sie mussten nicht lange warten, bis das seltsame Tor langsam und wie von Zauberhand geführt aufschwang. Synthia erschrak, denn was sie im Innern des Raumes zu sehen bekam, kannte sie bereits. Eigentlich hätte es sie nicht wundern dürfen, aber es überraschte sie dennoch, den Raum aus ihren Träumen vor sich zu sehen.

»Kommt herein, meine lieben Gäste«, hörten sie eine einladende Stimme. Freundlich und dennoch fordernd.

Widerwillig betraten sie den Raum. Der Dunkle Fürst saß auf einem thronartigen Stuhl im seitlichen Flügel des Raumes. »Setzt euch zu mir, wir haben einiges zu bereden«, befahl er ungeduldig. Er trug ein langes braunes Cape, schwarze lederne Hosen und wie immer seine weiße Maske. Synthia und Mark folgten der Anweisung und setzten sich steif dem Dunklen Fürsten gegenüber.

»Was ist mit unserem Begleiter, Torfmuff? Wo ist er?«, fragte Synthia mutig. Nach einer kurzen Pause, in der er die beiden musterte, schnalzte der Dunkle Fürst genüsslich mit der Zunge. »Ah, euer kleiner, pelziger Freund mit dem exquisiten Humor? Nun, leider ist er in der Höhle geblieben. Ich nehme an, dass es ihm so weit gut geht. Zumindest wenn er Käfer mag«, fuhr er zweideutig fort. »Aber das sollte euch jetzt nicht mehr kümmern. Wir haben wichtigere Themen, als eine Missgeburt aus dem Moor. Es macht mich traurig, dass wir nicht schon früher zu einer Einigung gefunden haben, aber jetzt ist der Zeitpunkt nicht minder gut.« Langsam beugte er sich vor und blickte Synthia und Mark prüfend aus den schmalen Schlitzen seiner Maske an. Die Maske verbarg zwar jegliche Regung, aber die Augen verrieten Überraschung. Er musterte sie, als hätte er sie noch nie gesehen. Als wollte er etwas entdecken, nach dem er schon lange suchte.

»Das gibt es doch gar nicht«, hauchte er und setzte sich wieder langsam auf. »Ich habe geahnt, dass etwas nicht ganz so ist, wie es schien. Wirklich interessant« Langsam griff er nach seiner Maske, schaute nochmals zögernd zu Synthia und Mark und schob sie dann nach oben. Synthia stockte der Atem, denn was sie zu sehen bekam, schockierte sie zutiefst. Ein erstickter Schrei kam über ihre Lippen, den der Dunkle Fürst mit einem süffisanten Lächeln quittierte. Das Antlitz des Dunklen Fürsten ähnelte verblüffend dem ihres Vaters.

»Ja, Synthia, Mark ...ich komme euch sicherlich gar nicht so fremd vor. Richtig? Eigentlich seid ihr den ganzen Weg zu mir gekommen, um mich zu bekämpfen, aber das geht nicht. Mein Blut fließt auch in euren Adern.«

Synthia schüttelte ihren Kopf. »Das ist eine Lüge. Bestimmt ist es wieder ein Trick. Aber darauf falle ich nicht rein«, wehrte sich Synthia energisch.

»Dummes, kleines Mädchen. Dein Vater hat dir nie die Wahrheit erzählt.« Sein lautes Lachen donnerte durch den Raum. »Nun, dann werde ich dies nachholen. Denn immerhin wollen wir ja verlässliche Freunde und Partner werden.« Er genoss die neue Situation sichtlich. Alle seine Mühen schienen sich gelohnt zu haben. Die Zweifel, die ihn zwischendurch geplagt hatten, verflüchtigten sich schlagartig.

»Euer Vater, meine Lieben, ist mein Sohn. Und noch etwas solltet ihr wissen: Ihr seid Geschwister. Ob es euch gefällt oder nicht, mein Blut fließt durch eure Adern. Somit bin ich also euer ... Großvater.« Wieder lachte er, während sich Synthia und Mark fassungslos ansahen. Sie hatten mit allem gerechnet, aber nicht damit.

»Das glaube ich nicht«, widersprach Mark. »Meine Mutter ist Tamara, die Heilerin unseres Dorfes. Synthia hat recht. Du lügst.«

»Ich lüge nicht!« Die Stimme des Dunklen Fürsten wurde scharf. »Es tut mir leid, wenn man euch im Ungewissen gelassen hat. Akzeptiert die Wahrheit, euer Vater ist mein Sohn. Ich zeugte ihn mit einer Frau in deiner Welt, Synthia. Ich hatte so vieles mit ihm vor. So wie es sich für einen Vater für seinen Sohn geziemt. Ich unterrichtete ihn hier in diesem Land und ließ ihn umherreisen. Bei einer seiner Reisen kam er in euer Dorf, Mark, und lernte Tamara, die Heilerin, kennen. Ich wusste bis heute nicht, dass aus der kurzen Begegnung mit Tamara eine Frucht hervorging.

Du, Mark! Wenn ich es früher erfahren hätte, hätte ich dich zu mir geholt und auch dich unterrichtet. Und dann wäre deine Mutter noch gesund. Ich hätte alles getan, um ihr Leben zu schützen. So aber hat sich Tamara auf etwas eingelassen, was sie hätte nicht tun sollen. Euer Vater war ein mächtiger Mann, ausgebildet bei den besten Zauberern und natürlich auch durch mich. Er war kräftig und stark, hatte Mut und einen eisernen Willen. Aber er dachte nur an sich und seine Vorteile. Es kümmerte ihn kaum, dass du alleine ohne Vater bei der Heilerin groß werden musstest. Oder?« Prüfend blickte er Mark an, dem nun die Unsicherheit auf die Stirn geschrieben stand. Es stimmte, dass einmal ein Händler durch sein Dorf gekommen und mit seiner Mutter kurz zusammen gewesen war. Sie hatte es ihm erzählt. Sie hatte aber nie erwähnt, dass dieser Mann Marks Vater war.

»Und warum habt ihr dann meiner Mutter so schwer zugesetzt?«, fragte er nun.

»Ich habe ihr nichts getan. Sie selbst hat sich bei einem Seelenflug zu weit von ihrem Körper entfernt. Anscheinend suchte sie nach Indizien, nach Antworten. Ich weiß es nicht. Sicher ist nur eines: Der Seelenflug wird nur von sehr wenigen Lebenden beherrscht und Tamara ist eine davon. Warum sie so leichtsinnig war, kann ich dir nicht sagen. Aber ich vermute, dass auch sie irgendwie davon erfahren haben muss, wer dein Vater war, und vielleicht suchte sie in Ebenen, die ihr am Ende zum Verhängnis wurden. Ich jedenfalls habe nichts mit ihrer Krankheit zu tun. Ich konnte sie auch nicht schützen, da ich davon noch nicht lange weiß.« Der Dunkle Fürst stand auf und bedeutete Synthia und Mark mit einer Handbewegung, ihm zu folgen. Er ging zu der großen Tischplatte in der Mitte des Raumes und breitete seine Arme aus. Ein Nebelschleier bedeckte die Platte und in der Mitte erschien ein Flimmern. Dann zeigte sich Mark und Synthia ein anfangs verschwommenes, dann aber ein immer schärfer werdendes Bild.

»Schau, Synthia, kennst du dieses Haus?.« Synthia nickte. Es war das Schattenhaus aus ihrer Mutprobe. »Wir beide haben uns dort einmal getroffen, erinnerst du dich?«

Und ob sie sich daran erinnerte.

»Dort gab es früher ein Tor zu dieser Welt. Durch dieses Tot wechselte euer Vater die Welten. Irgendwann jedoch verlegte er das Tor in sein Haus. Wie gesagt, er war sehr mächtig! In eurer Welt lernte er eine Frau kennen, mit der er dich zeugte. Ich weiß nicht, was mit ihr geschehen ist, jedenfalls hat er sich ihrer entledigt.«

Synthia lief rot an und begann wütend zu schreien: »Das ist eine Lüge, damit hat er nichts zu tun. Alles hier ist gelogen. Meine Mutter ist bei meiner Geburt gestorben.«

»Es ist wahr, dass sie bei deiner Geburt starb. Die Frage ist nur, woran? Er ist ein mächtiger Zauberer, er hätte sie zu jeder Zeit gesunden lassen können. Denk darüber nach. Und du, Mark, solltest dir darüber Gedanken machen, warum er sich nie um dich gekümmert hat. Es stimmt, dass ich ihn mit dem Schicksalsfaden belegte, jedoch nur, um ihn zu überzeugen, dass er sich nicht gegen mich stellen darf. Er hat freiwillig das Exil in der anderen Welt gewählt und ist nicht mehr zurückgekehrt. Nicht ich habe dies verhindert! Ich wollte nur, dass er mit der Zeit immer schwächer wird. Doch irgendwann war er für einen Wechsel in diese Welt tatsächlich zu schwach. Ich will ehrlich sein, das war mein Werk. Doch was hätte ich anderes tun können? Er hatte mir die Treue geschworen, wie es ein Sohn tun sollte. Und als er alles von mir bekommen hatte, wandte er sich ab. Nun?«, fragte der Dunkle Fürst, »denkt ihr immer noch, dass ich der einzige Böse hier bin? Ich bin sicherlich kein guter Mensch, aber ich bin dennoch ein Mensch. Mit dunklen, aber auch hellen Seiten. Euer Vater jedoch ist kein bisschen besser. Und noch eines: Zu keinem Zeitpunkt wollte ich, dass euch etwas zustößt. Grisam, die Spinne, hat euch auf meinen Befehl hin geholfen. Aus der verfluchten Stadt wärt ihr alleine niemals herausgekommen. Denkt darüber nach. Ihr solltet mir besser glauben«, warnte er sie. »Ich biete euch ein allerletztes Mal meine Freundschaft an. Überlegt es euch gut. Du, Synthia, könntest dann wieder in deine Welt zurück, und du, Mark, könntest in den Zauberschulen dieses Landes lernen. Du bist sehr begabt, wie könnte es auch anders sein? Wie gesagt, ob ihr es wahrhaben möchtet oder nicht, in euren Adern fließt mein Blut. Also entscheidet euch. Entweder ihr verbündet euch mit mir oder ich suche mir andere Verbündete. Ich habe Zeit.« Er schaute sie prüfend an. Mark und Synthia kannten ihre Antwort bereits, und diese würde sie sicherlich ihr Leben kosten.

»Gib uns ein wenig Bedenkzeit. Ich würde mich gerne kurz mit Mark darüber unterhalten«, versuchte Synthia ein wenig Zeit zu gewinnen. Der Dunkle Fürst schaute sie durchdringend an, nickte dann aber.

»Gut, ich gebe euch eine Stunde. Ihr könnt hier im Saal bleiben und euch besprechen. Denkt daran, dass ich nicht euer Feind bin. Solltet ihr euch jedoch gegen mich stellen, dann bleibt mir nichts anderes übrig, als euch zu töten.«

Diese Drohung saß. Der Dunkle Fürst drehte sich um und schritt zur Tür, blieb dann stehen und wandte sich nochmals an Mark und Synthia.

»Noch eine Kleinigkeit…« Er lächelte, hielt eine Hand vor sich, schnippte mit den Fingern und ein kleines Bündel tauchte in seiner Hand auf. Es waren die Utensilien, die Synthia auf ihrem Weg gesammelt hatte.

»Diese drei Kolchos nutzen euch leider nichts. Ich weiß nicht, warum man sie euch gab, aber sie sind absolut wertlos für euch. Ich bin kein Dieb, ihr habt sie errungen und ihr sollt sie behalten dürfen. Ich lege sie hier auf den Tisch.« Achtlos ließ er das Bündel auf den Tisch fallen und verließ danach den Raum.

Alles, was der Dunkle Fürst gesagt hatte, klang irgendwie schlüssig. Synthia musste zumindest innerlich zugeben, dass sie von ihrem Vater so vieles nicht wusste. Und auch Mark war verunsichert. Warum hatte sich Steve nie um ihn gekümmert?

»Piep«, ertönte es plötzlich leise neben Synthias Ohr. Erstaunt sah sie Pipi auf ihrer Schulter sitzen.

»Wow, wie bist du hierhergekommen?«, fragte sie ihn.

»Ach dummes, ungläubiges, naives Mädchen. Ihr seid beide unsicher geworden, oder? Habt ihr auf eurem Weg hierher nichts gelernt? Wo ist euer Vertrauen, eure Loyalität gegenüber jenen, die euch wirklich lieben? Warum glaubt ihr plötzlich den verführerischen Worten des Dunklen Fürsten?«, flüsterte ihnen der Vogel zu.

»Aber...«, begann Synthia, wurde aber gleich wieder unterbrochen.

»Denkt nach. Die Wahrheit hat immer viele Aspekte, Gewichtungen und Sichtweisen. Aber trotzdem gibt es nur eine Wahrheit. Und du, Synthia, kämme endlich mal deine strubbeligen Haare«, tadelte Pipi sie.

Obwohl Synthia verstand, dass jeder dunkle Seiten hatte, so wusste sie auch, dass der Dunkle Fürst sein Spiel mit ihnen trieb. Pipi hatte recht. Der Dunkle Fürst versuchte, sie in ein Netz aus Halbwahrheiten und verdrehten Sichtweisen einzuspinnen. Ihr Vater war liebevoll und hatte sicherlich nicht ihre Mutter getötet. Warum sollte er auch?

»Er hat mich in meinen Träumen gequält, die Dorfbewohner in Walrund getötet, uns gejagt, und jetzt will er uns glauben machen, er wäre unser Freund. Deine Mutter hat er auch beinahe getötet, und das war wirklich nicht nötig. Tamara ist bestimmt kein Risiko eingegangen. Aber was machen wir jetzt?«, fragte Synthia verzweifelt.

Mark schaute sich in dem Raum um und sein Blick blieb an der mindestens fünf Meter hohen Decke hängen, in deren Mitte eine riesige Glaskuppel eingelassen war. Über sich sah er, wie die Wolken um sie herumwirbelten.

»Wow, das ist ja der helle Wahnsinn«, staunte er, »wir sind hier im Zentrum seiner Macht. Sieh mal, wie die Wolken genau um uns herum kreisen. Das ist der Wirbel, den wir schon von der Küste aus gesehen haben.«

Synthia schaute ebenfalls kurz hoch, doch ihr Interesse galt anderen Dingen.

»Jungs und Zauberei«, sagte Pipi, blickte dann aber ebenfalls fasziniert zur Glaskuppel hoch.

»Mark, Pipi, hört mir lieber mal zu! Wir haben nicht viel Zeit, dann steht er wieder hier und wiederholt seine Frage. Habt ihr eine Idee, wie wir hier wieder rauskommen können? Irgendeinen Zauber vielleicht?«

Marks Blick war noch immer staunend auf die Glaskuppel gerichtet.

»Nein, keine Idee«, antwortete er mechanisch. Synthia spürte Panik in sich aufsteigen. Verzweifelt schaute sie sich um und suchte nach etwas, was ihnen helfen könnte. Auf dem Tisch lagen der Dolch, der Stein und das Herz, die der Dunkle Fürst verächtlich hingeworfen hatte.

»Hey, ihr beiden, was ist los mit euch?«, rief sie nun wütend. »Helft mir lieber, einen Weg zu finden, dass wir ihm nicht in die Hände fallen.« Doch Mark und Pipi schauten noch immer gebannt und konzentriert zur Glaskuppel.

»MARK«, schrie sie nun seinen Namen und stampfte mit dem Fuß auf.

»Schau mal, Synthia. Da oben bewegt sich doch etwas in dem Wirbel«, antwortete er gelassen.

Synthia lief vor Wut rot an: »Mark, drehst du langsam durch? Lass den blöden Wirbel da oben und suche mit mir einen Ausweg. Vielleicht können wir mit den Kolchos etwas anfangen.«

Doch Mark blieb seltsam gelassen und zeigte mit der ausgestreckten Hand nach oben. »Schau doch erst mal. Ist das nicht…?«

Panik erfasste Synthia. Da stand sie nun, hatte keine Lösung und ihr Freund und der kleine freche Vogel schauten sich in aller Ruhe die Wolken am Himmel an. Nur widerwillig schaute Synthia in die angedeutete Richtung. Zuerst konnte sie nichts Ungewöhnliches entdecken, was sie noch wütender machte. Doch dann sah auch sie, was Mark und Pipi so faszinierte. Es war ein schnell größer werdender Punkt mit schwarzen, wild flatternden Flügeln. Er versuchte sich durch die Wolken bis zur Glaskuppel vorzuarbeiten, was scheinbar nicht einfach war.

»Das darf nicht wahr sein! Das ist Cordawalk und auf seinem Rücken ist jemand. Vielleicht ist es ja Torfmuff«, schrie Synthia erfreut auf. »Sie kommen, um uns zu helfen! Hoffentlich schaffen sie es rechtzeitig.«

Mark nickte und wandte sich dann endlich davon ab. »Hier ist eine so enorm große Menge an Energie, dass sie noch Stunden brauchen werden, bis sie hier sind. Das ist ein Strudel aus Zauberenergie. Irgendwie muss ich etwas finden, um den Strudel umzuleiten. Sonst werden sie immer wieder rausgeschoben.« Die Schwingen der Fledermaus flatterten wild. Es musste fürchterlich anstrengend sein, gegen diese Kräfte anzukämpfen.

»Ich habe eine Idee.« Schnell schritt Mark zum Tisch und holte den Dolch aus dem Tuch. Wenn es ihm gelang, zumindest für wenige Minuten die Energie abzuleiten, dann würde der Strudel schwächer werden.

»Pipi, hast Du eine Idee, wie ich die Zauberenergie in den Dolch umleiten kann?«, fragte er den Vogel.

»Piep, mit deinen Gedanken, Mark«, antwortete Pipi. »Bist ja doch nicht so dumm, wie du dich manchmal anstellst.«

Plötzlich schwang die Tür auf und der Dunkle Fürst trat wieder herein. Schnell wandten Mark und Synthia ihre Blicke von der Glaskuppel ab und Pipi war wie durch Zauberhand verschwunden. Sie mussten den Dunklen Fürsten von Cordawalk ablenken, denn wenn er die Fledermaus entdeckte, wäre alles vorbei. Synthia trat zu ihm, breitete die Arme aus und klatschte dann in die Hände.

»Nun, denn. Wir haben uns Gedanken gemacht. Wir sind prinzipiell bereit, mit dir zusammen zu arbeiten, haben aber noch einige Fragen und auch Bedingungen.« Synthia versuchte, den Dunklen Fürsten in ein Gespräch zu verwickeln, um seine Aufmerksamkeit zu binden. Mark hielt den Dolch hinter seinem Rücken versteckt. Konzentriert versuchte er nun die Zauberenergie in den Dolch umzuleiten. Er spürte wie das Metall in seiner Hand zu vibrieren begann. Es schien also zu funktionieren. Nervös blickte er kurz zum Dunklen Fürsten und lächelte unsicher.

»So? Ihr wollt mit mir zusammenarbeiten?« Der Dunkle Fürst schien darüber verwundert zu sein. »Lasst hören, was ihr noch wissen wollt, und welche Bedingungen ihr daran knüpft.« Der Dunkle Fürst blieb bei der Tischplatte im Raum stehen, verschränkte die Arme vor der Brust und blickte sie fragend an.

»Na ja, wenn wir uns dazu entscheiden, mit dir zu kooperieren, wie geht es dann weiter? Ich meine, dürfte ich dann wieder in meine Welt zurück? Und was ist mit Mark und Torfmuff? Was ist mit meinem Vater und wie sieht diese Zusammenarbeit aus?«

Mark trat einen Schritt zurück und tippelte nervös von einem Bein auf das andere. Der Dolch wurde zunehmend warm und das Vibrieren nahm unaufhörlich zu. Nicht mehr lange und Mark würde in der Schwingung zu zittern beginnen. Der Dunkle Fürst schien nachzudenken. Es war offensichtlich, dass er ihnen nicht traute.

»Das sind viele Fragen auf einmal, aber ich will sie dir beantworten«, sagte er nach einer Weile und setzte sich seitlich auf die Tischplatte. »Nun, was mit eurem zotteligen Begleiter passiert, kann ich dir nicht sagen. Er befindet sich sicherlich in keiner guten Verfassung. Aber das lag immer bei dir, Synthia. Hättest du dich früher für eine Zusammenarbeit entschieden, hätte dies nicht sein müssen. Dein Vater müsste sich entschließen, endgültig in deiner Welt zu bleiben. Ich würde ihm dazu einen Handel anbieten. Wenn er sich dazu bereit erklärt, seine Zauberenergie von mir binden zu lassen, dann werde ich ihn verschonen. Mark, was dich angeht, so werde ich dich ausbilden lassen und dir dann persönlich den letzten Schliff geben. Du kannst ein wirklich mächtiger Magier werden.« Dann überlegte er wieder und begann schließlich, leise zu lachen. »Die Zusammenarbeit sieht so aus, dass Mark mit mir das Land hier regieren wird und du, Synthia, deine Welt. Dazu werde ich deinen Körper gelegentlich als Hülle nutzen und dir die Macht geben, Dinge in deiner Welt zu vollbringen, die nötig sind, um die Macht dort zu gewinnen. Irgendwann wirst du eine sehr mächtige Herrscherin in deiner Welt sein und alle werden dir zu Füßen liegen. Das ist ein faires Angebot, oder etwa nicht?« Während er sprach, schaute er immer wieder zu Mark, der seine Unruhe nicht verbergen konnte. »Was ist mit dir Mark?«, fragte der Dunkle Fürst plötzlich und hielt inne.

Aber Mark schloss nur die Augen und versuchte sich still zu verhalten. Er fühlte, wie der Dunkle Fürst in seine

Gedanken einzudringen versuchte, doch er blockierte seine Gedanken, so gut es ging.

»Mark?«, setzte der Dunkle Fürst nach. Auch er begann, unruhig zu werden. »Mark, lass mich in deine Gedanken. Schau mir in die Augen«, befahl er energisch. Es lag nicht nur Verwunderung in seiner Stimme, sondern auch Wut und eine Spur Angst. Der Dunkle Fürst packte ihn bei den Schultern und zog ihn zu sich. »Lass los, Mark!«

Marks Verlangen, seinen Gedanken freien Lauf zu lassen, wurde immer stärker. Die Blicke des Dunklen Fürsten hämmerten förmlich in seinem Kopf. Wie lange würde er dieser Gewalt standhalten können? Synthia sah, dass Mark unter dem mentalen Druck des Dunklen Fürsten bald zusammenbrechen würde. Und das konnte sie beide ihr Leben kosten. Sie sah, wie Mark die Augen schloss und zu schwitzen begann. Dann blickte sie zur Glaskuppel hoch und hoffte, dass ihre Blicke sie nicht verrieten. Doch der Dunkle Fürst war zu sehr damit beschäftigt, in Marks Gedanken einzudringen. Cordawalk war nun sehr gut zu sehen, doch wer sich auf seinem Rücken befand, konnte sie noch immer nicht erkennen. Die wilden Flügelschläge verdeckten den Reiter fast vollständig.

Mark konnte seine Gedanken nicht länger abschirmen. Der Dunkle Fürst nahm die ersten Gedankenfetzen wahr ... *blockieren... Glaskuppel... Rettung...*

»Gib endlich auf, ich komme ja doch rein! Was ist mit der Glaskuppel?«, fragte der Dunkle Fürst zornig.

Cordawalk war nur noch wenige Meter von der Kuppel entfernt, als sie das letzte Stück im Sturzflug nahmen und krachend durch die Scheibe stießen. Sie zerbarst in unendlich viele Scherben. Schnell packte Synthia Mark von hinten und zog ihn zu Boden. Mark hatte nicht reagieren können, zu sehr war er damit beschäftigt gewesen, die Energie umzuleiten und gleichzeitig seine Gedanken zu schützen. Der Dunkle Fürst erschrak und blickte mit aufgerissenen Augen nach oben. Er sah nur, wie etwas Großes und Schwarzes auf ihn zuschoss. Schnell hob er eine Hand, doch es war zu spät für einen Zauberspruch. Eine riesige Schwinge traf ihn am Kopf und schleuderte ihn quer durch den Raum. Aber auch Cordawalk konnte seinen eigenen Sturz nicht kontrollieren und krachte auf die schwere Holzplatte.

Jetzt erst erkannte Synthia, wer sich auf dem Rücken der Fledermaus befand; Tormuff und ihr Vater. Beide wurden durch den unsanften Aufprall zu Boden geworfen, rappelten sich aber erstaunlich schnell wieder auf. Glasscherben bedeckten den Fußboden im ganzen Raum. Cordawalk lag völlig benommen neben dem bewusstlosen Dunklen Fürsten.

Torfmuff zupfte in seinem Fell, um sich von den Glassplittern zu befreien.

»Mpfff, Scherben bringen Glück?«, fragte er Mark.

»Porzellanscherben, ja, aber bei Glasscherben ist es wie bei Spiegelscherben, sie bringen sieben Jahre Pech, Elend, Niedergang, Not«, antwortete Mark und musste lachen.

»Mpfff, ja, ja. Ich nichts gefragt. Kann nicht schlimmer werden«, erwiderte Torfmuff.

»Paps!?«, schrie Synthia, »wie kommst du hierher?«

Synthias Vater schüttelte sich ebenfalls vorsichtig die Scherben von der Kleidung, dann umrundete er eilig die Fledermaus und nahm Synthia in die Arme. »Mit dem Flugzeug bestimmt nicht«, lachte er. »Ich bin wohl gerade noch rechtzeitig gekommen.«

»Na ja, rechtzeitig würde ich es nicht nennen, aber ich bin so froh, dass du da bist«, freute sich Synthia.

»Wir müssen schnell handeln. Wo sind die Kolchos?«, fragte er und Synthia suchte nach der Tischplatte, auf der sie noch vor Kurzem gelegen hatten. Doch die Platte und die Kolchos waren nicht mehr an ihrem Platz. Der Aufprall der Fledermaus hatte sie irgendwo hinkatapultiert.

»Ich habe sie hier«, rief Mark freudestrahlend und gab Steve das Bündel und den Dolch.

»Gut! Die Vorsehung hat alles vorbereitet, besser hätte es nicht kommen können.« Steve atmete einige Male tief durch und konzentrierte sich auf das, was getan werden musste. Zuerst legte er sich die Kette mit dem Herz *Falba* um.

»*Falba*, leite die Kraft meiner Gefühle.«

Danach setzte er sich den Stein an die Stirn, der sich vor ihren Augen festzusaugen schien.

»*Enthay*, verstärke sie mit Weisheit.« Zu guter Letzt nahm Steve den Dolch in die rechte Hand und hielt ihn in die Höhe:

»Durch dich, *Amicitia*, soll des Schicksals Wille vollstreckt werden.«

Steve wandte sich noch einmal um. »Bleibt hinter mir und berührt mich nicht, egal, was passiert. Bleibt, wo ihr seid, verstanden?«

Alle drei nickten bereitwillig.

»Was passiert denn, wenn dich doch jemand berührt?«, fragte Synthia vorsichtig.

»Mpfff, bestimmt nicht gut.«

»Torfmuff hat recht. Synthia, das möchtest du lieber nicht wissen«, beantwortete Steve ihre Frage trocken .

Nun trat er an den Dunklen Fürsten heran, der noch immer bewusstlos dalag. Er kniete sich neben ihn, hob den Dolch in die Höhe und murmelte einige Worte. Plötzlich schoss ein Energiestrahl aus dem Nichts herab und bohrte sich in Steves Scheitel. Der Stein *Enthay* begann, hell zu leuchten und tauchte den Raum in bläuliches Licht. Das Herz *Falba* pulsierte und seine grünlichen Strahlen vermischten sich mit dem dominierenden Blau. Zuletzt glühte der Dolch *Amicitia* blutrot auf und begann in Steves Hand zu zittern, als würden die Energien in ihm gegen ihre Bande ankämpfen, so wie ein Raubtier, das sich seinen Weg in die Freiheit bahnen will.

Erst jetzt kam der Dunkle Fürst langsam zu sich. Der Schlag auf seinen Kopf hatte sich wie ein Vorschlaghammer angefühlt. Er war unvorsichtig gewesen und hatte die drohende Gefahr nicht kommen sehen.

»Oh, was ist passiert?«, fragte er leise, als er das Chaos um sich entdeckte. Dann blieben seine Blicke angsterfüllt an dem Dolch über ihm hängen. »Neiiiiinnnn«, schrie er plötzlich auf, als ihm bewusst wurde, was geschah. Doch es war zu spät.

Steve blickte kalt in die Augen des Dunklen Fürsten.

»Vater, so sehen wir uns wieder.« Dann führte er den Dolch über die Brust des Dunklen Fürsten, der wie gelähmt unter ihm lag und mit weit aufgerissenen Augen seinem drohenden Ende entgegensah.Unerbittlich steiß er den Dolch herab und traf den Dunklen Fürsten tief in seinem Herzen. Unendlich helles Licht, durchwoben mit blauen, grünen und roten Energiestreifen, bohrte sich mit brennender Gewalt seinen Weg.

»Neiiiiiinnnn«, hallte es nochmals durch den Raum und in die Dunkelheit des nahenden Abends. Danach verbrannte der Körper des Dunklen Fürsten, bis am Ende nur ein Häufchen Asche übrig blieb. Jetzt erst versiegte der Strahl. Die Helligkeit verblasste und allmählich gewöhnten sich ihre Augen an das nun dämmrige Licht.

»Es ist vorbei.« Erschöpft steckte Steve den Dolch in seinen Ledergürtel und verstaute den Stein *Enthay* und das Herz *Falba* in dem kleinen Lederbeutel.

»Oh, bin ich froh, dass alles vorbei ist.« Tränen flossen Synthias verstaubte Wangen herunter und bildeten ein dünnes, schmutziges Rinnsal. Ihre Freude, die Last endlich von den Schultern zu wissen, war unendlich groß. Als sie sich in dem Chaos umschaute, sah sie, wie sich Cordawalk mühsam aufrappelte. Mark blickte ungläubig zu Synthia und dann zu Steve. Von einer Sekunde auf die andere hatte er einen Vater und eine Halbschwester bekommen. Konnte das wirklich sein? Eigentlich hätte er froh sein sollen, aber die Worte des Dunklen Fürsten hallten noch in seinem Kopf nach. Er fühlte sich unendlich alleine und verlassen. Vom Vater einfach zurückgelassen und vergessen.

In diesem Augenblick drehte sich Steve um und blickte Mark in die Augen. »Wir haben viel miteinander zu besprechen, mein Sohn. Was auch immer der Dunkle Fürst dir gesagt haben mag, es ist nur die halbe Wahrheit. Jetzt jedoch müssen wir hier verschwinden.« Danach wandte er sich an Cordawalk. »Meinst du, du kannst uns alle tragen?« Cordawalks Miene war nicht anzusehen, was er empfand, aber man konnte sein Stöhnen fühlen.

»Oh, ich ahnte es schon! Und ich hatte so sehr gehofft, dass einer von euch mächtigen Magiern uns hier mit einem mächtigen Zauber rausbringen könnte!?«

Sowohl Steve als auch Mark schauten die Fledermaus mit aufgesetzter Unschuldsmiene an und schüttelten einhellig den Kopf.

»Ah, ich verstehe. Ich weiß nicht, ob ich euch alle auf einmal tragen kann, aber was bleibt mir anderes übrig, als es zu probieren«, antwortete Cordawalk gequält. Schnell eilten alle zu ihm und kletterten auf seinen Rücken. Dort hielten sie sich aneinander fest.

»Achtung«, gab Cordawalk das Signal und machte einen Sprung in die Luft. Dann flatterte er wild, um die Last tragen zu können. Nur mit Mühe schaffte er es aus der Kuppel heraus und schwang sich dann in die Lüfte. Was unter ihnen geschah, konnten sie nicht mehr sehen, denn die dunkle Nacht hatte sie alsbald verschlungen.

IV

»*Oh, ihr seid wirklich schwer*«, beklagte sich Cordawalk, nachdem sie am Strand gelandet waren.

»Mpfff, war nicht schwerster hier«, verteidigte sich Torfmuff mit einem Blick auf Synthias Vater.

»Ja, ja, schiebt es nur auf mich«, lachte Steve. »Mein lieber Torfmuff, du hattest eine ganz wichtige Rolle bei dieser Geschichte. Wenn du Synthia damals nicht gefunden und zu Tamara geführt hättest, dann wissen nur die Götter, was passiert wäre. So aber nahm letztendlich alles ein gutes Ende.« »Ist der Dunkle Fürst nun vernichtet?«, fragte Mark neugierig.

»Nein. Der Dunkle Fürst ist zwar lebendig und alles Lebendige kann auch getötet werden, aber bei ihm ist das trotzdem nicht so einfach möglich! Was wir zerstört haben, ist seine leibliche Hülle. Aber ein Wesen wie der Dunkle Fürst lebt nicht nur auf der physikalischen Ebene. Für den Moment immerhin haben wir Ruhe, denn er wird einige Zeit brauchen, um sich zu erholen«, erklärte Steve.

»Und wie geht es jetzt weiter?«, fragte Synthia.

Ihr Vater musste herzhaft lachen, als er ihr ernstes Gesicht sah. »Als Erstes ruhen wir uns aus. Morgen machen wir uns auf die Reise zu Tamara. Vielleicht können wir etwas zu ihrer Genesung beitragen, aber das werden wir erst an Ort und Stelle sehen. Für mich wird es sicher eine sehr seltsame Begegnung werden.« In Steves Augen schimmerten Tränen und auf seiner Stirn standen Sorgenfalten. »Ich habe Tamara schon so lange nicht mehr gesehen. Mehr als dreizehn Jahre. In dieser Zeit ist so viel passiert und ich weiß nicht, was Tamara von mir denkt. Bestimmt glaubt sie, dass ich sie verlassen hätte. Aber das stimmt nicht.«

Mark schaute ihn betroffen an: »Der Dunkle Fürst hat gesagt, dass du uns alleine zurückgelassen hättest.«

Steve trat zu Mark, setzte sich neben ihn und legte eine Hand um seine Schultern. »Mark, ich wusste nicht, dass es dich gibt. Was Tamara angeht, so konnte ich sie nur schützen, indem ich sie nicht besuchte. Dazu kam, dass der Dunkle Fürst mir irgendwann den Rückweg abgeschnitten hat und mich meiner Lebenskraft beraubte.«

Bis spät in der Nacht erzählten sie sich noch von den Dingen, die sie erlebt hatten, bis sie sich endlich schlafen legten. Am nächsten Morgen brachen sie nach Walrund auf. Cordawalk flog voraus und die Gemeinschaft wanderte auf abgelegenen Wegen nach Norden. Die Reise nach Waldrund verlief fast erholsam, da die Spaltanos offenbar aufgegeben und sich wieder in den Norden zurückgezogen hatten.

Als sie im Dorf ankamen, konnten sie bereits von Weitem erkennen, dass wieder Leben Einzug gehalten hatte. Aus einigen Hütten quoll dunkler Rauch. Alles erschien einladend und friedlich. In der Dorfmitte angekommen, wurden sie von neugierigen Kindern umringt, die ehrfurchtsvoll zu Cordawalk hochblickten. Marks Freude, wieder in seinem Dorf zu sein, erhellte sein ganzes Gesicht. Schnell rannte er zu Tamaras Hütte. Er hoffte, dass alles wieder in Ordnung war, aber er hatte Angst davor, etwas anderes vorzufinden.

Die anderen warteten draußen, da sie das Wiedersehen nicht stören wollten. Sie hatten inzwischen von anderen Dorfbewohnern erfahren, dass es Tamara besser ging, also brauchten sie sich keine Sorgen zu machen.

»Na, Paps? Lampenfieber?« Synthia grinste und stieß ihn leicht mit dem Ellbogen an. Sie genoss die Unsicherheit, die ihr Vater ausstrahlte, als er neben ihr saß und wartete.

»Ich? Niemals«, antwortete er und zwinkerte ihr zu. Ja, er war nervös und ja, er hatte allen Grund dazu.

»Mpfff, Lampenfieber. Großer Zauberer ist nervös.«

»Was soll das nun wieder heißen? Ist das der Dank dafür, dass ich euch gerettet habe?«, empörte sich Steve gespielt.

In diesem Augenblick erschienen Mark und Tamara vor der Hütte und kamen Hand in Hand auf die Gruppe zugelaufen. Steve stand auf und blieb wie angewurzelt stehen. Unsicher strich er sich durch die Haare.

»Hallo, Steve. Mein Sohn hat mir von dir erzählt«, lächelte sie. »Sei getrost, ich werde dir jetzt nicht den Kopf abreißen«, sagte sie dann und kam zu ihm herüber.

»Mpfff, Kopf runter reißen kommt später«, flüsterte Torfmuff und tippte Synthia an: »Mpfff, wir besser gehen.«

Es war offensichtlich, dass Tamara und Steve nun einiges zu besprechen hatten. Synthia und Torfmuff standen auf und nahmen Mark am Arm. Dann ließen sie Tamara und Steve alleine. Als sie um eine Hütte bogen, blieben sie stehen und lugten neugierig um die Ecke. Sie sahen, wie sich die beiden erst stumm gegenüberstanden und sich dann umarmten.

Die Dorfbewohner hatten sich ebenfalls zurückgezogen und Cordawalk blickte gelangweilt in eine andere Richtung.

»Ah, ich sehe, die Ratten verlassen das sinkende Schiff. Sag doch etwas Steve.« Tamara war froh, dass sich alles zum Guten gewendet hatte. Zumindest vorerst.

»Was soll ich sagen? Du hast dich kaum verändert. Ich hatte Angst vor dieser Begegnung, wenn ich ehrlich sein soll. Ich wusste nicht, wie du reagieren würdest. Es sind so viele Jahre vergangen und ich…. Ach egal. Es ist schön, dich wiederzusehen. Es scheint dir besser zu gehen«, antwortete Steve.

»Ja, es geht mir schon viel besser. Lass uns in meine Hütte gehen, dort können wir uns besser unterhalten. Hier stehen wir wie auf dem Präsentierteller.« Sie unterhielten sich bis in den späten Abend und gesellten sich erst zu den anderen, als sie zum Essen an das Lagerfeuer gerufen wurden.

Tamara setzte sich neben Mark und blickte ihn ernst an.

»Nun, mein Sohn, Steve und ich haben uns lange darüber unterhalten, wie es nun weitergehen soll. Ich hätte dich gerne bei mir, aber mir ist klar, dass deine Bestimmung nicht im Erlernen der Heilkunst liegt. Steve meint, dass du nach Galamed in eine Zauberschule gehen solltest.«

Marks Augen begannen zu leuchten und jeder konnte ihm ansehen, wie sehr er sich das wünschte. Er stand auf, machte einen Freudensprung und stieß einen gellenden Schrei aus.

»Wow, ihr glaubt gar nicht, wie sehr ich mich darauf freue.«

Tamara blickte ihn ein wenig traurig an.

»Doch, das glaube ich dir gerne. Leider können wir uns dann aber nur selten sehen. Aber ich werde dich so oft wie möglich in Galamed besuchen. Du, Torfmuff, bleibst bei mir. Ich brauche deine Hilfe und dann sehen wir schon, was die Zukunft bringt.«

Dann blickte sie zu Steve, der dies als Signal verstand.

»Wie Tamara bereits sagte, haben wir uns gut überlegt, was nun alles zu tun ist.« »Wir beide, Synthia, werden wieder in unsere Welt wechseln. Dort wirst du zur Schule gehen und etwas lernen.«

Synthias Blick verdüsterte sich. Sie wünschte sich nichts mehr, als hierbleiben zu können. »Können wir nicht hier in Walrund bleiben? Ich könnte von Tamara die Heilkunst lernen und ihr könntet ….«

»Synthia, ich verstehe sehr gut, dass du lieber hier bleiben möchtest, aber es geht nicht. Sei nicht traurig.

Wir müssen leider zurück. Aber wir werden ab und zu herkommen und unsere Freunde besuchen. Das verspreche ich dir. Was deine Begabung angeht, da musst du dich noch ein wenig gedulden. Du hast auf deinem Weg drei Kolchos erhalten. Jedes davon war mit Erlebnissen und Aufgaben an dich verbunden. Das, was du gesehen, erfühlt und gelernt hast, wird dich ein ganzes Leben begleiten. Welche Aufgaben dadurch in Zukunft auf dich zukommen, kann nicht einmal ich erahnen! Glaube mir jedoch eines, dein Leben wird fortan davon bestimmt sein, und ich werde alles tun, um dich diesmal genügend vorzubereiten. Ich weiß, dass das mit einem Sturkopf wie dir nicht leicht wird.«

Auf der einen Seite war Synthia traurig, Abschied nehmen zu müssen. Auf der anderen Seite hatte sie aus den Worten ihres Vaters gehört, dass ihr noch einiges bevorstand. Sie würde ihren Halbbruder treffen können und auch ihren inzwischen besten Freund, Torfmuff.

An diesem Abend wollte trotzdem keine ausgelassene Stimmung mehr aufkommen. Bis auf Mark, der sich auf die Zauberschule freute, saßen alle geknickt am Lagerfeuer, da sie wussten, dass der Augenblick des Abschieds nun nahe war.

Am nächsten Morgen,weckte Steve alle und sie trafen sich vor Tamaras Hütte.

Synthia umarmte Torfmuff: »Du wirst mir so sehr fehlen«, schluchzte sie leise.

»Mpfff, du mir auch… mpffff.«

Tamara umarmte Mark noch einmal und alle verabschiedeten sich voneinander. Dann stiegen Steve, Synthia und Mark auf Cordawalks Rücken.

»Seid gewiss, wir werden uns bald wiedersehen. Vielleicht schneller, als wir alle glauben«, rief Steve und gab

Cordawalk ein Zeichen. Dieser sprang hoch und flatterte davon. Tamara und Torfmuff blickten ihnen traurig nach und winkten, bis sie nur noch als kleiner Punkt am Himmel zu erkennen waren.

»Ja, so spielt das Leben, mein lieber Torfmuff. Wir beide bleiben hier alleine zurück. Aber ich habe da so ein Gefühl, das nur Heilerinnen haben können. Glaube mir, irgendwie ahne ich, dass die Trennung nur von kurzer Dauer sein wird.«

V

Als sie vor den Toren Galameds landeten, erwartete sie bereits ein schlanker, hochgewachsener Mann mit einem langen grauen Bart. Er sah so aus, wie man es von einem Lehrer einer Zauberschule erwartete. Neben ihm stand ein Junge mit einem freudig frechen Grinsen im Gesicht. Mark hätte am liebsten vor Freude die ganze Welt umarmt, als ihn erkannte. Es war Adramall.

»Mark, das ist Zayexiwovu«, stellte Steve den Lehrer vor. »Er ist der Dekan der Zauberschule in Galamed. Er wird dich aufnehmen und dir alles beibringen. Er ist mein Freund und er wird mir von dir berichten. Auch werde ich dich hier gelegentlich besuchen, um zu sehen, welche Fortschritte du machst. Also, sei gewiss, mein Sohn, dass ich mich um dich kümmern werde! Versprochen.« Dann verabschiedete er sich mit einer Umarmung von Mark.

»Ach, Mark«, seufzte Synthia. »Werde ein großer Magier und zaubere mich hierher. Paps ist so unvernünftig und versteht nicht, dass ich überhaupt keine Lust mehr habe, in meine Welt zurückzugehen.«

Mark nickte: »Ich werde mich ehrlich bemühen! Das kriegen wir schon hin.«

Synthia lachte nur. »Ja, das hast du schon einige Male gesagt.«

Dann folgte sie ihrem Vater wieder auf Cordawalks Rücken und sie flogen davon. Die Fledermaus brachte sie zum Berg der Seelen und landete auf der ihnen bekannten Plattform.

»Warum sind wir hierhergekommen?«, fragte Synthia.

»Ich habe noch etwas zu klären und bitte dich, mit Cordawalk auf mich zu warten. Morgen früh machen wir uns dann auf den Weg in unsere Welt.«

»Und was musst du hier klären?«, bohrte Synthia nach.

»Das ist etwas, was du noch nicht verstehst, aber ich versuche trotzdem, es dir zu erklären. Ab dem Zeitpunkt, an dem du diese Welt betreten hast, hat sich dein Leben grundlegend verändert. Damit meine ich jetzt nicht deine Erlebnisse, sondern dein Leben an sich. Deine Zukunft liegt nicht mehr eindeutig in unserer Welt, sondern so wie meine auf beiden Ebenen. In welcher Art und Weise kann ich dir noch nicht sagen, aber ich möchte zumindest versuchen, es herauszufinden. Warte einfach auf mich.« Dann drehte Steve sich um, hob die Hände, murmelte einige Worte und verschwand vor ihren Augen.

»Oh Mann, jetzt hat er sich das auch schon angewöhnt, wie der Dunkle Fürst. Er kommt und geht nicht wie gewöhnliche Menschen, nein. Plötzlich ist er da und genau so schnell ist er wieder verschwunden. Das ist schrecklich, daran werde ich mich nie gewöhnen«, seufzte Synthia.

»*Ja, so sind sie, die Zauberer*«, bemerkte Cordawalk trocken und legte sich hin.

Als Synthia am nächsten Morgen aufwachte, saß ihr Vater bereits neben ihr.

»Guten Morgen, Synthia. Hast du gut geschlafen?« Synthia nickte, setzte sich auf und blickte sich suchend um.

»Suchst du jemanden?«

»Ja, das heißt, nein. Ich habe eben gedacht, Torfmuff hätte vielleicht schon etwas zum Frühstück gemacht.« Traurig blickte sie zu Boden.

»Ich weiß, dass du deinen Freund und auch deinen Bruder vermisst. Oder besser gesagt deinen Halbbruder. Wir müssen jetzt auch von Cordawalk Abschied nehmen und gehen.« Synthia stand auf und trat zu Cordawalk, der noch immer auf dem Boden lag und nun den Kopf hob.

»Ich muss leider gehen, aber ich hoffe, wir sehen uns bald wieder.«

»*Das hoffe ich auch. Pass auf dich auf und lass dich nicht von fremden Fledermäusen anmachen.*«

Synthia lachte und wandte sich wieder zu ihrem Vater.

»Was hast du herausgefunden?«, fragte sie ihn dann, doch er winkte ab.

»Jetzt nicht. Komm hier neben mich!« Dann hob er wieder die Hände und murmelte fremd klingende Worte. Um sie herum entstand eine Lichtspirale, die sie zu verschlingen schien. Plötzlich wurde es unerträglich hell, und Synthia kniff die Augen zusammen. Als sie sie wieder öffnete, standen sie beide im Keller ihres Hauses.

»Ich kann es kaum fassen, wieder hier zu sein. Meinst du Maggy und Katrin sind noch da?«, fragte sie dann.

»Keine Ahnung, aber ich denke schon. Sicherlich werden sie sehr überrascht sein, wenn wir aus dem Keller kommen«, antwortete ihr Vater.

»Piep.«

Synthia wusste sofort, dass dieses unverwechselbare Piepen nur von einem Vogel kommen konnte. Das musste Pipi sein!

»Das ist ja eine Überraschung.« Freudestrahlend erblickte sie den kleinen Vogel auf ihrer Schulter. »Immer wenn es brenzlig wird, verschwindest du«, tadelte sie Pipi.

»Ach, Mädchen, das nennt man Intelligenz.« Wie immer hatte er eine passende Antwort parat. Frech und ehrlich. »Davon abgesehen, oben liegt bestimmt dein Kamm.«

Synthia musste herzhaft lachen. Sie würde diesmal nicht darum herumkommen, sich die Haare zu kämmen. Als ihr Vater gerade die Kellertür öffnen wollte, griff sie schnell nach seinem Arm.

»Bitte, beantworte erst meine Frage, die ich dir vorhin gestellt habe. Was hast du herausgefunden?«

Synthias Vater schaute sie lange an, bevor er einen Schritt auf sie zumachte. Dann fasste er sie an der Hand und kam nah an ihr Ohr.

»Habe Geduld, lerne und bereite dich vor. Du fragst auf was? Auf das, was uns hier erwartet Synthia. Dein Abenteuer hat erst begonnen, also frag nicht mehr, sei nicht ungeduldig und vertraue mir.«

Synthia:

Synthia ist ein manchmal vorlautes Mädchen im Alter von 15 Jahren, ca. 160 cm groß mit wirren, ungekämmten Haaren. In der Schule ist sie eine mittelmäßige Schülerin und was ihre Ordnung im Zimmer angeht, lässt es einiges zu wünschen übrig; zumindest in den Augen ihres Vaters. Ihr Vater Steve ist viel unterwegs, ist aber immer für seine Tochter da, wenn sie ihn braucht. Sie wächst in einer kleinen Stadt auf, wird aber von ihrem Vater unvorbereitet in eine Parallelwelt geleitet, in der sie erst lernen muss, sich zu behaupten.

Torfmuff:

Es ist ein stark behaartes Wesen mit einer Größe von ca. 110 cm. Weder Mensch noch Tier, gehört er einer Gattung an, deren Familienmitglieder nicht mehr aufzufinden sind. Und so lebt er bei der Heilerin Tamara. Er ist ein gutes, intelligentes und hilfsbereites Wesen, mit viel Mut und Ausdauer. Er erweist sich als treuer und fleißiger Weggefährte.

Der Dunkle Fürst:

Sein Alter kann man nicht schätzen. Er ist ca. 190 cm groß, hager und trägt ein langes Cape voller magischer Symbole und eine weiße, emotionslose Maske. Es stellt sich im Laufe des ersten Abenteuers heraus, dass er Steves Vater und somit Synthias Großvater ist. Aus Groll, dass sich sein Sohn Steve nicht seinem Willen unterordnen wollte, hat er mit einer magischen Sanduhr versucht, Steve zu zwingen, ihm zu dienen.

Mark:

Mark ist inzwischen 16 Jahre alt, ca. 175 cm groß und von schlanker Statur. Als Sohn der Heilerin Tamara, wuchs er ohne Vater in einem kleinen Dorf in der Parallelwelt auf. Seine Mutter hätte ihn gerne als Heiler ausgebildet, doch viel lieber würde er Zauberer werden. In seinem Inneren spürt er auch diese Zauberkraft, deren Herkunft er sich anfangs nicht erklären kann. Synthia und Mark erfahren in ihrem gemeinsamen ersten Abenteuer, dass sie Halbgeschwister sind.

Der Autor

Geboren in den USA, wuchs Ralph Llewellyn in Deutschland auf und lebt heute bei Heidelberg. Nach dem Besuch der Grundschule in Eppelheim und des Carl-Theodor-Gymnasiums in Schwetzingen studierte er an der Universität Karlsruhe.

Ab 1989 war Ralph Llewellyn als Dipl. Informatiker und von 1994 bis 2006 als Geschäftsführer bei einem mittelständischen Unternehmen angestellt. Seit 2006 arbeitet er in der Immobilienbranche und ist Geschäftsführer der RSL Immobilien GmbH, Gesellschafter der Immoracer GmbH, PL ImmoTrust GmbH und der SL-LiveTrust GmbH.

Nach der Veröffentlichung von diversen Sachbüchern wandte er sich ab 2005 auch dem Schreiben von Fantasy-Romanen und mystischen Thrillern zu. Sein Schwerpunkt ist die Mystik mit leicht philosophischem Charakter. Zu seinen Werken zählen die »Synthia«-Bücher (Fantasy-Reihe mit Werten für Jugendliche), die »Alex-Baxtor«-Reihe (Mystik-Thriller), »Incognito – Erbe des Königs« (Mystik-Thriller) und »7 Tage mit Gott« (Mystik), »Politik und ihr Wahnsinn« uvm.

»Wer die Welt der Fantasie verneint,
beraubt sich des Zaubers alles Schönen«

~ Ralph Llewellyn

Weitere SadWolf-Romane des Autors:

Incognito – Erbe des Königs
(Mystik-Thriller)

– ISBN 978-3-946446-02-6
(Print)
– ISBN 978-3-946446-03-3
(Epub)
– ISBN 978-3-946446-04-0
(Mobi)

**Synthia –
Die Sanduhr des Lebens**
(Fantasy)
(Synthia Zyklus)

- ISBN 978-3-946446-29-3
(Print)
- ISBN 978-3-946446-30-9
(Epub)
- ISBN 978-3-946446-31-6
(Mobi)

Weitere Informationen auf *www.sadwolf-verlag.de*

7 Tage mit Gott
(Mystik)

- ISBN 978-3-946446-62-0
(Print)
- ISBN 978-3-9817127-7-3
(Epub)
- ISBN 978-3-9817127-8-0
(Mobi)

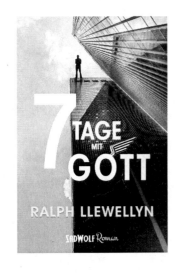

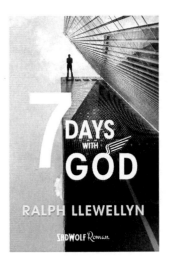

7 days with god
Mystik
(Englisch)

- ISBN 978-3-946446-58-3
(Print)
- ISBN 978-3-946446-57-6
(Epub)
- ISBN 978-3-946446-56-9
(Mobi)

SADWOLF